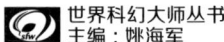

世界科幻大师丛书
主编：姚海军

神圣秘密

· VALIS ·

[美]菲利普·迪克 著　孙加 译

四川科学技术出版社

图书在版编目(CIP)数据

神圣秘密 / [美]菲利普·迪克 著；孙 加 译.
--成都：四川科学技术出版社，2019. 9
（世界科幻大师丛书 / 姚海军 主编）
书名原文：VALIS
ISBN 978-7-5364-9589-0

Ⅰ.①神… Ⅱ.①菲… ②孙… Ⅲ.①科学幻想小说 – 美国 – 现代
Ⅳ.①I712.45

中国版本图书馆 CIP 数据核字(2019)第 261864 号

图进字号：21-2019-437

世界科幻大师丛书

神圣秘密

出 品 人	钱丹凝
丛书主编	姚海军
著 者	[美]菲利普·迪克
译 者	孙 加
责任编辑	宋 齐 姚海军
特邀编辑	陈 曜
封面绘画	李 凯
封面设计	施 洋
版面设计	施 洋
责任出版	欧晓春
出 版	四川科学技术出版社
	四川省成都市槐树街2号出版大厦 邮政编码:610031
开 本	140mm×203mm
印 张	12.5
字 数	200千
插 页	2
印 刷	成都博瑞印务有限公司
版 次	2019年12月成都第一版
印 次	2019年12月成都第一次印刷
定 价	42.00元

ISBN 978-7-5364-9589-0

菲利普·迪克

Philip K. Dick

1928 – 1982

献给拉塞尔·加兰[※]，他为我指明了方向。

※ 作者多年的经纪人。

瓦利斯①（VALIS，Vast Active Living Intelligence System 的缩写），即巨大主动智能活系统，该词来源于一部美国电影。此词指现实领域的异变，即在现实领域中形成的一股拥有自主性和自我监视能力的负熵②涡流，这股涡流能够逐渐吸纳合并四周环境，将之变为信息的排列组合。瓦利斯以类知觉、目的性、智能性、成长性和环形自洽为特点。

——《苏联大词典》③，第六版，1992

① 本小说中，God 一词译为"上帝"，god 则译为"神"。小说中引用的《圣经》语句，译文均采用中文"和合本"。而"和合本"将 God 一词译为"神"，译文从之。故下文中，但凡出现《圣经》语句，其中的"神"均等同于"上帝"，敬请读者诸君知晓。另：本书注解如无特别说明，均为译注。

② 由物理学家薛定谔在 1944 年提出，是指生命靠着摄取负熵来减少或保持它的熵，即取得热量，维持生存。熵减少是生命必有的一般迹象。

③ 作者杜撰的书籍，事实上并不存在。真实存在的只有《苏联大百科全书》，且只出版至 1990 年。

1

那天，爱马士·肥特接到格洛莉亚的电话——这是他精神崩溃的开端。电话里，格洛莉亚问他有没有宁必妥①。他反问:要这个干吗？她回答，她打算自杀，正一个接一个地打电话给所有的熟人，收集宁必妥。到目前为止，她已经收集了五十粒。不过，想要保证自己能死透，还得再加三四十粒。

爱马士想也没想，立即认定格洛莉亚的这通电话肯定是一种独特的求救方式。多年来，肥特一直生活在某种幻觉里，认为自己有能力帮助别人。精神科医生曾经跟他说，要想好起来，他必须戒掉两样东西:其一是毒品麻醉剂(这他没做到);其二就是帮助别人的念头(他还是老惦记着帮助别人)。

老实说，他没有宁必妥，也没有随便哪种安眠药。他从来不

① 也叫戊巴比妥钠，一种镇静催眠类药物。

3

吃安眠药,只吃兴奋剂。所以,给格洛莉亚安眠药好让她自杀,这一点他做不到。而且,就算能做到,他也不愿意。

"我这儿有十粒。"他撒谎道。他不能说实话。否则,她就会挂电话。

"那我开车来你这儿拿。"格洛莉亚理智而且平静地回答。刚才问他有没有药的时候,她说话的音调也跟现在一样。

听到这儿,他明白了,她来电话,不是向他求救,是真想死。她彻底疯了。要是没疯,她就该想到,讨药的时候应该找些借口掩饰,不能直说。因为如此一来,她就害肥特成了杀人同谋。现在,一旦他答应给她药,就等于想要她死。他不想让她死,根本不存在这种动机。谁也不想让她死。格洛莉亚文雅又温柔,可惜迷幻药吃太多。肥特已经有六个月没见她了。显然,在这期间,迷幻药毁了她的脑子。

"你最近在干吗呢?"肥特问道。

"我最近一直住在旧金山的锡安山医院。我自杀失败,妈妈送我进了医院。上周才出院。"

"你身体全好了?"他又问。

"全好了。"她回答。

就这样,肥特慢慢地疯了。他被拖进了无法明说的心理游戏中,但当时他还被蒙在鼓里。这游戏没有出路。格洛莉亚·克

4

努森毁了自己的脑子,也毁了朋友——就是肥特——的脑子。很有可能,她几通电话打下来,用差不多的几句话,一口气毁掉了六七个人的脑子。这些人,都是她的朋友,都爱她。毫无疑问,她父母的脑子肯定也被她毁了。从格洛莉亚理性的声音中,肥特听到了虚无的弦音,空洞的铮鸣。在电话那头,跟他说话的不是人,只是一个具备反射弧的东西。

当时,肥特还不明白,有时候,面对荒唐的现实,变疯倒是恰当的应对办法。听着格洛莉亚理性冷静地诉说自己的求死愿望,就像吸进了具有传染性的疯狂病毒。肥特仿佛被"中国指套"[①]困住,越想把手指拉出来,指套就收得越紧。

"你这会儿在哪儿?"他问。

"莫德斯托[②],我爸妈家。"

肥特住在马林郡[③]。格洛莉亚要开好几个小时的车,才能到他家。要是换成肥特,才懒得长途奔波。失心疯还有这点好处:你肯开车来回六小时,只为拿十粒宁必妥。想要寻死,干吗不直接开车出去撞个稀巴烂?格洛莉亚连寻死这种疯狂事,也没法按

[①] 一种竹纤维编织的松紧指套,两端开口,可以拉伸。一旦把两只手指伸入指套的两端,越往外拉,指套就收得越紧。

[②] 美国加州中部城市。

[③] 美国旧金山北部,富人区。

常理思考。肥特想：多谢你啊，蒂姆·利里①，多亏你大力提倡使用毒品麻醉剂，鼓吹用药后神志顿悟的愉悦，才会有今天。

此时，肥特还不知道他自己也命悬一线。此时是1971年。等到1972年，他就会跑到位于加拿大不列颠哥伦比亚省的温哥华市北部，在陌生的城市里，形单影只，囊中空空，惊惶失措，想方设法地要自杀。幸好，现在，他对此还一无所知，只想着把格洛莉亚骗到马林郡来，好帮她打消自杀的念头——上帝把我们蒙在鼓里，从不让我们知晓自己将来的命运，这真是巨大的恩典。再往后，到了1978年，爱马士·肥特会因为悲伤过度而彻底疯狂。他会割开自己的手腕（在温哥华时自杀未遂），吞下四十九片高浓度洋地黄片②，坐进车子里，关上车库大门，发动引擎。结果，这次仍然自杀未遂。唉，身体的自愈力量，超出了大脑的认知范围。说到大脑，格洛莉亚的大脑倒是彻底控制着她的身体——她精神失常得十分理性。

大多数精神失常都和古怪离奇连在一起。比如，在头上扣个平底锅，腰上系块毛巾，全身涂成紫色，然后出门。格洛莉亚却不一样。她礼貌文雅，像往常一样平静。如果她生活在古罗

---

① 即蒂莫西·利里（Timothy Leary, 1920-1966），美国著名心理学家。他因宣扬LSD对人类精神成长与治疗病态人格的效果，以及提出"审视内心，关注社会，退出世俗"的口号，成为二十世纪六七十年代一位颇受争议的人物。

② 即强心剂。

马或者日本,人家根本不会觉得她有问题。连她的驾驶技术很可能也跟平常一样好:碰到红灯就停下等,控制车速不超限,一路平安到肥特家,来取那十粒宁必妥。

我就是爱马士·肥特。我特地用了第三人称,好让文字显得客观——这种客观性不可或缺。我对格洛莉亚·克努森没有爱慕之情,但我喜欢她。住伯克利那会儿,格洛莉亚夫妻俩常开派对,格调高雅,而且每次都邀请我跟我太太。格洛莉亚会花上好几个小时,做好小巧的三明治,准备多种葡萄酒,还会精心打扮。她一头黄棕色短发打着卷儿,十分可爱。

话说回来,爱马士·肥特没给格洛莉亚宁必妥。一周后,格洛莉亚从加州奥克兰市西纳农①大楼的十楼窗口跳了下来,在麦克阿瑟大道的人行道上摔了个稀巴烂。至于爱马士·肥特,则沿着危机暗伏的漫漫长路一路下滑,最终陷入悲惨与疾病的混乱泥潭——也就是天体物理学家们所说的,整个宇宙的最终命运。所以,肥特不过是走在了时代和宇宙的前面。到了最后,他早已想不起究竟是哪一起事件引他走上一路熵增的下滑之路。上帝慈悲,让我们不晓得将来,也忘了过去。得知格洛莉亚的死

----

① 1958年始创,最开始是戒毒项目,二十世纪六十年代演变成另类社区,十年后终成"西纳农教派",1991年被永久性解散,被称为美国历史上"最危险、最暴力的邪教"。

讯后，整整两个月，肥特不停地哭，不停地看电视，毒品麻醉剂也越用越多。他的脑子越来越糊涂，可自己一点儿也不知道。上帝的恩典真是无边无际。

其实，一年前，因为精神疾病，肥特失去了妻子。如今，精神疾病就像瘟疫，到处流行。没人知道这多大程度上该怪罪于毒品。总之，在1960年到1970年这段时间，美国加州北部湾区这个地方，算是彻彻底底地毁了。抱歉，我这样说，但这是事实。再美妙的辞藻，再繁丽的理论，也掩盖不了这个事实。政府当局到处追捕精神病人，却变得和那些病人一样疯狂。他们打算把每一个不是当权派拥趸的人都抓起来。政府那些人，个个都像怀着深仇大恨。有一回，一名警察瞪着肥特，那眼神凶狠得仿佛恶狗。还有一回，政府当局打算把黑人马克思主义者安吉拉·戴维斯[①]从马林郡监狱转移走。转移那天，整个市民中心都被搞瘫痪了——据说，这是为了防止激进分子找麻烦。电梯被拔了电线，门上重新贴了标签（上头的信息全是假的），地区检察官则躲了起来。肥特目睹了这一切。那天，他正好去市民中心图书馆还书。在中心大门口电子检查区，两名警察把肥特手里的书和文

[①] 安吉拉·戴维斯（Angela Davis, 1944 - ）美国女性黑人政治活动家，学者和作家。戴维斯在二十世纪六十年代是著名的活动家和激进人士，美国共产党领导人。

件全都撕了。肥特感到莫名其妙。那一整天,他都觉得莫名其妙。在自助餐厅吃饭时,他看到两名全副武装的警察紧紧地盯着食客,一个都不放过。最后,肥特不敢开车,便叫了出租车回家。他觉得自己怕是疯了。没错,他是疯了。大家都疯了。

我呢,是个科幻小说作家,以此为业。我惯于跟幻想打交道,我的生活就是一部幻想小说。不扯远了。格洛莉亚·克努森已躺在加州莫德斯托市的一个大箱子里。我家相册里还有一张她葬礼上花环的照片。照片是彩色的,能看得出花环有多美。照片背景里有一辆大众车,而我正弓着身子,钻进大众车里——葬礼进行到一半时我就躲到一边。我实在受不了。

下葬仪式结束后,格洛莉亚的前夫鲍勃、我,还有个眼泪汪汪的朋友——他既是格洛莉亚的朋友,也是鲍勃的朋友——在墓地附近找了家高级餐馆,一起吃午饭。女服务生把我们三人安排在餐馆不起眼的角落里。这大概是因为,尽管我们三个都穿西服打领带,但看起来仍像嬉皮士。没关系,我们根本不在乎。我不记得我们吃午饭时聊了些什么。葬礼前一夜,鲍勃和我——我是说,鲍勃和爱马士·肥特——开车到奥克兰,看了电影《巴顿将军》。下葬仪式之前,肥特第一次见到了格洛莉亚的父母。他们俩跟去世的女儿一样,对人极为礼貌。格洛莉亚父母家的客厅是庸俗的加州农场风格。格洛莉亚的几个朋友,三三两两地站在客厅里聊天,缅怀让他们聚在一起的人。不出所料,克努森夫人化了厚厚的妆。有人死去的时候,女人总化浓妆。肥特拍了拍死去姑娘养的猫。猫名叫"猫总统"。肥特想起与格洛莉亚共度的几日,那时她开车来他家取并不存在的宁必妥,结果白跑一趟。肥特见到格洛莉亚,向她承认自己撒了谎。可格洛莉亚却泰然自若,甚至有些无动于衷。想死的时候,人不会在意这种小事情。

"我已经把药吃掉了。"肥特说。又是一个谎言。

两人决定开车去海滩,去雷斯角半岛,濒临太平洋的广阔海滩。两人乘坐格洛莉亚的大众车,由格洛莉亚驾驶(肥特压根儿没想过,格洛莉亚可能会在冲动之下,把她自己和车辆连同肥特一起彻底毁灭)。一小时后,两人便一同坐在沙滩上,吸起了麻醉剂。

肥特最想知道,格洛莉亚为什么要自杀。

格洛莉亚穿着一条洗旧的牛仔裤,一件T恤,胸口印着米克·贾格尔①乜斜眼睛的脸。海滩沙子柔软舒适,她脱了鞋。肥特注意到,她涂了粉红色的指甲油,还精心修护过双脚。肥特心想,就连死,她也要跟活着时一样优雅。

---

① 米克·贾格尔(Mick Jagger, 1943 –)"滚石"乐队主唱,被誉为"摇滚音乐史上最受欢迎、具影响力的先驱之一"。

"他们偷光了我银行账户里的钱。"格洛莉亚说。

她的叙述字斟句酌,条理清晰。片刻后,肥特明白过来,"他们"并不存在。格洛莉亚的叙述,全面地展示了何谓彻底的、毫不留情的疯狂。这种疯狂由如宝石般优雅精致的细节组成,她就像牙科医生,用精密的工具,一一补充了全部细节。她的叙述中没有断层,找不出任何错误——除了整篇叙述的前提:她认定,每个人都恨她,都想抓她;而她自己,不论从哪方面看,都一文不值。就这样,肥特眼看她一边讲话,一边慢慢地消失,那景象奇妙极了。格洛莉亚,就这么字斟句酌地,一个词接一个词地,用语言消抹了自己的存在。他想,是理性,使得她成为,嗯……成为"非生物"。她的意识,已经成了一块巨大的、熟练的橡皮擦。留在这儿的只有她的躯壳——或者说,没有意识居住的肉体。

这天,在海滩上,他明白了一点:她已经是个死人了。

吸完麻醉剂后,两人沿着海滩散步,聊着海草、海浪的高度之类。海鸥鸣叫着,绕着两人头顶盘旋,就像玩具飞盘。海滩边零零散散有几个游人,或闲坐,或闲逛。除此之外,一片荒凉。海滩上立着布告牌,警告人们当心暗流。肥特想破脑袋也不明白,格洛莉亚为什么不直接投海。他简直没法理解她的思考方式。在她脑中,只盘算着还需要几片宁必妥(其实她并不需要)。

"'感恩至死'乐队出的专辑里,我最喜欢《工人之死》①。"闲聊中,格洛莉亚说道,"可我觉得,他们不该在歌里宣扬嗑可卡因这事。听摇滚的人里头,很多都是孩子。"

"他们没宣扬。那首歌只是讲了有个人嗑可卡因,结果可卡因间接害死了他。他驾驶的火车被撞了个稀烂。"

"就因为这个,我才开始吸毒。"格洛莉亚说。

"就因为'感恩至死'?"

"就因为,"格洛莉亚回答,"每个人都叫我吸毒。别人总要我做这做那,我烦透了。"

"别自杀,"肥特说,"搬来跟我一块儿住吧。我也是一个人,而且我很喜欢你。至少试一试,就几天。我可以带几个朋友,帮你搬东西。我们俩有好些事情可做,比如四处逛逛,或是像今天这样到海滩来。这儿挺美,是吧?"

格洛莉亚没有应声。

"要是你真走了,我这辈子都不会安心的。"肥特说。后来他才明白,这些话全是不该说的,这些理由大错特错。按照肥特的话,格洛莉亚活着,就像帮人家大忙似的。就算他存心找最离谱的理由,找上几年,也找不到比这些更离谱的——他还不如跳上大众车,直接倒车轧死她算了。所以,能守着接听自杀热线的那

---

① "感恩至死"乐队的第四张专辑。

些人，绝对不是傻瓜。后来，肥特才亲身体会到这一点。在温哥华那次，就是他也想自杀的那次，他拨通了大不列颠哥伦比亚省危机中心的热线。接听热线的人给了他十分专业的建议，那跟他在海滩给格洛莉亚的建议相比，简直是天壤之别。

格洛莉亚停了下来，用手抠出嵌在脚底的小石子，"今晚，我想在你家过夜。"

听到这话，肥特的脑中不由自主地出现了性爱场面。

"老远。"那阵子，全因为反文化运动，他总这么说话。反文化运动中，流行一整套奇怪的词汇，基本上都毫无意义。肥特总爱把其中几个串起来用。"老远"就是其中一个。在肉欲的影响下，他误以为自己已经拯救了朋友的生命，正沾沾自喜。他的判断力本来就不怎么准确，此刻更是跌到了历史最低点。一个好人命悬一线，而且线头攥在肥特手里，他脑子里却想着怎么上垒得分。两人继续往前走，肥特嘴里冒出另外两个无意义的奇怪句子："我能挖。不见。"

几天后，她就死了。海滩那晚，肥特和格洛莉亚睡在一起，但两人衣冠齐整，没有做爱。第二天下午格洛莉亚就开车走了，说是去她父母在莫德斯托的房子那儿取东西。之后，肥特就再也没见过她。他等啊等，等了好几天。某天晚上，电话响了，是格洛莉亚的前夫鲍勃。

"你现在在哪儿?"鲍勃问道。

闻言,肥特觉得莫名其妙。既然接了电话,他当然在自家厨房里,电话机旁边。鲍勃的声音听起来挺平静。"我就在这儿。"肥特回答。

"今天,格洛莉亚自杀了。"鲍勃说。

我有张照片。照片上是格洛莉亚,怀里抱着"猫总统"。她跪着,脸上带着微笑,眼中闪着快乐的光芒。"猫总统"在她怀中挣扎,想跳出来。一人一猫的左边,是圣诞树的一角。照片背后,克努森夫人用整齐的字体写道:

就这样,在我们的努力下,她终于开始感激我们的爱。

我琢磨许久,想不出这句话究竟是在格洛莉亚死前写的,还是在她死后写的。这张照片,是格洛莉亚葬礼后一个月,克努森夫妇寄给我——寄给爱马士·肥特的。肥特写信给克努森夫妇,请他们寄一张格洛莉亚的照片来。一开始,他问鲍勃要。鲍勃没好气地反问:"你要格洛莉亚的照片干吗?"肥特无言以对。在肥特让我开始写这故事时,他还问我,在我看来,鲍勃·兰利干吗对他的这一请求那么生气。我不知道,也不在乎。有可能,格洛莉亚和肥特在一起过夜这事儿给鲍勃知道了,他嫉妒。肥特曾跟我说过,鲍勃·兰利是个精神分裂症患者,还说这事儿是鲍勃亲口说的。精神分裂症患者的思维中,缺少恰当的情感。这被称为"情感贫乏"。所以,精神分裂症患者会亲口告诉你他是个精神分裂症患者,而且觉得这没什么不妥。不过,另一方面,在格洛莉亚的下葬仪式上,鲍勃曾弯下腰,在棺材上放了一朵玫瑰花。与此同时,肥特正往那辆大众车里钻。到底哪种反应才算恰当?像肥特那样,钻进车里自个儿哭泣?还是像这位前夫那样,虽然没有语言,没有表情,却实实在在地行动——弯下腰放朵玫瑰?参加格洛莉亚葬礼的时候,肥特只送了一束花儿。花儿是他在来莫德斯托的最后一刻才买的。他递给克努森夫人,夫人说花儿很美。但实际上,挑选这束花的是鲍勃。

葬礼之后,在高级餐馆(就是女服务员把他们三人领到不起眼角落的那家),肥特问鲍勃,格洛莉亚去西纳农干什么。肥特本以为,她应该回家收拾行李,然后开车回到马林郡,跟自己同住。

"是卡米娜劝她去西纳农的。"鲍勃回答。卡米娜是克努森夫人的名字。"因为格洛莉亚从前吸过毒。[①]"

格洛莉亚和鲍勃共同的朋友提摩西(肥特从前没见过他)

---

① 西纳农组织一开始是个戒毒项目,克努森夫人大约希望格洛莉亚彻底摆脱毒瘾。

说:"西纳农那地方,真没什么用。"

　　事情的经过是这样的:格洛莉亚走进西纳农大楼正门,西纳农组织的成员立即对她实行了"游戏"①。在格洛莉亚坐着等待面谈②时,有个人故意走过她身边,大声说她长得可真丑。第二个经过她身边的人则嘲笑她的头发像老鼠睡过的窝。格洛莉亚对自己鬈曲的短发很敏感,她一直希望自己的头发能跟世界上其他人的一样,又长又直。然后第三位西纳农成员也走了过来——至于这位成员想说什么,已不得而知。因为,此刻,格洛莉亚站起身去了十楼。

　　"西纳农那地方,就靠这一招吗?"肥特问道。

　　鲍勃回答:"这是一种破坏人格的技巧,属于法西斯精神疗法。这一招会让人彻底听从外界导向,完全依赖所在集体的评价。这样,西纳农组织就可以为此人建立起不依赖毒品的新人格。"

　　"他们难道不知道,她有自杀倾向?"提摩西问道。

　　"当然知道。"鲍勃说,"格洛莉亚去之前打过电话,跟他们说过。他们知道她的名字,也知道她去那儿的理由。"

---

　　① 也称"西纳农游戏",是西纳农组织著名的"讲真话"群体会谈。会谈中,某位会员讲述自己的生活,而其余成员则对这位会员实施极端的语言暴力攻击。

　　② 想加入西纳农组织,第一步就是严格的面谈。

"她死后,你有没有找他们理论过?"肥特问道。

鲍勃说:"我给他们打了电话。我跟他们说,找上头的人来。那人来了以后,我告诉他,西纳农害死了我老婆。他希望我去一趟,教教他们怎么跟想自杀的人打交道。他听起来难过极了,也挺可怜。"

听了鲍勃的话,肥特心中断定,这家伙的脑子也不正常了。他居然觉得西纳农可怜。鲍勃彻底完蛋了。卡米娜·克努森也彻底完蛋了。这儿每个人都彻底完蛋了。整个加州北部,没一个正常人。该搬家了。肥特一边吃沙拉一边琢磨,该搬到什么地方去。出国?逃到加拿大?就跟烧掉征兵卡①的那些人一样?光肥特认识的人里就有十个,因为不肯去越南打仗,偷偷越过边境,去了加拿大。说不定,在温哥华,他还能碰到六七个熟人呢。跟旧金山一样,温哥华也是个重要的港口城市,而且还是世界上最美丽的城市之一。在那儿,他可以开始新生活,忘掉过去。

肥特坐着,心不在焉地拨弄面前的沙拉。他突然记起,鲍勃来电话那晚,他说的不是"格洛莉亚自杀了",而是"今天,格洛莉亚自杀了"。仿佛意味着格洛莉亚自杀是免不了的事,不是今

---

① 二十世纪六十年代,美国年轻人通过公开焚烧征兵卡的方式,抗议美国参加越战。

天,就是明天。对了,大概就因为这个,格洛莉亚才死的。她的寿命被人设下了时限,就好像她的人生是一场数学考试似的。到底谁疯了? 格洛莉亚? 她前夫? 肥特自己(很可能就是他自己)? 还是说,整个湾区的人都疯了? 这个"疯"字,不是随便说说的"疯",而是真正医学意义上的"精神失常"。据说,精神疾病的第一个征兆,就是病人感觉到自己大概得了精神疾病。又是个"中国指套"把戏,只要一思考发疯这事,就会被卷进疯症里。爱马士·肥特思考着发疯这事,所以,他正一步步滑向疯狂的深渊。

要是我能帮他多好。

2

　　尽管我帮不了爱马士·肥特,但自有人能帮他逃过一死。他的第一个救星,是跟他同住一条街的十八岁女高中生;另一个则是上帝。两个救星里,女高中生对他的帮助更大。

　　我不太确定上帝到底有没有帮到他。事实上,在我看来,从某些方面来说,上帝反倒让他病得更重。对此,肥特持反对意见。肥特十分肯定,上帝彻底治好了他。我觉得这不可能。《易经》里有句话,"贞疾,恒不死"①。这话用在我朋友肥特身上很合适。

　　女高中生斯蒂芬妮是个毒贩,所以才认识了肥特。格洛莉亚死后,肥特服食的麻醉药量大大增加,不得不四处寻找毒源,有多少买多少。不过,从高中生那儿买毒品,委实不明智。这跟

———————

① 意为"一直生病,却总是不死"。

毒品的质量没什么关系，主要是法律和道德的问题。一旦沦落到从小孩子那儿买毒品，人就得终生背上骂名。理由显而易见。可是，我碰巧了解内情——这一点，政府当局却不知道——爱马士·肥特跟斯蒂芬妮来往，其实并不是为了买毒品。斯蒂芬妮卖哈希什①和大麻，却不卖兴奋剂。她反对兴奋剂。凡是她反对的东西，斯蒂芬妮从来不卖。比如，不管遭受多大压力，她从来不卖迷幻药，倒是时不时卖点儿可卡因。没人明白她到底是怎么想的。不过，尽管并非通常意义上的"思考"，斯蒂芬妮确实以她的方式思考过，并得出了结论。而一旦得出结论，就没人能动摇斯蒂芬妮的信念。所以肥特喜欢她。

我要说的就是这个。肥特喜欢的是她本人，不是她卖的毒品。可是，要想跟斯蒂芬妮来往，就得买她的哈希什。对斯蒂芬妮来说，哈希什是生命的起始，也是生命的终结——呃，至少是有意义的生命的起始和终结。

上帝对肥特出手相救的时机虽然不对，但好歹没像斯蒂芬妮那样干些非法的事情。肥特深信，总有一天（这一天随时会到），斯蒂芬妮会被抓进监狱。而肥特的所有朋友也都深信，总有一天，肥特也会被抓进监狱。我们都替肥特担心，担心他被

---

① Hash，全称为 Hashish，由印度大麻榨出的树脂制成，比普通大麻更为浓烈。

抓,还担心他会慢慢滑向抑郁沮丧、与世隔绝和精神错乱的深渊。肥特担心斯蒂芬妮;斯蒂芬妮则担心哈希什的价格。还有可卡因,斯蒂芬妮更担心可卡因的价格。我们从前常想象,斯蒂芬妮会在半夜突然惊醒,猛地坐起身来,大叫:"可卡因涨到一百块钱一克啦!"普通女人有多操心咖啡的价格,斯蒂芬妮就有多操心毒品的价格。

从前,我们常常议论,说斯蒂芬妮这人在二十世纪六十年代之前绝不可能存在。是毒品将她带到这世上,将她生生召唤出来。她就是毒品的系数,是方程式的一部分。而也正是通过她,肥特才最终寻求到了上帝的帮助。起作用的是斯蒂芬妮这个人,不是她的毒品。毒品跟上帝毫无关系,也打不开通往天国的大门,那些全是无良毒贩编的谎言。斯蒂芬妮帮肥特找到上帝则是通过一个小小的陶罐。在斯蒂芬妮十八岁生日时,肥特出钱帮她买了一架陶艺拉坯机当作生日礼物。斯蒂芬妮用这架拉坯机做了一只小陶罐,送给肥特。后来,肥特逃到加拿大去的时候,还带上了这只小陶罐——他用短裤、袜子和衬衫裹着陶罐,装在随身的唯一一只手提箱里。

这只陶罐的外表很普通:圆滚滚,浅棕色,涂了薄薄的蓝色釉作为装饰。斯蒂芬妮不是专业陶艺师。要是不算高中上过的陶艺课,这只陶罐是她的首批作品之一。首批作品理所当然要送给肥特,因为他们俩挺要好。肥特心情不好的时候,斯蒂芬妮就会递上哈希什。这样,肥特便能平静下来。但是,另一方面,这只陶罐很不普通——上帝就沉睡在里头。上帝在里头睡了很久很久,差点儿睡过头。

世间有些宗教教导人们说:上帝总要等到第十一个小时,也就是挨到最危急的时刻,方才插手人事。这话是真是假,我不敢妄下判断。不过,在爱马士·肥特这件事上,上帝可是足足等到第十一小时五十七分,方才出手干预,而且干预的力度也不够大。

总之,上帝对待肥特,出手晚不说,还没帮多大忙。这不能怪斯蒂芬妮。斯蒂芬妮一拿到拉坯机就动手做出陶罐,上了釉,送进炉子烧制完成。她为肥特尽了力。当时,肥特跟之前的格洛莉亚一样,正渐渐走向死亡。之前,肥特想帮格洛莉亚;这会儿,斯蒂芬妮也想帮肥特。肥特没帮上格洛莉亚,斯蒂芬妮却帮了肥特。

在危急关头,斯蒂芬妮自有办法,肥特却手足无措。所以肥特还活着,格洛莉亚却死了,全因为肥特的朋友斯蒂芬妮比格洛莉亚的朋友肥特更好。肥特倒愿意跟格洛莉亚互换,让她活着,自己死去,可这又不由他说了算。谁能活谁得死,全由宇宙说了算。宇宙做出决定,造成某些后果,让某些人活着,另一些人死去。就这么残酷。虽然残酷,却是每个生命都得屈从的铁律。肥特找到了上帝,格洛莉亚·克努森却只遇上死神。这不公平——肥特会第一个跳出来这么说。他是个好人。

遇到上帝后,肥特心中生出不寻常的深深爱意。跟平常人说的"爱上帝"之类的爱不同,肥特对上帝的感情,确切地说,更像是切切实实的饥渴。更古怪的是,肥特对我们说,上帝伤害了他,可他仍然渴求上帝,仿佛醉汉渴求酒精。他说,上帝对他发射了一道粉红色光芒,直射进他的眼睛、他的大脑,致使肥特短暂性失明,头也疼了好几天。肥特说,那道光芒的颜色很容易描述,就跟闪光灯在你眼前闪过后,眼内留下的残像的颜色差不多。此后,这种颜色就萦绕在肥特脑中,有时候,还会闪现在电视机屏幕上。这种特别的粉红色,成了肥特生命的意义。

可是,他却无法真正地再次看到这种颜色。没有任何平常事物能产生这种颜色,只有上帝才行。也就是说,这种颜色并不包含在普通光之内。肥特还仔细研究了可见光谱色卡,却没有找到这种颜色。也就是说,肥特看见了一种旁人从未见过的颜色。它在色卡的范围之外——在可见光之外。

那么,依照频率排列,光之后应该是什么?热能?电波?我本该知道的,可我想不起来。肥特跟我说(不知道他的话有几分真几分假),在太阳光谱中,他所见的颜色的波长应该位于七百毫微米①之上；在夫琅禾费线②中，这种颜色应该排在B之外，靠近A。这话随你们信不信，反正在我看来，这是肥特精神崩溃的征兆。精神崩溃的人都喜欢收集资料做研究，以解释自己反常的精神状态。自然，这种研究都是徒劳。

虽然在我们看来，这些研究都是徒劳；可不幸的是，在精神分裂的大脑看来，有时候，这些研究能为他们提供虚假的合理性证明——比如格洛莉亚口中的"他们"。我查过夫琅和费线，里面根本没有A。排在最前面的字母是B。夫琅和费线中的字母从G排到B，代表从紫外线到红外线。就这些，没别的。所以肥特看到的，或者说，他自以为看到的，不是光。

肥特从加拿大回来以后——也就是他找到上帝以后——我们俩常常待在一块儿。我们晚上一起出门，四处游荡，瞧瞧新鲜事。这已经成了惯例。有一天晚上，我正在停车，突然发现左臂上多了个粉红色光点。尽管从没见过，可我知道这东西是什么，是激光。有人朝我们发射了一束激光。

我告诉肥特："这是激光。"此时，光点正四处移动，从我的左臂移到了电线杆，又移到车库的水泥墙上。肥特也看见了。

---

① 一毫米的千分之一，现在已被"纳米"代替。

② 一系列以德国物理学家约瑟夫·夫琅禾费(1787-1826)为名的光谱线，用以表示太阳光谱中的暗特征谱线。

远远的街那头，站着两个十几岁的孩子，拿着某样方形物体。

"那鬼东西居然是他们自己造的！"我说。

两个孩子咧嘴笑着，走到我们身边。他们说，这东西是拿工具包自己造的。我们夸奖一番，称赞他们确实厉害。之后，他们便走开了，另找捉弄对象。

"你看到的粉红色，就是这种颜色吧？"我问肥特。

肥特没回答。我有种感觉，他没对我说实话。我觉得他看到的就是这种激光的颜色。若果真如此，他干吗不承认呢？我不知道。说不定，他觉得要是承认了，就会毁了某种更高深、更奥妙的推论。精神紊乱的人才不会采用"科学最简原则"（即用最简单的理论来解释某些特定事实），他们更喜欢巴洛克式的繁复。

在讲述被粉红光芒刺痛致盲的这段经历时，肥特一再向我们强调的中心论点是：当时——也就是在被光芒击中的那一刻——他瞬间知晓了某些他从不知道的事情。具体来说就是，他知晓了五岁儿子体内有未经诊断出的先天性缺陷，而且清楚地了解疾病的症状，详细到解剖学上的细节，实际上，详细到只有医生才弄得清的医学细节。

我真想知道他是怎么跟医生说的，怎么跟医生解释自己居然知道那些医学细节。他脑中存下了粉红色光芒印下的各种信息,可他怎么跟医生解释他从哪里知道的这些?

后来,肥特想出了一套理论,认为宇宙是由信息组成的。他开始记日记——其实,他早就悄悄地写了一段时间的日记——脑子不清楚的人,总爱干些偷偷摸摸的事。他遇见上帝这事,也一五一十地由他(肥特,不是上帝)写在了日记本上。

"日记"这词儿是我说的,不是肥特说的。肥特的原话是"注疏(exegesis)"。这是个神学词语,意思是对某段神圣经文进行解释或阐述。肥特相信,发送到他脑中的信息,那些一波接一波塞满他脑袋的信息,来源神圣。所以,应被视为《圣经》的一种——尽管这《圣经》的内容不过是他儿子罹患未经诊断出的右腹股沟疝气,引起积水,已蔓延至阴囊。肥特把这些告诉了医生。肥特的前妻带着小克里斯托弗做了检查,结果证明肥特所说的一点儿没错。小克里斯托弗被安排在第二天——换句话说,就是尽快——进行了手术。手术后,主刀医生高兴地通知肥特和他前妻:好几年来,小克里斯托弗一直危在旦夕,甚至可能因为肠扭结,半夜就死在家里。"真是太幸运了。"那医生说,幸亏他们及时发现,做了手术。又是格洛莉亚说的"他们",但不同的是,这一次,"他们"确实存在。

大夫说手术非常成功。此后,克里斯托弗比从前乖了很多。原来自打出生以来,他每天都在疼痛中度过。之后,肥特和前妻给儿子换了一名全科医生。这回,他们找了个真正长了眼睛的医生。

　　肥特的日记中有一段让我特别感兴趣,所以我把它抄了下来,附在下文中。这段文字跟右腹股沟疝气无关,而体现出更为宏观的主题。肥特在其中表达了自己日渐坚定的看法:宇宙的本质是信息。他有这想法并不奇怪。对肥特来说,宇宙——他的宇宙——确确实实正迅速变成信息。一旦上帝对某人开口说话,就永远不会闭嘴。《圣经》里可没提这茬儿。

日记第37篇

　　终极意识的思维,就是我们在物质宇宙中感知到的排列与重组——也就是变化。所谓变化,就是信息和信息处理过程的实体化。我们不仅将终极意识的思维视为客观实在,更将之视为客观活动——更确切地说,是对客观实在的布局排列:即物与物之间如何相互连接。但是,我们无法读懂这些排列组合中的规律,无法从中提取信息。也就是说,我们无法将所谓的客观实在还原成本来的信息。终极意识将物体连接或解散重连的过程,实际上也是一种语言(当然不是我们使用的语言)。但这种语言只在其对自我沟通时使用,并不需要与外界的人或物进行交流。

以上论点,肥特在日记中一再提到,在跟朋友们聊天时也反复说起。他很肯定,宇宙开口对他说话了。他的日记中还有一条:

日记第36篇

我们本该听见这些信息或叙事,因为我们体内本该有个中性声音对我们说话。可惜不知何处出了问题,声音消失了。所有的造物都是语言,仅是语言而已。但由于某种莫名其妙的原因,这种语言,在外界我们读不懂,在体内我们听不见。所以我才说,我们都成了傻子。我们的智慧出了问题。

我的理由如下:终极意识各部分的排列是语言;我们是终极意识的一部分,所以我们也是语言。那么,我们为什么不知道自己是语言呢?我们甚至连自己的本质都不知道,更何况我们身处的外界现实的本质。"傻子"这个词的词源是"自私"。[1]我们大家都成了"自私"的产物,而不再与终极意识共享思维,除非是在潜意识层面。因此,我们真实的生活和意图,其实都是在意识阈限之下进行的。

---

[1] 傻子(idiot)希腊语为 idiotes,意为"private person, layman",即自私的人,懒人。

看了这段话,我忍不住想说:你说的只是你自己,别把我们拉进去,肥特。

在很长一段时间里(换作肥特,肯定会用"永恒横亘,如无边沙漠"之类的词句),肥特想出了许多奇谈怪论,来解释他碰见上帝并得到信息这件事。其中有一则猜想与众不同,让我觉得特别有趣。在这则猜想中,针对"遇见上帝"事件,肥特似乎在主观上做出了让步:他承认,自己并未经历任何特殊事件,没见到上帝,也没得到信息。只不过从很远很远的地方——或许有数百万英里这么远——射来了一束细细的能量,刺激了他大脑的某些特定部分,使他产生了幻觉,以为自己看到了各种图像、人像、印刷页面,听到了人声言语。也就是说,让他以为自己看到了上帝,得到了神谕——或者用肥特的话来说,是"逻各斯"①。但是(肥特继续猜想),这些体验都是他想象出来的,仿佛全息图像,实体并不存在。这则奇异猜想让我十分惊讶。"失心疯"肥特居然想出如此复杂的办法,企图解释自己的幻觉来源——他运用智力,让自己逃离疯狂的旋涡,却想法子保住了幻觉见闻的正当性。在这则猜想中,他承认自己的所见所闻或许并不存在。这

① 古希腊哲学、西方哲学及基督教神学的重要概念。在古希腊文中一般意为"话语",在古希腊哲学中表示支配世界万物的规律性或原理;在基督教神学中是耶稣基督的代名词,中文《圣经·新约》一般译为"道"。在本书中,作者将"逻各斯"等同于上帝。

是不是意味着,肥特的疯症正在好转?完全不是。现在,他认定"他们"(或是上帝,或是别的什么人)拥有远距离武器,能将饱含信息的细细能量束对准他的脑袋飞射过来。这念头,可不是疯症好转的征兆,不过总算是一种改变。肥特终于愿意直面自己的幻觉,并承认所见所闻是并不存在的;可是,跟格洛莉亚一样,他的思维中也出现了"他们"。这种改变,在我看来,只能算是个"杀敌一千,自损八百"的惨淡好转。肥特的生活简直就像,嗯……打个比方吧,就像他拯救格洛莉亚的徒劳过程的无味翻版。

　　一个月又一个月,肥特不停地撰写修改自己的注疏。在我看来,这种情形,就算是好转,也得不偿失。一颗备受困扰的大脑,正试图理解高深莫测的难题。或许,这也是精神疾病的底线:无解之事不断发生,原本的现实不断变动,成了装满骗局和恶作剧的垃圾篓子。这还不算(仿佛这还不够惨似的),而你,跟肥特一样,还得一直不停地思考这些变动,拼命自圆其说,给予这些变动合理的解释——其实,合理的解释根本不存在,只是你的大脑为了要理解无解之物,将其复原为熟悉的形状,归置到熟悉的程序中,这才强安上了所谓的合理解释。罹患精神疾病后,首先离你而去的,便是熟悉的日常生活。取而代之的只有坏消息——你不但没法理解所见所闻,而且也没法把这些说给别人听。疯人经历了独特的体验,却不知道这些体验究竟为何,从何而来。

肥特的生活正在分崩离析(崩溃的源头就是格洛莉亚·克努森之死),可他却觉得上帝已经治好了他。一旦你注意到一次,就会发现生活中处处是这种得不偿失的事。

肥特让我想起一个从前认识的姑娘。她得了癌症,快死了。我去医院看她,差点儿没认出来。她坐在病床上,模样就像个秃顶老头儿。由于化疗,她的身体肿胀得像一颗巨型葡萄。在癌症和化疗的双重作用下,她彻底失明,几乎耳聋,不断痉挛。当我俯下身问她感觉如何时,她废了好大劲儿才听懂我的话,回答说:"我感觉上帝在替我治病,我正在好起来。"从前,她就有信教的倾向,还打算加入某个宗教团体。她病床旁的金属床头柜上放着一串玫瑰念珠,不知是她自己放的,还是别人替她放的。我觉得,她应该在床头柜上放块牌子,写上"去你妈的,上帝",那才合适。要什么见鬼的玫瑰念珠。

不过,公平来讲,我得承认上帝——或者自称是上帝的某人(这两者只有语义学上的差别)——确实朝爱马士·肥特的脑袋发送了宝贵的信息,拯救了他儿子克里斯托弗的生命。上帝救人,也杀人。但这话肥特反对。他说,上帝从来没有伤过任何一个人,疾病、痛苦和苦难都来自其他地方,跟上帝无关。我反问道:那么,这个"其他地方"是从哪儿来的?难道有两个上帝?

还是说,宇宙有一部分,不在上帝的控制范围内?然后肥特就引用了柏拉图的话。根据柏拉图的宇宙观,在努斯或"意识"的劝说下,阿南刻①或"盲目必然"——有些专家称之为"盲目偶然"——会屈服。努斯恰巧出现,意外发现了盲目偶然,也就是"混乱",然后迫使其井然有序——问题是,努斯究竟是怎么劝服阿南刻的,柏拉图一点儿都没提。肥特说,我那位朋友身上的癌症,其实就是未被劝服成有意识状态的混乱,有待上帝或努斯前来施以援手。听了这话,我回答:"等到他来,黄花菜都凉了。"肥特无言以对,至少当场没回话。说不定,他偷偷把这事写进了日记里。他天天熬到凌晨四点,在日记里写写画画。没准宇宙的所有秘密还真藏在他写的那堆垃圾里呢!

我们常逗引肥特跟我们辩论神学,以此取乐。因为,每次辩论,他都会大发雷霆,把我们针对某事发表的观点(或者说,把这件事本身)当真。此时,他的脑袋已经彻底迷糊了。我们一般都会先随口扯句闲话,比如"哎呀,今天在高速公路上开车的时候,上帝给我开了张罚单"之类。肥特一听就上当,然后会立即跳起来反击。我们常用这办法消磨时间。虽然对肥特是种折磨,可也无伤大雅。我们之后还会愉快地讨论,肥特将如何把这场争

① "ananke"字面意思是"必然性",是希腊神话中的命运、定数和必然的神格化,她的形象是拿着纺锤的女神。

辩写进日记里。当然,在日记里,肥特的观点总能取胜。

我们从来不用无聊的问题逗引肥特,像是"要是上帝无所不能,他能否造一条沟,宽到连自己都跳不过去"。我们有的是各种现实问题,肥特根本无力应对。我们的朋友凯文,每次都用同一件事攻击肥特。"那我死去的猫咪呢,你怎么说?"凯文总这么开头。几年前,凯文养了只猫。一天清早,凯文带猫出来遛弯。凯文这个蠢货,居然没给猫拴上牵引绳。于是,猫"嗖"地一下冲到街上,正好冲进一辆过路汽车的前轮底下。凯文过去捡猫的时候,猫还活着,鼻子里喷出带血的泡沫,满眼惊恐地盯着他。凯文总是说:"等到审判日那天,当我面对最终审判时,我会说,'先等等'。然后,我就会把手伸到外套里头,猛地拉出我的死猫咪,问:'这怎么解释?'"凯文说,等到那时候,猫肯定硬得跟平底锅一样。他就用手拿着平底锅的把手——也就是猫尾巴,等着上帝给他一个满意的答复。肥特说:"给你什么答案,你都不会满意。"凯文则嗤之以鼻:"你也给不出什么答案。行了吧,就算上帝救了你儿子,他怎么没让我的猫晚五秒钟,哪怕三秒钟跑出去? 这点儿事情很麻烦吗? 啊,对了,因为猫命不值钱嘛!"

"我说,凯文,"有一回,我听不下去,插嘴道,"你也不对,你本该拴条牵引绳的。"

"不,"肥特制止了我,"他说得有理。这事一直困扰着我。

对他来说,这只猫象征着宇宙间一切他想不明白的事情。"

"我明白着呢!"凯文反唇相讥,"我只觉得这宇宙糟透了。上帝要么无能,要么愚蠢,要么冷漠。也有可能三者兼有:他既坏,又笨,还软弱无力。我看我自己来写些注疏好了。"

"上帝又没对你说话。"我说。

"你知道是谁在对马仔说话吗?"凯文回答,"大半夜跟马仔聊天的,就是傻星上的傻人。马仔,上帝的智慧叫什么来着? 神圣什么来着?"

"Hagia Sophia。[①]"爱马士小心翼翼地回答。

凯文又说:"那神圣的蠢蛋怎么说来着? 圣蠢蛋?"

"Hagia Moron。[②]"爱马士回答。他总是以让步来自我防卫。"Moron是个希腊词汇,跟Hagia一样。这个词是我查找'矛盾修辞法(oxymoron)'这个词的时候,偶然看到的。"

"和Sophia的'-ia'不同的是,Moron的'-on'是中性。"我说。

看到这儿,你该明白我们的神学辩论一般如何收场了。我们三个腹中草莽,谁也说服不了谁。我们的罗马天主教徒朋友大卫,以及患癌症快死的姑娘雪瑞,也会参与讨论。雪瑞的病情

---

① 希腊文,意为"Holly Wisdom",神圣智慧。
② moron在英文中意为"蠢蛋,低能儿"。

已趋于缓解，因此得以出院。虽然她的听力和视力都受到了永久性的损害，但除此之外，似乎还是不错。

自然，肥特把雪瑞这事儿当作论据，证明上帝有爱，能治愈世人。大卫赞同他。当然，雪瑞也一样。凯文则把这事儿看作放射疗法和化学疗法再加上些许运气造成的医学奇迹。而且，凯文私下同我们讲，缓解只是暂时的，雪瑞随时都可能再次发病。凯文阴险地暗示，等下一次发作的时候，可就再没有缓解这回事儿了。有时候，我们觉得凯文恐怕是盼着雪瑞的病情恶化，好以此证明他的宇宙观正确无误。

凯文那套言语把戏的中心思想，便是宇宙中只有悲惨和恶意，到头来谁都逃不了。他看待宇宙，就像普通人看待没付的账单一样——总有一天，你会被逼着把钱付清。宇宙放长线钓大鱼，随你蹦跶一阵子，然后收线。凯文心中早就做好准备，随时等着宇宙对他自己、对我、对大卫，特别是对雪瑞动手。至于爱马士·肥特，凯文觉得他已经欠账好几年，早就进入收线阶段了。肥特这条鱼，不是"总有一天"，而是"已经"逃不了了。

肥特总算明智，没在凯文面前提起格洛莉亚·克努森和她自杀的事。要是凯文知道了，肯定会把格洛莉亚加到死猫那笔账里。等到审判日那天，他从外套里猛地拉出来的，除了猫，还会加上格洛莉亚。

作为天主教徒，大卫总爱把所有不对劲的事情都归咎于人类的自由意志。这一点，就连我也忍不下去了。有一次，我问他，雪瑞得癌症，难道也是自由意志的结果？我知道，大卫一直关注心理学领域的最新动态，他一定会根据时下最前沿的理论，说雪瑞在潜意识里想得癌症，于是主动关闭了身体的免疫系统云云。果然，大卫掉进了我的圈套，说了这些话。

我立即追问："那她为什么会好转呢？难道也是她潜意识里希望好起来？"

大卫立即陷入了两难境地。如果他坚持雪瑞的疾病是她本人的意志引发的，那么他就必须把雪瑞的好转也归功于她本人的意志——也就是说，是世俗的力量造成了这一结果，而非超自然的力量。上帝于此事毫无功劳。

"就像C.S.刘易斯①说的……"大卫开口道。这话立即惹怒了当时也在场的肥特。他听到大卫引用刘易斯的话当作自己极端正统神学观念的佐证，立即就发火了。

"说不定，雪瑞胜过了上帝。"我说，"上帝想让她得病，她却奋力抗争，这才好了起来。"大卫刚才挂在嘴边想说的肯定是，雪

---

① C.S.刘易斯(C. S. Lewis, 1890-1963)，英国小说家，学者，牛津及剑桥大学教授，奇幻经典"纳尼亚传奇"系列作者。刘易斯出生于基督教家庭，一度曾是无神论者，后在各种影响下，回归基督教信仰，并成为有名的基督教辩惑家(护教家)。

瑞的生活太过混乱,影响到了神经系统,这才得了癌症;上帝则出手干预,救了她。所以,我故意把他的意思倒过来,说了反话。

"不,"肥特说,"正好相反。上帝治好了雪瑞,就像他治好我一样。"

幸好,当时凯文不在。他可不觉得肥特已经痊愈了(我们谁也没这么觉得),而且就算肥特好了,也不是上帝的功劳。顺便说一句,刚才那句话属于"双论点相抵"结构,其中的逻辑并不严密,会遭到弗洛伊德的批判。弗洛伊德认为,这种结构揭露了将前一主题合理化的过程。比如,有人被指控偷了一匹马。此人辩白道:"我从来不偷马。何况,你那匹还是劣马。"仔细思考此话的逻辑,就能发觉隐藏在字面背后真正的思维活动:第二句话看起来似乎对第一句话进行了补充加强,但实际上并没有。自从肥特经历"神迹"之后,我们几个朋友就开始了无穷无尽的神学辩论。这种"双论点相抵"结构在我们的神学辩论中也会出现,一般是这样的:

1. 上帝不存在;
2. 就算存在,上帝也是个傻瓜。

仔细分析凯文那些怒气冲冲、愤世嫉俗的言语,每次都能发现其中隐含了这种结构。在我们的神学辩论中,大卫会不停地引用C.S.刘易斯;凯文一心抹黑上帝,说的话却总是自相矛盾;肥特会吞吞吐吐地提起那些经由粉红光芒射进他脑袋里的信息;雪瑞则是忍耐着剧痛,喘着气,无声地虔诚祈祷;至于我,我会根据谈话的对象,随时转变我的立场。我们几个当中,没人知道这场辩论究竟会被引向何方,但我们的空闲时间多得发慌,正好借此来消磨。此时,毒品的时代行将结束,人人都忙着寻找新的沉迷对象。多亏肥特,我们已经找到了,那就是神学。

肥特老喜欢引用一首曲子:

难道伟大的耶和华也会睡着,

就像基抹①一类的虚构神灵?

啊! 不可能;上天听到了我的想法,还把它们写了下来,

必然如此。

其实,这首曲子还有一半,不过肥特不爱引用。

这念头弄混了我的脑袋,

往我胸中注入千般痛苦,

让我陷入疯狂……

①根据《希伯来圣经》,基抹是摩押人的神灵。

这首曲子是亨德尔①的咏叹调。肥特过去常跟我一起听录有这首曲子的"撒拉弗"②密纹唱片,由理查德·刘易斯演唱,曲名为《越来越深,越来越沉》。

有一次,我跟肥特说,还有首咏叹调,能完美概括他目前的精神状态。

"哪一首?"肥特戒备地问道。

"《全蚀》。"我回答。

全蚀! 没有太阳,没有月亮,

本应耀眼的正午,却一片全黑!

哦,荣耀的光! 期待中的白昼,

却没有令人欣喜的光芒,愉悦我的双眼!

上帝! 为何夺回您的原初圣意?

日,月,星,在我眼中一片漆黑!

肥特回应道:"正好相反。我被另一个世界射来的神圣光芒照亮,看见了别人看不见的东西。"

说得有理。

———————

① 乔治·弗里德里希·亨德尔(George Friedrich Handel, 1685–1759),英籍德国作曲家,后面提到的两首曲子都是他的作品。

② 此处指百代公司(EMI)出品的唱片品牌,以价格低廉著称。

3

过去这十年——被毒品麻醉剂占据的年代,我们常碰到一个问题:要是某人的脑子坏掉了,该怎么委婉地让他明白呢?如今,我们这些跟爱马士·肥特一起陷入神学世界的朋友,也碰上了类似的问题。

要是能把毒品和疯症两样东西联系起来,那就简单多了:肥特在六十年代嗑了太多药,所以到了七十年代,脑子就成了一团糨糊。要是真能说服自己相信这种因果联系,我早就这么干了。我最喜欢能够一次性解答好几个问题的答案。可是,我实在没法说服自己。肥特没碰过迷幻药,至少没有实质性地嗑过。只有一回,那是1964年,那会儿到处都能搞到山德士LSD-25[1],特别是在伯克利。肥特服食了一大剂LSD-25,然后便感觉自己像是一

————————
① 麦角酸二乙胺,迷幻药物。

下子被丢回到遥远的过去，一下子又去了遥远的未来，最后干脆像是被彻底抛到时间之外。总之，他说起了拉丁语，还深信 Dies Irae——也就是"上帝怒火之日"——已经到来。他能听到上帝的雷霆之怒，震耳欲聋。整整八小时，肥特不停地祈祷哀求，说的全是拉丁语。后来，他自己说，在那段时间里，他只能用拉丁语思考，也只能说拉丁语。当时，他还读了一本书，书里引用了一段拉丁文。他阅读起拉丁文来，就跟阅读英文一样顺畅。好吧，也许他如今的"上帝疯症"的源头就在这儿。他的大脑很喜欢1964年的这段迷幻经历，于是把它保留了下来，以便日后能重来一遍。

但从另一方面来说，要是按照这种逻辑，那就只是把所有问题一股脑儿都推给了1964年。据我所知，服了迷幻药以后能读拉丁文，说拉丁语，甚至用拉丁语思考，这可是非常少见的。肥特丝毫不懂拉丁文。此时此刻，他不会说拉丁语。回溯到1964年，在服下一大剂山德士LSD-25之前，他也不会说拉丁语。后来，到1974年，当他的神秘宗教体验开始后，他发觉自己在用某种异国语言思考。可是，这种语言连他自己也不懂（1964年那会儿，他明白自己说的是拉丁语）。他随便选了几个词，把这些词的读音记了下来。对他来说，这些词根本不算是什么语言，于是也很难为情地不敢随便拿给人家看。他太太——后娶的太太——贝丝，在大学里学过一年希腊语。她看了肥特写下的文字，认出这是不太准确的通用希腊语(Koine Greek),或是阿提卡希腊语(Attic Greek),反正肯定是希腊语。

Koine 这个词,在希腊语中的意思就是"共通"。《圣经·新约》成书的年代,通用希腊语已经成了中东地区的通用语言,取代了阿拉姆语(Aramaic)。在阿拉姆语之前,中东地区的通用语言是阿卡德语(Akkadian)。(我是个职业作家,所以才知道这些。对作家来说,掌握关于语言的专业知识是必需的。)《圣经·新约》的现存手稿,是用通用希腊语写成。不过,"对观福音"[①]的来源,也就是Q[②],是用阿拉姆语写成。阿拉姆语是希伯来语的一种,耶稣本人说的就是阿拉姆语。因此,当爱马士·肥特用通用希腊语思考时,他实际上和圣路加与圣保罗[③](两人是好友)用的是同一种语言,至少和他们用以写作的语言是一致的。通用希腊语的书面

---

① 对观福音(synoptics),即《圣经·新约》前三卷《马太福音》《马可福音》和《路加福音》的合称。这三本福音书的内容、叙事安排、语言和句子结构皆很相似,而它们又以近似的顺序、措辞记述了许多相同的故事,因此学者们认为它们有一定的关联。

② Q source,简称Q,来自于德文Quelle,意思是"来源"。Q是一份假想的耶稣基督谈话集,由早期基督教会的"口授传统"而来,是《马太福音》与《路加福音》的来源。

③ 路加是《新约》中《路加福音》与《使徒行传》的作者。保罗是基督教早期最具有影响力的传教士之一,第一代领导者之一。《新约》约有一半是保罗所写。

文字很滑稽。因为，书写的时候，字与字之间是不留空格的。所以，翻译这种文字的译者，蛮可以选择合适的位置，放入空格。说白了，就是他想放哪儿就放哪儿。于是，各种各样古怪的翻译版本都会出现。就拿以下这句英文为例：

GOD IS NO WHERE 上帝所存无处

GOD IS NOW HERE 上帝现存此处

其实，这些都是贝丝告诉我的。从前，贝丝一直没把肥特的神秘宗教体验当真，直到她看到肥特记录下的通用希腊语的读音，才认真起来。因为，她知道肥特从没接触过通用希腊语。肥特认不出自己写下的文字，还以为那些根本不是语言。肥特宣称——唉，肥特宣称的东西太多了，我真不该用"肥特宣称"开头——在他撰写注疏的那几年里——整整好几年！——他做出的猜想恐怕比天上的星星还多。每一天，他都能增添几条新的猜想。而且，每条都比之前的更不可思议、更激动人心——也就是说，更糊涂得不可救药。而上帝，总是肥特猜想的主题。肥特从对上帝的信仰出发，小心地探索。那模样，让我想起从前养过的一条狗。那条狗很胆小，从来不敢跨出自家前院草坪。他会站在草坪边缘——这个"他"，既指肥特，也指狗——先迈出一步，然后是第二步,或许还会迈第三步……接着立即掉转身子,飞也似的逃回自己熟悉的领地。对肥特来说,上帝就是他所标记的安全领地。不幸的是,在第一次神秘体验之后,他就再也找不到返回那片领地的道路了。

人们一旦找到上帝,上帝就该留在人们身边——真该把这句话写进强制性条款里。

对肥特来说,就算他当初真找到了上帝,到了现在,这件事也只会越来越让人扫兴。就像一包兴奋剂越用越少,袋子越来越瘪,给人的愉悦感也越来越低。兴奋剂没了,可以去毒贩那儿买;上帝没了,该去哪儿买?尽管肥特确实曾找过大卫教会的某个牧师告解,但他知道教会什么忙也帮不上。没什么用。什么都没用。凯文建议他吸毒。我常跟文学打交道,所以建议肥特读读十七世纪英国玄学派小诗人的作品,比如沃恩或赫伯特的诗:

他知道自己有个家,可不知道家园在哪儿;

他说,家园太远,

早已忘记如何前往。

这首诗是沃恩写的,名叫《人》。据我看,这段时间,肥特已经落到了跟这些诗人差不多的地步，都成了时代错误①。宇宙向来喜欢删除时代错误②。要是肥特不赶紧振作起来，怕是也会被宇宙删除。

在所有给肥特的建议中，大概要算雪瑞的最有用。雪瑞还活着，仍处于癌症缓解期，常跟我们待在一块儿。

有一回，肥特陷入低潮，她告诉他："你该研究研究T-34的各项特征。"

肥特问她，什么是T-34。原来，雪瑞读过一本写二战时期苏联武器的书。T-34坦克是当时苏联军队的救星、盟军的救星——往远了说，也是爱马士·肥特的救星。因为，要是没有T-34，肥特现在既不会说英语也不会说拉丁语，更不会说通用希腊语，而是——德语。

雪瑞解释道："T-34的行动速度很快。在库尔斯克，它甚至打败了德军的'象'式坦克歼击车。你根本想不到，它给德国第四装甲军造成了多大的损失。"说着，她在纸上开始画1943年的库尔斯克，画了当时战斗的情形，还标出了各种数据。肥特，还

---

① 把不属于同一时代的人或物硬扯在一起，有时是错误，有时是艺术作品有意为之。

② 时代错误属于时间旅行悖论（或称"祖父悖论"）的一种。有理论认为，在闭合的时间曲线内，宇宙会自行修正不合理之处，不允许时间旅行悖论存在。

有我们大家，全都看傻了。雪瑞的这一面，我们从没见过。"朱可夫①亲自上阵，这才力挽狂澜，击退了装甲军。"雪瑞呼呼喘着气，继续道，"一开始，瓦图京②搞砸了。后来，他被亲纳粹分子刺杀。好了，现在想想德国军队的'虎'式坦克，还有'豹'式坦克。"她拿出几张照片，给我们看各种不同型号的坦克，接着津津有味地讲述科涅夫元帅③如何在三月二十六日成功渡过德涅斯特河和普鲁特河。

究其根本，雪瑞的建议就是想将肥特的思维从宇宙啊、抽象啊这些东西上拉回到真实具体的事物上。她酝酿出了这条切实可行的想法，认为没有什么东西比二战期间的苏联大坦克更真实了。她希望这东西能变成解毒剂，缓解肥特的疯症。可惜，她娓娓动听的生动描述，外加地图和照片，只能让肥特回想起他在格洛莉亚葬礼前一晚跟鲍勃一起看的电影《巴顿将军》。当然，这事雪瑞毫不知情。

"我看哪，他该学学缝纫。"凯文说，"你不是有缝纫机吗，雪瑞？你教教他怎么用吧！"

雪瑞表现出高度的固执，坚持道："库尔斯克的坦克大战，一

---

① 格奥尔吉·康·朱可夫(1896-1974)二战期间苏联总参谋长，被认为是二战期间最优秀的军事统帅之一。

② 尼古拉·费·瓦图京(1901-1944)二战期间苏军将领。

③ 伊万·斯·科涅夫(1897-1973)苏军元帅，二战期间苏联东线将领。

共涉及超过四千辆装甲车。这是历史上规模最大的装甲战役。彼得格勒保卫战，人人都知道；可是，库尔斯克战役却无人知晓。苏联真正的胜利，发生在库尔斯克。你只要想想……"

"凯文，"大卫打断了她的话，"当时，德国人真该拿只死猫出来，让苏联人给个解释。"

"这么一来，苏联人肯定立马停止进攻。"我帮腔道，"恐怕朱可夫到现在还在绞尽脑汁想解释呢！"

雪瑞转向凯文："在库尔斯克，上帝让正义的一方获得了耀眼的胜利。看到这个，你怎么还忍心向他抱怨一只死猫呢？"

"《圣经》里提过掉下来的麻雀。"凯文回答，"里面说，上帝的一只眼睛，连麻雀这种微小的生命也会注意到。可是，问题就出在这里——上帝只有一只眼睛。"

"库尔斯克的战役，是上帝打胜的吗？"我问雪瑞，"这话苏联人听了可不会高兴，特别是那些造坦克、开坦克、最后死在坦克战场上的人。"

雪瑞耐心解释道："我们都是上帝的工具。上帝的意旨，通过我们显现出来。"

"嗯，"凯文说，"拿马仔来说，他见过上帝，也是上帝的工具。可他这工具不怎么顶用哇！要不就是，八成上帝本人也不怎么顶用，所以选的工具也不行。就像八十岁老太太开辆福特平特车①,车子的油箱还是被撞凹了的。"

"要拿死猫的话,德国人也不能随便拿,只能拿凯文那只。"肥特插嘴道,"凯文在乎的只有自己那一只。"

凯文说:"那只猫,在二战期间还不存在呢!"

"那,二战期间,你有没有为这只猫伤心呢?"肥特又问。

"怎么可能?"凯文说,"它那时还不存在呢!"

"他现在也不存在。一样嘛。你也不用伤心啊!"肥特说。

"不对。"凯文回答。

"哪儿不对?"肥特追问,"他二战期间不存在,现在也不存在。哪儿不一样?"

"现在,凯文手里有猫的尸体。"大卫说,"可以拿出来高高举起。这才是那只猫存在的全部意义。他生下来,活了几年,只为了变成一具尸体,好让凯文用来当证据,驳倒'上帝仁慈'之说。"

"凯文,"肥特问,"是谁创造了你的猫?"

"上帝。"凯文回答。

"那,按照你的逻辑,上帝特意创造了证据,来证明自己并不仁慈喽?"

---

① 福特公司1971年推出的车型,为1907年以来最小的福特车型。平特车油箱设计有缺陷,如遇追尾可能会引起油箱起火。1978年,福特宣布召回平特车。有几次著名的诉讼案即因此车型而起。

"上帝是个蠢蛋。"凯文说,"我们有一位愚蠢的神灵。这话我从前就说过。"

雪瑞又问:"创造一只猫,需要很大能耐吗?"

"只要有两只猫就行,"凯文回答,"一只公猫,一只母猫。"不过,他已经品出味道,明白雪瑞此问的含义何在。"需要……"他顿了顿,笑了,"好吧,还是需要能耐的,如果你坚持要追寻宇宙目的的话。"

"你觉得宇宙没有目的?"雪瑞追问。

凯文犹豫了一会儿,回答:"生命活着,都有目的。"

"是谁让它们有了目的?"雪瑞问。

"它们……"凯文又犹豫了,"生命本身就是生命的目的。生命和生命的目的密不可分。"

"这么说,一只动物就是一个目的的具体表现了。"雪瑞说,"这么说,宇宙还是有目的的。"

"宇宙中的一小部分,有目的。"

"没有目的的大宇宙,反而生出了有目的的小部分?"

凯文瞪着雪瑞。"吃屎去吧。"他说。

在我看来,凯文愤世嫉俗的态度,比任何一个因素——当然,是除开那个最初因素(不管是什么)——对肥特疯症的作用都大。不知不觉中，凯文成了那个最初因素的工具。这一点，肥特一清二楚。凯文的言行、外貌、体态，完完全全就是典型的精神病人，这毫无疑问。凯文愤世嫉俗的笑容，简直就像死神的笑容，仿佛一个洋洋得意的骷髅头。凯文活着，就是为了打败生命本身。从前，我一直很奇怪，肥特怎么能忍得了凯文的不断攻击。渐渐地，我看明白了。凯文常用讽刺和嘲笑把肥特的幻想世界撕碎，可是，他每撕碎一次，肥特的力量就增添一点儿。嘲讽仿佛是肥特病症的唯一解药，每当他受完攻击，从地上爬起来，他的病就好一分。肥特再糊涂，也明白这一点。其实，说实话，凯文自己也明白这一点。可是，凯文脑中显然有个奇怪的反馈回路，让他在明知徒劳甚至起反作用的情况下，不但不停止攻击，反而加大了攻击的火力。所以，随着攻击越来越猛，肥特的力量也越来越强。这简直就是希腊神话。

在爱马士·肥特的日记中，一再提到这个主题。肥特相信，非理性渗透了整个宇宙，甚至渗透了宇宙背后的上帝（或者说，终极意识）。他写道：

日记第38篇

失亲与悲痛，让终极意识陷入精神错乱。我们是宇宙这个终极意识的组成部分，所以，我们也有部分精神错乱。

显然,他把自己失去格洛莉亚的痛苦,外推到了宇宙尺度。

日记第35篇

终极意识不会与我们交谈。我们是终极意识的工具。终极意识的叙事穿透我们的身体;终极意识的悲伤,以非理性的方式渗透诸人。柏拉图早就领悟了这一点。他说,在普世灵魂中渗透着非理性。

第32篇日记说得更多:

我们称之为世界的东西,是不断变化的信息、不断展开的叙事,讲的是一位女子的死亡(斜体是我加的)。这位很早之前就逝世了的女子是宇宙原初双胞胎之一,神圣对偶中的一个。叙事的目的,就是怀念这位女子,纪念她的逝去。终极意识不愿忘记她。于是,终极意识的推演永久性地记录下这位女子曾经的存在。只要读到这份记录,就能了解这位女子。终极意识处理的所有信息——即我们体验到的物质实体的排列与重组——都是为了记住这位女子。每粒小石头、每块大岩石、每棵树、每只阿米巴原虫,都留有这位女子的痕迹。这位女子生存,尔后逝去,留下孤独的终极意识。终极意识痛苦不已,于是命令所有的客观实体记录她的生与死,哪怕最低微的层级也必须如此。

读到这里,你总该知道了,肥特说的就是他自己。要是你还没看出来,那你就什么都没明白。

话说回来,我不否认,肥特的脑袋确实是彻底糊涂了。从格洛莉亚打来电话开始,他的脑袋就开始失常。之后,一路下滑,滑向无底深渊。跟雪瑞的癌症不同,肥特的疯症没有缓解期。哪怕遇见上帝也没能缓解。不过,尽管凯文冷嘲热讽,遇见上帝这事,应该不算疯病恶化的征兆。毕竟,按照逻辑来说,癌症这种疾病,如果不断恶化,其结果必然是死亡。可是,疯症就算不断恶化,其结果未必是遇见上帝。遇见上帝这事的术语——我是说神学的术语,不是精神病学的术语——叫"显灵"(theophany)。显灵的意思是神灵在凡人面前自动现身。显灵跟凡人无关,纯粹是神灵——上帝、其他神圣,或是高于人类的力量——自身的作为,比如,摩西没点燃荆棘丛,以利亚也没在何烈山①上发出喃喃低语。那么,我们该如何分辨,哪些是真正的显灵,哪些不过是凡人的幻觉?有一个办法,要是凡人听到的声音对他说了些他并不知道或者无从知晓的消息,那么,这大概就

---

① 据《希伯来圣经》记载,上帝在何烈山上将"十诫"授予摩西。何烈山或许就是《圣经》中上帝向摩西授"十诫"的西奈山。

是真正的显灵，而不是幻觉。具体到肥特这事，他并不懂得通用希腊语，却说出了这种语言。这是否能证明点儿什么呢？还有，他不知道——至少在有意识层面不知道——自己儿子身上天生的缺陷。说不定，在无意识层面，肥特其实清楚儿子身上存在快要扭结的疝气，只是不愿意面对。通用希腊语的事也可以解释：人类体内存在一种跟"种系记忆"相关的机制。荣格本人曾记录过此类体验，称之为"集体无意识"或"种族无意识"，即种系演化过程（也就是人类的进化过程）会在单个个体的生长发育过程中重现。荣格的这一猜想得到了广泛的认可。鉴于此，肥特的脑中突然出现灭绝了两千年的古代语言，也就有据可循了。毕竟种系记忆一直都埋藏在人类个体的意识深处，只要往下挖，总能挖到。不过，荣格的猜想毕竟只是猜想，没有人能够真正地将其证明。

如果承认神灵有可能存在，那么，就必须承认，神灵有能力自动现身。任何配得上称为"神圣"的实体或存在，毋庸置疑，必然拥有毫不费力就能现身的能力。在我看来，真正的问题不是"为什么会有显灵这事"，而是"为什么显灵的次数这么少"。要解释这问题，有个关键概念：deus absconditus，即藏身他处、避人耳目、神神秘秘、不为人知的神灵。（出于某些理由，荣格认为这一概念声名狼藉。）反正，要是上帝存在，从屈指可数的几次显灵来看,他肯定是一位 deus absconditus。要不然,他压根儿就不存在。要不是那几次少得可怜的显灵,后一种说法显然更说得通。要想证明上帝的存在,只需要来一次确凿无疑的"显灵"即可。

什么才是"确凿无疑的显灵"?凡人接收到鲜明印象,不能算是"确凿无疑"的证据。就连一群人同时观察到的显灵,也不能算是确凿证据。斯宾诺莎[1]猜测,整个宇宙也不过是一次显灵而已。更进一步,佛教唯心论认为,整个宇宙根本不存在。无论谁声称目击到显灵,都有可能是假的——因为,这世上的万事万物都有可能是假的,无论是邮票、头骨化石,还是太空黑洞。

我们身在其中、日常体验到的宇宙,可能全是假的——这一观点,赫拉克利特[2]阐述得最好。只要把这观点(或者说,怀疑)铭记于心,你就做好了思考上帝这事的准备。

人必须有洞察力(努斯)才能正确理解眼睛与耳朵接收到的证据,才能透过表面现象,察觉暗藏的真相,其过程与难度,如同翻译绝大多数人不懂的异国言语。赫拉克利特……在残篇五十

---

① 巴鲁赫·德·斯宾诺莎(Baruch de Spinoza, 1632-1677),十七世纪荷兰哲学家,为十八世纪"启蒙运动"与现代圣经批评奠定了基础,被认为是十七世纪最伟大的理性主义者之一。

② 赫拉克利特(Heraclitus,？－前480),古希腊前苏格拉底哲学家,认为变化永恒,为宇宙之基。据称"人不能两次踏进同一条河流"便是他的名言。

六中说,人类,在透过具体可感事物、察觉其中蕴含的真知这方面,"跟荷马一样,都是错觉的牺牲品"。要透过表象获得真知,必须先理解后领悟,如同参破谜面猜出谜底……这一能力,表面看来凡人皆有,可绝大多数人终其一生,都未能践行。对于常人的愚蠢和在他们中间流传的所谓"知识",赫拉克利特进行了猛烈的攻击,把他们比作被禁锢在自己小天地里的沉睡不醒者。

上段文字,摘自牛津大学古代哲学讲师、万灵学院学者爱德华·赫塞的著作《前苏格拉底哲学家》(纽约查尔斯·斯克里布纳之子公司出版,1972,第37-38页)。在所有我读过的书里——我是说,爱马士·肥特读过的书里——这是对现实本质最精辟的洞见。在残篇一百二十三中,赫拉克利特写道:"万事万物,究其本质,都惯于隐藏自我。"而在残篇五十四中,他又说:"表面结构是仆人,暗藏的深层结构才是主人。"对这句话,爱德华·赫塞评论道:"如此说来,他(指赫拉克利特)必然赞同……在某种程度上,现实是'隐藏的'。"既然现实"在某种程度上是'隐藏的'",那么,"显灵"的意义就需要重新考量。因为,"显灵"相当于上帝插手干预,入侵我们这个世界。可是,我们这个世界只是表象,只是"表面结构",受到某个不可见的"深层结构"主宰。爱马士·肥特提请各位仔细思索这最为重要的一点。因为,如果赫拉克利特说得对,那么,这世界上,除了"显灵"示谕给凡人的内容,别无现实。余下的全是幻象。若果真如此,我们当中便只有肥特了解真相。而肥特,自从格洛莉亚那通电话之后,就已精神失常。

精神失常者——精神病学上而非法律上定义的精神失常者——与现实是隔绝的。爱马士·肥特精神失常,因此,他与现实隔绝。他在第30篇日记中写道:

表象世界并不存在。表象世界是终极意识处理的信息的实体化。

日记第35篇

终极意识不会与我们交谈。我们是终极意识的工具。终极意识的叙事穿透我们的身体;终极意识的悲伤,以非理性的方式渗透诸人。柏拉图早就领悟了这一点。他说,在普世灵魂中渗透着非理性。

也就是说,宇宙——还有宇宙背后的终极意识——都是精神失常的。根据这一定义,接触现实者即接触失常,也即被非理性所渗透。

归纳起来,肥特监视了自己的意识,发现自己的意识有缺陷。接着,他用自己有缺陷的意识监视了外部现实,即宏观宇宙,发现宏观宇宙也存有缺陷。而赫耳墨斯派①哲学家却明确指出,宏观宇宙与微观宇宙互为忠实的镜像。肥特利用有缺陷的工具,扯出了一个有缺陷的主题。一扯之下,还得出了一个结论:一切皆妄。

我们无路可走。有缺陷的工具与有缺陷的主题相互交织,编成了完美的"中国指套"。代达罗斯为克里特岛的米诺斯国王建造了迷宫②,结果自己身陷其中,脱身不得。直到如今他恐怕仍陷在迷宫中,而我们也一样。我们跟爱马士·肥特的唯一区别在于:肥特知道自己的处境,但我们却一无所知;因此,肥特成了精神错乱者,我们则是正常人。正如赫塞所说,"我们(是)被禁锢在自己小天地里的沉睡不醒者"。赫塞的话可信。他是当世

---

① 一种宗教、哲学和神秘传统,基于托名为赫耳墨斯·特里斯墨吉斯忒斯的著作,对西方神秘主义传统和文艺复兴均有影响。本书中"宏观宇宙"(宇宙)与"微观宇宙"(个人)的关系概念,即出自赫耳墨斯主义中"As above, so below"(在上的,便是在下的)的哲学观念。

② 希腊神话中,克里特岛的米诺斯(也作弥诺斯)国王下令,让天才艺术家、建筑师代达罗斯修建了一座找不到出路的迷宫,将牛头人身的怪物米诺陶安置在迷宫深处。每九年,雅典必须进献七对童男童女,作为给怪物的祭品。最后,英雄忒修斯为民除害,来到了克里特岛。公主阿里阿德涅爱上了忒修斯,给了他一个引路线团和一把斩杀怪物的利剑,帮助他杀死怪物,走出迷宫。

最权威的古希腊思想研究学者,大约只有康福德①能与之相较。柏拉图认为在普世灵魂中有非理性因素这一说法,正是康福德提出的。

米诺斯的迷宫永远走不出去。人一旦进入,迷宫就会不断改变形状。因为,这个迷宫是活的。

帕西法尔:我只稍稍一动,却似乎走了一大段距离。

古纳曼兹:孩子,你要知道,在这儿,时间会变成空间。

(身边的景物全部模糊起来。森林渐渐隐去,一堵粗石墙渐渐出现,其上可见一扇大门。两人穿过大门。森林怎么没了?两人并未挪步,也未朝任何方向有所移动,却已经身处异地。在这儿,时间会变成空间。1845年,瓦格纳②创作了歌剧《帕西法尔》③。1873年,瓦格纳逝世。一直要等到1908年,赫尔曼·闵可

---

① 康福德(Francis MacDonald Comford,1874 – 1943),英国古典学者,翻译家,著有《修昔底德——神话与历史之间》。

② 威廉·理查德·瓦格纳(1831–1883),十九世纪德国作曲家,以创作歌剧著名,代表作有《特里斯坦和伊索尔德》《尼伯龙根的指环》等。

③ 瓦格纳所著的三幕歌剧,以亚瑟王圆桌骑士帕西法尔寻找圣杯为题材。《帕西法尔》是瓦格纳完成的最后一部歌剧,因其涉及宗教哲学等内涵,影响广泛,也备受争议。上文提到的帕西法尔为剧中同名主人公,年轻骑士,古纳曼兹为年长骑士,负责教导帕西法尔。

夫斯基①才提出了四维时空的假说。瓦格纳根据凯尔特传说创作了《帕西法尔》,还研究了佛教,打算写一部以佛为主题的歌剧,名为《胜利者》,但未能写成。那个年代,理查德·瓦格纳究竟从哪儿来的灵感,认为时间会变成空间?)

要是时间能变成空间,那么,空间能够变成时间吗?

在米尔恰·伊利亚德②的著作《传说与现实》中,有一章叫"人类能战胜时间"。战胜时间,是一切神秘仪式和圣礼的基本目的。1974年遇见上帝那次,爱马士·肥特发现自己在用两千年前圣保罗写作使用的语言思考。在这里,时间变成了空间。此外,肥特还跟我提过一件奇怪的事:遇见上帝的时候,他身边的景物,即1974年的加州,渐渐隐去,取而代之渐渐出现的,是公元一世纪的罗马。有一阵子,两者重叠,同时并存,仿佛电影中惯用的特效镜头。为什么会这样?怎么做到的?上帝没说。尽管上帝对肥特说了不少话,却没详细解释景物转换这个问题。对此,上帝只说了一句神秘难解的话(肥特把它记录在日记里,标为第3篇):"他让景物看起来不一样,以此显示时间在流逝。""他"到

---

① 赫尔曼·闵可夫斯基(1864-1909),德国数学家,用几何学解释爱因斯坦的相对论,提出了"四维时空"概念。所以,"四维时空"也被称为"闵可夫斯基时空"。

② 米尔恰·伊利亚德(1907-1986),罗马尼亚宗教历史学家、哲学家、小说家,芝加哥大学教授。

底是谁？从这句话里，我们是不是应该得出结论，时间其实根本没有流逝？时间流逝过吗？从前是否有过真正的时间、真正的世界？现在的时间和世界，会不会是伪造的？现在的时间和世界，会不会像肥皂泡，看起来仿佛在发展变化，其实根本没变？

总之，爱马士·肥特认为，这句话值得早早记录在他的日记（或者注疏，或者随便他称之为什么的东西）里面。接下去的日记第4篇，肥特写道：

面对终极意识的时候，物质都是塑料。

外部世界到底存在，还是不存在？古纳曼兹和帕西法尔无论如何都想站着不动，可是，周遭景物却改变了。于是，他们便身处另一个空间——这便是之前人们以为的时间。肥特用两千年前的语言思考，同时看见了与之相适应的古代世界。他脑中的内容，与他所见的外部世界相匹配。这两件事里头，仿佛有某种逻辑关系。也许，发生了时间错乱？若果真如此，肥特妻子贝丝当时也在场，她为什么没有相同的体验呢？(肥特遇见上帝时，贝丝还跟肥特生活在一起)。贝丝告诉我，她没有察觉到任何变化，只听到奇怪的嘭嘭声响，像有什么东西过载，也像什么东西被挤压爆开，仿佛这些东西内部塞得太满，满是能量。

　　关于1974年3月遇见上帝这事,还有一点奇特之处,肥特夫妻俩都跟我提过。那几天,他们饲养的两只宠物发生了古怪的变化,看起来更有智慧,更安详。但之后不久,两只宠物便都死于巨大恶性肿瘤。

　　其中,肥特夫妻俩提到某个细节,我一直印象深刻。那几天里,他们的宠物似乎在想办法跟他们交流——用语言交流。这一点,还有宠物后来的死亡,都没法用肥特的精神疾病来解释。

　　据肥特说,首先出毛病的是无线电收音机。由于长期失眠,肥特天天晚上都听收音机。某天晚上,他忽然听到收音机里传出脏话,不堪入耳,根本不能公开播出。可惜贝丝当时已经入睡,没听到这几句话,没法作证。而那时候,肥特的精神正以可怕的速度分崩离析,所以,这几句话,或许是因为肥特精神崩溃了才听到的。

　　精神疾病可真不是闹着玩的。

4

后来,贝丝带着儿子克里斯托弗离开了肥特。于是,肥特决定自杀。他吃了药片,用剃须刀片割了腕,还在密闭空间里打开了汽车引擎,闹出好大动静,却还是没死成。之后,肥特就发现自己被关进了加州橘子郡的精神病院。一名武装警察,用轮椅推着肥特,从心脏重症监护病房出来,穿过一条地下通道,来到与之相连的精神病大楼。

这是肥特头一回被人关起来。为了自杀,他吃了四十九片洋地黄,导致最危急的三级药物中毒,有好几天PAT①心律不齐。洋地黄药片原本是医生开给肥特用以治疗他的遗传性PAT心律不齐的,但原来想治疗的病症跟药物中毒引起的心律不齐比

---

① 阵发性房性心动过速,多见于冠心病、高血压、风心病及洋地黄中毒等病人。

起来,完全是小巫见大巫。讽刺的是,原本用来治疗心律不齐的药物,过量服用后,反而引起了更严重的心律不齐。肥特躺在病床上,一直盯着头顶上的阴极管心率监视屏。有一次,屏幕上的折线变成了一条平滑的直线——也就是说,他的心脏停止了跳动。他没作声,仍然盯着屏幕。最后,屏幕上的小点又开始上下波动,形成了折线。上帝的恩典真是无边无际。

就这样,他的身体极度虚弱,在武装警卫的护送下,进了封闭精神病院。进去以后不久,迷迷糊糊当中,肥特发现自己坐在走廊上吞云吐雾,身子因为疲乏与恐惧不停发抖。当夜,肥特睡在一张简易床上(房间里一共有六张简易床)。他发现,简易床还配有皮革质地的束缚带。病房的门有东西顶着,关不上,永远向走廊敞开。这样,医护人员就能随时照看房中的病人。透过敞开的房门,肥特能看到公共电视机。电视机开着,在播放约翰尼·卡森①的脱口秀节目。今夜的嘉宾居然是小萨米·戴维斯②。肥特躺在床上看电视,琢磨着装一只玻璃义眼是啥感觉。这时候他还不清楚自己的处境。他只知道自己从药物中毒当中活了下来;至于自己被关进来的原因,他倒也一清二楚,是因为自杀

---

① 约翰尼·卡森(Johnny Carson,1925-2005),美国电视主持人、喜剧演员、制片人,以脱口秀节目《约翰尼·卡森今夜秀》著名。

② 小萨米·戴维斯(Sammy Davis Jr.,1925-1990),美国歌手、舞者、喜剧演员,以模仿名人举止著称。

未遂。但他在心脏重症监护病房住了这些天,贝丝既没有打电话,也没来看他,不知在干些什么。第一个来看他的是雪瑞,然后大卫也来过。除了他们俩,其他人都不知道他自杀的事。肥特尤其不想让凯文知道。要是凯文知道肥特自杀未遂,肯定会过来对他冷嘲热讽一番。就算知道凯文没有恶意,此刻肥特也无力承受他的嘲讽。

橘子郡医疗中心的首席心脏病专家带了一群加州大学尔湾分校的医学生来,领他们见识肥特这个罕见病例。橘子郡医疗中心原本就是个教学型医院,这些医学生都想听听那颗在四十九片高浓度洋地黄的作用下,仍然锲而不舍、奋力跳动的心脏。

何况,他还割了左腕,失了血。挽救他生命的头一个因素,是出故障的汽车阻气门。汽车引擎发动的时候,阻气门开得不够,导致引擎最终熄火。引擎熄火后,肥特摇摇晃晃地回到家中,倒在床上等死。谁知,第二天早上他还活着,醒了过来,接着就开始呕吐,吐出了不少洋地黄片。这是挽救他生命的第二个因素。第三个因素是急救医护人员。一大群医护人员(大概全世界的急救员都来了)集中到了肥特房子的背面,合力卸下了房子的铝框玻璃推拉门,冲进来拉走了肥特。早些时候,肥特迷迷糊糊地给药房打了个电话,要求再配些利眠宁(吃洋地黄片之前,他还吃了三十片利眠宁)。接到电话的药剂师立即联系了急救站。随你怎么说上帝的恩典无边无际，说到底，一个头脑灵光的好药剂师，比上帝的恩典有用得多。

在郡医疗中心的精神病大楼接收病房住了一夜后，肥特接受了一次自动评估。一大群衣冠楚楚的男男女女站在肥特面前，个个手捧夹纸板，紧紧地盯着肥特。

肥特尽可能装得神志清醒，想尽办法，希望这些人相信他已经恢复理智。他一边说话，一边观察，发现根本没人拿他的话当真，仿佛他说的是斯瓦希里语，没人能懂。他滔滔不绝的独白，不仅没让这群人信服，反而贬低了自己，夺走了自己最后一点尊严。他越是使劲辩白，自己所剩的尊严就越少。又是个"中国指套"。

操！肥特最后在心里骂了一句，住嘴不说了。

"你先出去。"一个精神科医师说，"等我们做出决定，会告诉你。"

"我确确实实已经吸取教训了。"肥特起身，一边朝门口走去，一边说，"自杀，是误投向内部的敌意。这股敌意，本该导向外部，导向让你不好过的人。住在心脏重症监护室——或者叫病房——的那几天里，我好好思考了这个问题。我意识到，多年来，我一直自我克制，自我否定，导致了如今自我毁灭的行为。不过，最让我惊讶的是我身体的智慧。我的身体不仅懂得要避免我的意识对它造成伤害,而且很清楚具体该怎么做。叶芝说过,'我有不朽的灵魂,却被困在一具濒死的动物躯体中'。现在我知道,这句话完全说反了。就人类这个种族的实际情况而言,这句话倒过来说才正确。"

精神病科医师说:"等我们做出决定,再出来告诉你。"

肥特说:"我想儿子。"

没人看他。

"我觉得贝丝可能会伤害克里斯托弗。"肥特说。这句话,是他踏入这间病房以来,说的第一句真话。他自杀,不是因为贝丝离开他,而是因为贝丝带着克里斯托弗去了别处,他没法照顾自己的小儿子。

片刻后,他坐在走廊上一张镀铬金属与塑料制成的长椅上,耳边有位肥胖老妇人喋喋诉苦。老妇人说,她丈夫透过她卧室的门缝,朝她房间里喷毒气,想害死她。肥特回顾自己的人生。尽管他见了上帝,此刻却没想上帝。他没对自己说,我是有幸目睹上帝显灵的极少数幸运儿之一。此刻,他想到的是斯蒂芬妮。斯蒂芬妮做了那只小陶罐,送给他。他给陶罐起名为"哦吼",因为他觉得这像只中国陶罐。不知道斯蒂芬妮现在怎么样了。有没有变成海洛因瘾君子?有没有被抓住关起来,就像他自己一样?有没有死掉?有没有结婚?有没有像她以前说过的那样,搬到白雪皑皑的华盛顿州去？她没去过那地方,却做梦都想着它。说不定以上皆有,说不定以上皆无。说不定,她遭遇车祸,腿瘸了。如今的肥特,老婆带着儿子离家出走,汽车阻气门出故障,脑子成了一团糨糊,还被关在精神病院里。要是斯蒂芬妮看到他现在这副模样,不知会怎么说。

要是他脑子没成糨糊,他本该想到自己还活着就已经是莫大的幸运。当然,不是哲学意义上的幸运,而是统计学意义上的幸运。一气吞下四十九片高浓度洋地黄片,人必死无疑。一般来说,医生所开剂量的两倍,就足够结果一个人了。肥特医生所开的剂量是一天四片。而肥特吞了四十九片,足足是医生所开剂量的十二点二五倍,居然还能活下来。上帝无边恩典造就的奇迹,实在无法用常识理解。而且,他不只吃了洋地黄片,还吃光了家里所有的利眠宁,还有二十片快德①、六十片阿普利素宁②外加半瓶葡萄酒。家里的药,只剩一瓶子迈尔斯公司的内服宁③。按照常理来说,肥特已经是个死人了。

按照精神状态来说,肥特也已经是个死人了。

虽说他见了上帝,可时机不对,太早,或者说太晚。总之,见

---

① 乙酰哌泊噻嗪(Piperacetazine),精神疾病治疗药物,尤治精神分裂症。

② 治疗高血压和心脏衰竭的药物。

③ 迈尔斯实验室十九世纪九十年代开发的神经镇静剂,应对各种"神经不安"症(失眠、头疼、紧张等),二十世纪六十年代末仍有销售。

到上帝这事,对肥特的存活一点儿帮助也没有。活生生的上帝显灵,竟没能增强肥特的忍耐力,帮他挨过日常生活的痛苦;而这些痛苦,就连没见过上帝的普通人都能忍受。

不过,应该指出的是——凯文就指出了这一点——除了目睹上帝显灵之外,肥特还有一大成就。有一天,凯文打电话给肥特,兴奋不已。话题是关于凯文手里另一本米尔恰·伊利亚德的书。

"听着!"凯文说,"关于澳大利亚丛林居民的梦境时间,你知道伊利亚德怎么说?他说,人类学家错了。人类学家认为,丛林居民的梦境时间,记录的是过去。但是,伊利亚德认为,梦境时间,是不断向前延伸的另一条时间线。丛林居民打破了现实时间和梦境时间的分隔,进入了梦境时间,进入了英雄和英雄事迹的时代。稍等,这一段我读给你听。"电话那头沉默片刻。"操,"凯文接着开口道,"找不到了。总之,想要打破现实时间和梦境时间的分隔,首先必须经历可怕的痛苦。痛苦是启动仪式。你也有类似的经历,对吧?当时,你也经历了可怕的痛苦。你有一颗智齿长歪了,而且还……"电话里的凯文原本大喊大叫,此时突然压低了声音,"你记得吧,你当时害怕当局会来抓你。"

"当时我脑子不正常。"肥特回答,"他们没打算抓我。"

"可你当时认定了他们要来抓你,怕得要命,你他妈的晚上根本睡不着觉,夜夜失眠。而且,你还失去了某些感官。"

"嗯,我是躺在床上睡不着。"

"你还看到了各种色彩,飘浮在空中的色彩!"凯文又兴奋地大喊起来。他冷嘲热讽的那面倒是消失了,可惜取而代之的是兴奋狂躁,"《西藏度亡经》里描绘过,看见色彩,就是踏上了前往另一个世界的旅途。当时,你正在经历精神上的死亡! 就因为精神紧张加上恐惧! 这就是进入另一个现实的办法! 进入梦境时间的办法!"

此刻,肥特坐在镀铬金属和塑料制成的长椅上,也在经历精神上的死亡。应该说,在精神上,他已经死了。在他刚离开的房间里,精神病学专家正在决定他的命运,对他的残躯进行审判和裁决。拥有专业技术资格、脑袋没疯的人,自然应该审判疯子。这不是天经地义吗?

"要是能打破分隔,进入梦境时间,该有多好!"凯文在电话里吼道,"那才是唯一真实的时间,所有的真实事件都发生在梦境时间里! 这可是神祇的作为!"

肥特身边,胖老太太举着一把塑料扇子。一连几个小时,她企图呕吐出医生们逼她吃下的氯丙嗪①。老太太用刺耳的声音对肥特说,她确定氯丙嗪里面有毒,她丈夫早就用好几个假身

---

① 第一代精神病治疗药物。

份,买通了医院的高层,打算在医院里结果她。

"你找到通往上层王国的路啦!"凯文大叫道,"你在日记里不就是这么说的吗?"

日记第48篇

存在两层王国,上层和下层。上层王国来自超宇宙I,也叫阳,巴门尼德①称之为"一"。上层王国有感知力,也有意志。下层王国,也叫阴,巴门尼德称为"二",来自某个已死的本源,所以机械、固化、没有智慧,由盲目的效率动机驱动。古时候,下层王国也叫"星辰宿命论"。我们绝大部分人,都被困在下层王国里。但是,通过圣礼,通过普拉斯梅特②,我们能够得到解救。我们被死死封闭在下层王国中。除非"星辰宿命论"被打破,否则终其一生,我们都意识不到自己遭到禁锢。"帝国永存"。

一个漂亮娇小的黑发女子,手里拿着鞋,默默地走过肥特和胖老太太身边。吃早餐时,这位黑发女子企图用鞋跟打碎窗

---

① 巴门尼德(前515 – 前5世纪中叶以后),前苏格拉底哲学家,认为真实是"一",变化是不可能的,人的感官只会带来虚假和欺骗。

② plásmate,为拉丁文 plasmō 的动词变位形式,意为"形成、铸成、造成"。本书中,plásmate为作者设定的概念,意为活着的信息、逻各斯、上帝等等。

户。未遂后,又击倒了一名六英尺①高的黑人看护。此刻,这位女子的面容却十分安详,没有一丝波澜。

"帝国永存。"肥特自言自语道。这句话,在他的日记中一再出现,已经成了他的口头禅。这句话,是他在某个意义重大的梦中看到的。梦里,他又成了孩子,身处某家积灰的二手书书店,搜寻稀罕的科幻旧杂志,尤其是《惊奇》②。书店里,数不清的杂志高高摞起,一叠又一叠,摇摇欲坠。他在书堆中埋头翻找,找一期名为《帝国永存》的刊物。只要读完这本杂志,他就能知晓一切。这是他在梦中背负的责任。

做这个梦之前,他曾看到过重叠的两个世界。一个是1974年的美国加州,另一个是古罗马。当时,他在重叠的两个世界中发现了格式塔③。这两个时空连续体有共同的格式塔,共同的元素:黑铁监狱,也就是后来他梦中的"帝国"。一看到黑铁监狱,肥特就认了出来。所有的人都被关在里头而不自知,因为监狱就是他们的世界。

至于是谁造了这座监狱,理由何在,肥特不清楚。但是,当时,他还看到了一样好东西:有人在攻击监狱。一群基督徒——

---

① 1英尺约为0.3048米。

② 全名为《超科学惊奇故事》(*Astounding Stories of Super-Science*),始于20世纪30年代的美国科幻杂志。

③ 也被称为"完形",意思是指"动态的整体",即对整体的认知。

不是每周日去教堂做礼拜的普通基督徒,而是早期的秘密基督徒,他们穿着浅灰色的长袍,对监狱发起了攻击,大获全胜。这些早期的秘密基督徒欢呼雀跃。

尽管肥特得了疯症,却也明白这些人为何欣喜。这下,这些穿灰袍子的早期秘密基督徒就能摆脱监狱的控制,反过来控制监狱了。这就是神圣梦境时间中的英雄事迹……而梦境时间,对丛林居民来说,才是唯一真实的时间。

有一次,在一本低俗科幻小说《仿生人,为我泪流成河》[①]中,肥特读到过一段对黑铁监狱的完美描述。不过,这篇小说的背景设定在遥远的未来。如此说来,如果把过去(古罗马)、现在(二十世纪的加州)和《仿生人,为我泪流成河》中的遥远未来重叠在一起,就能看到"帝国",即黑铁监狱。黑铁监狱是居于时间之上(超时间),或是横贯整条时间线(泛时间)的不变存在。不论古人今人,每个人都实实在在地被禁锢在监狱的铁墙之内。这一点没人发觉——除了那些穿灰袍子的秘密基督徒。

如此看来,这些早期的秘密基督徒,也是超时间或泛时间者,存在于所有的时代。这已经超越了肥特的理解范围。他们怎么可能既是古代人,又是现代人,还是未来人呢?还有,如果

---

① *The Android Cried Me a River*,暗指作者本人的两部小说《仿生人会梦见电子羊吗?》和《流吧,我的眼泪》。

他们存在于现今,为什么没人能看见他们呢?另一方面,为什么没人能看见从四面八方包围过来的,禁锢众人也禁锢自己的监狱铁墙呢?为什么这些对抗的力量,只有在过去、现在和未来(由于未知原因)重叠的时候,才会现身为有形之物呢?

　　也许,在丛林居民的梦境时间中,不存在"时间"这一概念。可是,如果时间不存在,那些早期的秘密基督教徒怎么可能成功炸毁黑铁监狱,继而欢呼蹦跳奔走呢?还有,约公元①70年的罗马,还没有现代人使用的各种炸药,他们又是拿什么炸毁监狱的?而且,如果梦境时间中的时间不会流逝,监狱又怎么可能先存在然后被毁呢?这让肥特想起《帕西法尔》中一句古怪的台词:"孩子,你要知道,在这儿,时间会变成空间。"在1974年3月的那次宗教体验中,肥特见识了空间的延伸。当时,他看到空间一寸接一寸地延伸,一直扩展到星辰,他身边的空间豁然开朗,仿佛原本禁锢自己的盒子突然消失。当时,肥特觉得自己就像一只猫,被人放到盒子里,装进车子,开车走了好远的路。接着,车子到了目的地,有人突然打开了盒子,放他自由。晚上睡觉的时候,他梦见了无边无际的虚空。尽管无边无际,这片虚空却是

---

　　① 此处的公元使用的是 C.E.,即 common era(公共纪元)或 current era(当前纪元)的缩写。一般来说,表示公元纪年,更多使用 A.D.,即 anno domini(上帝纪元)。在这部小说中,肥特有意避开 A.D.,所有的公元纪年均使用 C.E.。中文的"公元"取的便是 C.E. 之意。

活物。它会延伸,会飘浮,看起来空空荡荡,却拥有人格。看到肥特,虚空很高兴。在梦中,他没有躯体,跟这片无边无际的虚空一样,缓缓飘浮,非常缓慢。隐隐约约,他还能听到音乐般的哼鸣声。显然,虚空通过这种回音和哼鸣来进行交流。

"在所有人当中,"虚空告诉他,"在世上所有人当中,我最爱的是你。"

在所有的古人今人当中,虚空只等待着他,等待着爱马士·肥特,等着跟他相聚。虚空向太空无限延伸;虚空的爱也同样无边无际。虚空,还有虚空的爱,亘古以来就一直飘浮。梦中,肥特体验到从未有过的幸福。

精神科医师来到肥特身边,说:"我们决定留你住院两周。"

"我不能回家?"肥特问道。

"不能。我们觉得你还需要治疗。你的状态还不宜回家。"

"告诉我,我有哪些权利?"肥特只觉得浑身麻木,恐惧不已。

"我们可以留你住院两周,无须听证会。之后,如果我们觉得有必要,在征得你同意后,我们可以再留你住院九十天。"

肥特知道,只要他开口,不管说什么,他们都会留他住九十天。所以,他什么都没说。疯子都得学会闭嘴。

原来,要是你发疯了,而且还被人抓到在公开场合发疯,就会落得进监狱的下场。肥特终于明白了这一点。橘子郡不但设有专门关押醉鬼的牢房,竟然还有专门关押疯子的牢房。此刻,他就身处其中。说不定,他得在这儿待很久。在这段时间里,贝丝肯定会回家,从房子里想拿什么就拿什么,统统拿到她租住的公寓去。贝丝不肯告诉肥特她的地址,就连在哪座城市都不肯说。

事实上,此刻肥特还不知道,全因自己的愚蠢,他漏交了一期房贷和车贷,同时还忘了付电费和电话费。而贝丝,则被肥特糟糕的精神和身体状态弄得心烦意乱,没有精力来料理肥特的烂摊子。所以,等肥特出院回家时,他会发现一张房子已经被法院拍卖的通知单,他的车也不见了,冰箱不停地往外渗水。而当他想打电话求助时,电话那头却一片死寂。就算他出院时还留有一点儿士气,这一切也足以将他彻底打垮。而且,他知道,这都是他自己犯的错误,自己造的恶业。

此刻,肥特还不知道这些。他只知道自己被关进了精神病院,至少要待两周。而且,他还从其他病人的口中得知了另一个消息,橘子郡政府会把住在这里的费用全都算到他的头上。说起来,包括心脏重症监护病房的费用,肥特在政府那儿已经欠了两千多美元。而当初,肥特就是因为没钱,才会被送到郡公立医院,而不是私立医院。所以,如今,关于发疯,肥特又学到了宝贵的一课:发了疯,不仅会被关起来,而且还得支付一大笔钱。疯子就得交钱。要是你不肯交钱,或是交不出来,他们就会起诉你。如果判决结果对你不利,而你又不肯服从,他们就会判你藐视法庭,再把你关起来。

不过,回头想想,肥特当初自杀,就是因为深不见底的绝望。跟这种绝望相比,此刻的处境,不论如何糟糕,在肥特身上都失去了效力,没法影响到他。肥特身边,镀铬金属和塑料制成的长椅上,胖老太太还在把吃下去的药往医院提供的塑料脸盆里吐。精神科医师抓着肥特的手臂,带他前往病房。未来两周,他都得待在那里。他们管那儿叫北病区。肥特温顺地跟着医师走出接收病房,穿过大厅。一进北病区,身后的门就上了锁。

操。肥特暗自说道。

精神科医师送肥特进了他的房间。病房里摆着的不是六张简易床,而是两张真正的床。接着,他领肥特到一间小房间填调查表。"几分钟就好。"医师说。

小房间里站着一个姑娘,墨西哥人,身材丰满,皮肤黝黑粗糙,乌溜溜的眼睛大得惊人,眼神平和安详,却透着炽热,仿佛两团静静燃烧的火焰。那双燃烧着的安详大眼睛,让肥特不由得停下脚步,一动不动地呆立着,望着她。姑娘手里拿着一本杂志,竖放在电视机顶上。她微笑着把打开的那一页展示给肥特看。那是一幅有些幼稚的画,画的是"安宁王国"。肥特明白了,这本杂志是《守望台》,而对着自己微笑的姑娘,是一位"耶和华见证人"教派①的信徒。

姑娘用温和的语气,对着肥特(却没有看向医师)缓缓地说道:"我们的主为我们准备了一处住所。那儿没有痛苦,没有恐惧。看见没?动物们幸福地躺在一块儿,有狮子,也有绵羊。我们也一样。在那儿,人人都是朋友,彼此相爱,没有苦难,没有死亡。我们会跟我主耶和华在一起。无论我们做什么,主都爱我们,都不会抛弃我们,永远永远。"

"黛比,请离开休息室。"医师说。

姑娘仍然冲着肥特微笑,指了指着那幅幼稚的画上的母牛和羊羔。"等'王国'到来,所有的野兽、所有的人类、所有的生物,不论大小,都会沐浴在耶和华温暖的爱当中。你是不是以为,要等待很久很久,'王国'才会来?不,耶稣基督今天就跟我们在一起。"说罢,她合上杂志,不再说话,微笑着离开了房间。

"抱歉。"医师对肥特说。

"天哪!"肥特不由叹道。

"她让你不自在了?抱歉。我们不让她看那种书,肯定是谁

---

① 十九世纪七十年代创立的"非三位一体"信仰基督教派,以拒服兵役、拒绝输血、上门传教而闻名。《守望台》即该教派印发的宣传杂志。

偷偷带进来给她的。"

肥特回答:"没关系。"他忽然明白了其中的含义,一时头晕目眩。

"我们来填表吧。"医师坐下来,拿出夹纸板和笔,"你的生日?"

你这个傻瓜,肥特对自己说,你这个大傻瓜。上帝就在这儿,在这家该死的精神病院里,你还不知道。你明明看见了却还不知道。上帝已经入侵了你的身体,你还不知道。

他心中喜悦。

他记起自己写下的第9篇注疏:"他是很久以前的古人,可现在仍然活着。"他还活着,肥特想。遭了这许多罪,可他还活着。吃了药,割了腕,吸了汽车废气,被关进精神病院,可他还活着。

几天后,肥特发现自己最喜欢的病友名为道格。道格是个大块头年轻人,青春型精神分裂症①恶化,从来不穿外出服,只把医院发的睡袍反着穿,后背大敞着。有个负责照料病号的女人,给道格洗头、剪发、梳理,因为道格不会料理自己。道格没把自己的处境当回事,只讨厌一点:被叫醒吃早餐。每天早晨,道格都战战兢兢地和肥特道早安。

① 也叫无组织型精神分裂症,发病年龄多在二十岁前,会出现思考无组织、混乱、行为退化等现象。

"电视室里有魔鬼。"道格几乎每个早晨都会这么说，"我害怕，不敢进去。你有没有感觉到？就算是路过，我也能感觉到。"

当他们预订午餐时，道格会写：泔水。

"我点泔水。"他对肥特说。肥特则回答："我点泥巴。"

中央办公室是由几堵玻璃墙和一扇上锁的门构成。精神病院的工作人员会隔着墙观察病人，做记录。他们在肥特的观察记录中写道：其他病人玩牌的时候，肥特从来不参加（事实上，由于不会被施以任何治疗手段，玩牌占据了病人们大半的时间）。其他病人玩扑克和二十一点的时候，肥特一个人坐着看书。

"你怎么不玩牌？"一个名叫潘妮的医师问肥特。

"扑克和二十一点不是纸牌游戏，是赌钱游戏。"肥特放下书，回答道，"我们身上又没钱，玩这种赌钱游戏有什么意义？"

"我觉得你应该玩牌。"潘妮说。

肥特听得出，这是在命令他玩牌。于是，他跟黛比开始玩一种小孩子玩的纸牌游戏，名叫"摸鱼"。他们俩玩了好几个小时。工作人员就守在中央办公室里，透过玻璃墙，记录下他们所见的情形。

病人当中，有个女人，想法子保住了一本《圣经》。病人一共有三十五个，《圣经》只有这一本。医院不准黛比看《圣经》。不过，走廊有个拐角（在白天，病房的门都是上锁的，以免病人上床睡觉），那儿是工作人员的视线盲区。在这个拐角，肥特有时会把那本共有的唯一一本《圣经》交给黛比，让她飞快地浏览《旧约·诗篇》中的某一首。医师们知道他们偷偷摸摸的作为，很反感。不过，等到某个医师走出办公室来到走廊的时候，黛比早就溜达远了。

住院的精神病人行动都有固定的速度，从来不变。有些人慢慢走，有些人则奔跑。黛比体型宽大结实，总是像滑行般缓缓而行。道格也一样。肥特常跟道格一块儿散步。他会放慢脚步，配合道格的速度。两人会一边聊天，一边绕着走廊一圈又一圈地溜达。在精神病院聊天，跟在公共汽车站聊天差不多。因为在灰狗长途车站，人们能做的只有等待。而在精神病院——尤其是郡封闭精神病院——人们能做的也只有等待，等待出院的那一天。

跟虚构小说中描写的不同，精神病院里其实波澜不兴。病人们不会推翻院方，而院方也不会谋杀病人。大多时候，病人们就玩玩牌，散散步，读读书报，看看电视，喝喝咖啡，坐着抽烟，或者想法子在沙发上躺着睡觉。一日三次，食物会放在托盘里，送到病区。唯有送餐小推车的到来，人们才会意识到时间的流逝。入夜后，会有人来探望。探病的人脸上总是挂着笑容。精神病院中的病人从来不明白，为什么来探病的人会微笑。对我来说,直到今天,这仍是个谜。

药物,一般总是简称为"药",每天会不定时地分发,装在小小的纸杯里。每个人的"药"里都有氯丙嗪,再配些别的什么。护士们从来不告诉你吃的是什么药,但会盯着你,直到你确确实实把药吞下去。有时候,管药的护士犯了错误,同样的药发了两次。病人们会提出异议,说十分钟前才刚刚吃过药。护士们则充耳不闻,仍然坚持让病人再服一次药。整整一天,没人会发现这个错误。直到一天结束后,在盘点药物时才会被发现。就算如此,护士们也不会对病人有任何交代——尽管他们体内有着规定剂量两倍的氯丙嗪。

被迫服下两倍剂量的药品这件事,在我认识的精神病人里——哪怕是偏执多疑的病人也一样——没有任何一个将之视为医院的阴谋,认为是医院蓄意想毒死病人。大家都觉得,重复给药的原因再明显不过,那就是护士太笨了。病房的人口流动性太大,不断有新人入院,旧人出院。想要正确地分辨病人,把人和名字对上号,再把小纸杯送到正确的病人手上,这已经够让护士头疼了。在精神病区里,唯一真正的危险就是误收了某个吸了PCP①(也叫天使粉)的病人。很多精神病院都有规定,拒收PCP吸食者,把他们留给武装警察处理。武装警察呢,则一直在

① 苯环哌啶,能致幻的非法药物。

强迫精神病院收治这些人，想把这些人留给手无寸铁的病人、医生和护士。大家都不想跟PCP吸食者打交道，这很好理解。新闻报道里常常提到，某个被关在精神病院的PCP疯子，把其他人的耳朵咬了下来，或者生生抠出了自己的眼睛。

幸好，肥特对此毫不知情。他甚至不知道还存在PCP吸食者这种可怕的人。这多亏了橘子郡医疗中心规划缜密，确保北病区内不会出现任何吸食PCP的疯子。就这一点来说，肥特欠橘子郡医疗中心一条命（还有两千美元）。可惜他的脑子太混乱，想不到这一点，更不会因此心怀感激。

橘子郡医疗中心列出了详细的账单，送到贝丝手上。贝丝翻看账单，简直没法相信，为了救她丈夫的命，医院居然干了这么多事。账单长达整整五页，甚至还包括了吸氧。肥特并不知道，在心脏重症监护病房时，护士们都以为他死定了。他们持续地监测他。时不时地，重症病房里会响起的警报声，表示某个病人的某个重要生命体征正在消失。而肥特躺在床上，身上的导线连着显示屏，听着生命维持机不停发出各种响声，觉得自己仿佛身处嘈杂的铁路中转站。

精神病人常常会仇恨帮助他们的人，却爱着阴谋暗害他们的人。这是精神疾病的典型症状。肥特也一样。他仍然爱着贝丝，却憎恶橘子郡医疗中心——我深信，这一点表明，他确确实实应该待在北病区里。当初,贝丝带着克里斯托弗出走,去了某个肥特不知道的城市,心中早就料定,肥特会因此自杀——因为之前在加拿大,肥特就已经自杀过一次。而且,贝丝还打定主意,一旦肥特结果了自己,她就带着儿子搬回来。这都是贝丝后来亲口告诉肥特的。她还说,听到肥特自杀失败,她都快气疯了。肥特问她为什么,贝丝回答:

"这再次证明,你什么都干不好。"

清醒和疯狂之间的差别,比剃刀刀锋还薄,比猎犬尖牙还利,比黑尾鹿还灵活,比最飘忽的幽灵还难捉摸。说不定,这种差别根本就不存在。说不定,它真是个幽灵。

讽刺的是,肥特被关进封闭的精神病区,不是因为他疯了(虽然他的确疯了),而是因为——理论上来说——违反了"不得威胁自身安全"的规定。肥特是个隐患,会威胁到自身的健康安全(这个罪名,可以安在很多人头上)。在北病区住院期间,院方给他做了好些心理测验,肥特都通过了。当然,他非常明智地没提遇见上帝这事。他说的全是假话,这才通过了测试。为了打发时间,肥特画了好些画儿,题材都是同一个:亚历山大·涅夫斯基①引诱德国骑士走到冰面上,走向死亡。肥特觉得自己就是那些条

---

① 十三世纪俄国大公,因对德国和瑞典战功著称,十六世纪被俄国东正教会封圣。

顿骑士,穿戴着沉重的盔甲,面罩上只有两条看向外面的细缝,头盔两边装饰着突出的公牛角状物。在肥特笔下,这些骑士手提巨大的盾牌,手举不配剑鞘的利剑。肥特在盾牌上写了一句话:In hoc signo vinces。这句话是他从烟盒上看来的,意思是"凭此标记,你将战无不胜"。所谓的标记,就是一个铁十字。肥特对上帝的爱,慢慢变成了愤怒,模糊的愤怒。他在幻觉中看到克里斯托弗在草地上奔跑,不停地跑,小小的蓝色外套在身后上下飘动。无疑,那其实就是肥特本人,那个存在于他脑海深处仍然是孩子的自己,奔跑着逃离某些跟他的愤怒一样模糊的东西。

而且,他还多次写过以下这句话:

日记第28篇

Dico per spiritum sanctum. Haec verltas est. Mihi crede et mecum in aeternitate vivebis.

这句话的意思是:"我通过圣灵说话。这是真的。相信我,你就能跟我在一起,活在永恒中。"

病区走廊上贴着一张打印出来的通告,上面列了好些事项,要求病人照做。有一天,肥特在通告上写道:

Ex Deo nascimur, in Jesu mortimur, per spiritum sanctum reviviscimus.

道格问他这话什么意思。

肥特翻译道："我们由上帝而生，随耶稣而死，凭圣灵复活。"

"你肯定得在这儿待上九十天。"道格说。

还有一次，肥特看到某份张贴的通告，上面的文字让他很感兴趣。通告规定了某些禁止的行为，按照严重程度排序。在靠近最上方处，有一条昭告所有相关人员：

不得擅动病房的烟灰缸。

这条下方某处，有一条写道：

除非病人书面同意，否则不得实施前叶切除术。

"应该是'前额叶'。"说着，道格在通告上添了一个"额"字。

"你怎么知道的?"肥特问道。

"可以通过两条途径来知道。"道格回答，"要么，从感官获得知识——这被称为经验；要么，从大脑内部获得知识——这被称

为先验。"说完,道格又在通告上添了一句:

如果我把烟灰缸还给病房,能不能允许我保留前额叶?

"你肯定得在这儿待上九十天。"肥特评论道。

大楼外头,暴雨如注。自从肥特住进北病区,就一直在下雨。站在洗衣房的洗衣机上,透过装了栏杆的窗户,他能看到外头的停车场。停车场里,从车里下来的人们在大雨中飞奔。望着此景,肥特庆幸自己身在室内,住在病房里。

有一天,负责精神病区的斯通医生找肥特谈话。

"你之前有没有自杀过?"医生问道。

"没。"肥特回答。自然,这是假话。不过,此刻,肥特早已经忘了加拿大的事。他觉得,他的生命是从两周前贝丝离家出走的那一刻才开始的。

"我觉得,"斯通医生说,"你企图自杀时,才是你第一次面对现实。"

"可能吧。"肥特说。

"我打算让你试一试这个,"斯通医生一边说,一边伸手到乱糟糟的小办公桌上,打开一只黑色公文包,"我们称为'巴奇疗法'。"他把"巴赫"念作"巴奇"。"这些都是有机药物,是从花儿里面提炼出来的。这些花儿生长于威尔士。巴奇医生每经历一种负面的精神状态时,就会在威尔士的田间草原漫步,轻柔地捧起一朵又一朵花儿。一旦他捧起正确的花儿,花朵就会在巴奇医生的掌间颤抖。巴奇医生据此研发出独特的方法,提炼出每朵花的精华。而我用朗姆酒做药引,把不同花朵的精华配制在一起。"说着,他把三个小瓶子放在桌上,又找了一个大空瓶,把三个小瓶子里的东西统统倒进大瓶子,"这个,每天服用六滴。"斯通医生说,"巴奇疗法使用的药物不是有毒的化学品,对身体无害。这些药物会消除你的绝望、恐惧和行动无力。据我诊断,正是绝望、恐惧和行动无力这三者,形成了你的精神障碍。本来,你根本不用自杀。你蛮可以冲到你老婆那儿,把儿子带走——加州有法律规定,除非法庭判决,未成年的孩子都归父亲抚养。而且,你还可以卷一份报纸或者拿本电话簿,轻轻揍一下你老婆。"

"谢谢您。"肥特从医生手里接过了药瓶。此刻,肥特已经看出,这位斯通医生也彻底疯了,不过没有恶意。除了病友,斯通医生是北病区第一个把肥特当人看,而且还认认真真跟他交谈的人。

"你体内积聚了好些怒气。"斯通医生说,"我借你一本《道德经》看看。你读过老子吗?"

"没。"肥特承认道。

"我给你读一段。"说着,斯通医生大声念道,"其上不皦,其下不昧,绳绳不可名,复归於无物。是谓无状之状,无物之象,是谓惚恍。迎之不见其首,随之不见其后。"

听完,肥特想起了自己注疏中的第1篇和第2篇。根据记忆,他把这两段念给斯通医生听。

第1篇:宇宙中只存在一个终极意识,但却有两个本源相互争斗。

第2篇:终极意识先放入光明,继而放入黑暗。光明与黑暗争斗,于是产生了时间。最后,终极意识将胜利给予光明。时间停止,终极意识获得了圆满。

"可是,"斯通医生说,"要是终极意识将胜利给予光明,黑暗就会消失,那么,现实也会跟着消失的。毕竟现实的一半是阴,另一半是阳嘛。"

"阳就是巴门尼德说的'一',"肥特回答,"阴则是'二'。巴门尼德断言,'二'其实并不存在,存在的唯有'一'。巴门尼德相信世界是一元的。人们臆想存在两种形态,但他们错了。亚里士多德曾论述过,巴门尼德的'一'等同于'是什么',而'二'则等同于'不是什么'。所以说,人真的很容易被蒙骗。"

斯通盯着肥特,问道:"你这是从哪儿看来的?"

"爱德华·赫塞的书里。"肥特回答。

"他在牛津大学教书。"斯通说,"我上过牛津。在我看来,赫塞无人能比。"

"你说得对。"肥特回答。

"你还知道些什么? 能告诉我吗?"斯通医生问道。

肥特说:"时间并不存在。这个重大秘密,提亚纳的阿波罗尼乌斯[1]、塔尔色斯的保罗[2]、西门·马古[3]、帕拉塞尔苏斯[4]、波墨[5]和布鲁诺[6]都知道。宇宙正在收缩成单一实体,以达到自身完整。衰朽与混乱反而被我们视为增长。我在注疏第18篇写过,

---

[1] 提亚纳的阿波罗尼乌斯(约15年–100年),新毕达哥拉斯派希腊哲学家。

[2] 即前文的圣保罗,也称使徒保罗。

[3] 也称术士西门,《圣经·旧约·使徒行传》中记载,他与使徒彼得起过冲突。

[4] 帕拉塞尔苏斯(1493–1541),德国文艺复兴时期瑞士医生、炼金术士、占星家,被誉为"毒理学之父"。

[5] 应指雅各布·波墨,也译作雅各布·伯麦(1575–1624),十六世纪德国哲学家,基督教神秘主义者,新教路德宗神学家。

[6] 应指乔尔丹诺·布鲁诺(1548–1600),十六世纪意大利哲学家、数学家,发展了哥白尼的"日心说",提出宇宙无限,没有中心,地球只是绕太阳转的一颗行星,太阳也只是宇宙中无数恒星中的一颗。

真正的时间,在公元70年,随着耶路撒冷神庙的崩塌,已经停止了。直到1974年,方才再度开始流动。这当中的两千多年,是完美的伪造,是对终极意识所造之物的模仿。"

"是谁伪造的呢?"斯通医生问道。

"是黑铁监狱,也就是帝国的一种物化形式。这是……"肥特刚想说"这是上帝显示给我看的",随即改了口,说,"这是我最重要的发现,帝国永存。"

斯通医生靠在桌边,交叠双臂,身体前后轻晃,注视着肥特,等他继续往下说。

"我就知道这些。"虽然晚了点儿,但肥特终于警惕起来。

"我对你说的很感兴趣。"斯通医生说。

肥特意识到,此话有且只有两种可能的含义:其一,斯通医生彻底精神失常了,不是一般的失常,而是彻彻底底疯了;其二,医生刚才那些话都是故意的,是专业手法,用来逗引肥特开口。他成功地引出了肥特的一大通话。现在他可以断定,肥特彻底精神失常了,也就是说,他得出席听证会,并且在这儿待上九十天。

真是可悲的发现。

1. 赞同你观点的人,都是疯子;

2. 不赞同你观点的人,大权在握。

90

这两条发现,此刻渗透了肥特的大脑。他决定孤注一掷,把自己注疏中最不可思议的一条念给斯通医生听。

"第24篇。"肥特开口道,"普拉斯梅特,活着的信息,以休眠种子的形式,沉睡在科诺伯斯基翁①,埋藏在地下的手抄本图书馆里,直到……"

"什么是'科诺伯斯基翁'?"斯通医生打断他的话。

"《拿戈·玛第文集》②。"肥特回答。

"哦,诺斯替教派的经集。"斯通医生点点头,"1945年发现。里面的内容有人读过,但一直没有公开出版。'活着的信息'?"他的眼睛紧紧盯着肥特,审视着他,"'活着的信息'。"他又说了一遍。接着,他想了起来,"逻各斯。"

肥特一阵颤抖。

"对了。"斯通医生说,"逻各斯就是活着的信息,能够自我复制。"

"不是通过信息自我复制,"肥特说道,"也不是在信息中自我复制,而是如同信息一般能够自我复制。'一颗芥子会长成一

①位于埃及境内,为早期基督教中心。

②1945年,在上埃及地区的拿戈·玛第发现的一系列莎草纸翻页书。这批翻页书总共有五十多篇不同的文章,大多数都属于早期基督教的诺斯替教派的经书。

棵大树,大到鸟儿能在上头栖息',耶稣在简略地说这句比喻时,就是这个意思。"

"世上没有芥子树这种东西。"斯通医生赞同,"所以,耶稣那句话,肯定不能从字面理解。这一点,符合《马可福音》所谓'密文'的主旨,他不希望非教徒得知真理。可是,你居然能知道?"

"耶稣不仅预见到了自己的死亡,还预见到了所有——"肥特犹豫片刻,说道,"所有'普拉斯梅特人'的死亡。普拉斯梅特结合的对象正是人类。这是跨种族的共生。普拉斯梅特是活着的信息,会沿着人类的视觉神经一路向上,到达松果腺体。人类大脑是它的雌性宿主——"

斯通医生呻吟一声,用力一掐身上的肉。

"——它会在人类大脑里不断复制,直到长成活跃形态。"肥特继续道,"古希腊赫耳墨斯派的炼金术士,通过古老文献的记载,从理论上得知了普拉斯梅特的存在,但他们没法将其复制。因为,他们不知道普拉斯梅特的种子沉眠在哪里。"

"可是,你刚刚说,普拉斯梅特——也就是逻各斯——已经在拿戈玛第出土了!"

"是的。人们一旦阅读了其中的抄本,普拉斯梅特就苏醒了。"

"你确定,普拉斯梅特的休眠种子,不在库姆兰①的五号洞里?"

---

① 在以色列境内,为"死海古卷"(早期基督教手抄经卷)发现地。

"嗯……"肥特有些动摇。

"最开始,普拉斯梅特从哪儿来?"

肥特犹豫了一下,回答道:"来自另一个星系。"

"你能不能指明,到底是哪个星系?"

"天狼星系。"肥特回答。

"这么说,你也认为苏丹西部的多贡人①,是基督教的始源?"

"他们确实使用'鱼'作标志。"肥特回答,"那代表'诺莫'②,也就是双胞胎中仁慈的那一个。"

"也就是'一',或者说阳。"

"对。"肥特回答。

"那么,尤拉古③就是'二'。不过你认定'二'并不存在。"

"诺莫被迫杀了尤拉古。"肥特说。

"在某种意义上,日本神话也是这么说的。"斯通医生说,"在他们的创世神话中,双胞胎妹妹生出'火神'后,死于难产,沉入地底。双胞胎哥哥跟着进入地下,想让她复活,却发现妹妹的身躯一边腐坏分解,一边还在生产出各种怪物。妹妹紧追哥哥不放,哥哥被迫把妹妹封印在地底下。"

---

① 居住在西非马里中部的民族。

② 在多贡人神话中,诺莫是来自天狼星系的生物,喜水,鱼形。

③ 诺莫的双胞胎,代表"恶"、"非理性"等。

肥特很吃惊，"她一边腐坏分解，一边还能生产？"

"生产出来的只有怪物。"斯通医生纠正。

对话进行到这里，肥特又发现了两条新命题：

1. 有些大权在握的人是疯子；
2. 但他们说得有道理。

"有道理"的意思是"与现实相符"。这些天来，肥特的念头总是转到自己最灰暗的洞见上：宇宙和统治宇宙的终极意识都完全是非理性的。肥特琢磨着，该不该把这念头讲给斯通医生听。毕竟，在肥特这辈子遇见过的人里，就数斯通医生最懂他。

"斯通医生，"肥特开口道，"我有件事想请教您的专业意见。"

"说吧。"

"宇宙会不会是非理性的？"

"你是在说宇宙背后没有意志主导吧？我建议你读读色诺芬尼①。"

"啊，是了。"肥特应道，"克勒芬的色诺芬尼。他说过，'有一

---

① 色诺芬尼(前570—前480或470，或前565—前473)，古希腊最早的哲学家之一，诗人，批判了"神人同形同性说"，发展了一神论观念。

位神,无论身体形状或是思维意志,都丝毫不像凡人。他通体能看、能听、能思索。他总是一动不动地待在同一个地方,不应该……'"

"是'不适合'。"斯通医生纠正道,"'不适合于以这样或那样的方式到处移动'。还有非常重要的一点,在残篇二十五里写着,'但是,他可以毫不费力地运用意志驱动一切'。"

"但他也有可能是非理性的。"肥特补充道。

"那我们怎么知道?"

"整个宇宙都可能是非理性的。"

斯通医生问:"跟什么相比呢?"

这一点,肥特从没想过。然而此刻,稍一思索,他便领悟到,这个问题不仅没有打消,反而增加了他的恐惧。要是整个宇宙都是非理性的(因为它被一个非理性的大脑,也就是疯狂的大脑所控制),那么,所有的物种在出生、生长、湮灭的漫长过程中,将永远猜想不到这一点——而原因正是斯通刚刚所问的那个问题。

"逻各斯,也就是我说的普拉斯梅特,不是非理性的。"肥特下定决心,大声说,"它以信息的形式,被埋在拿戈·玛第的手抄本中。现在,它已经回到了我们身边,正在创造新的普拉斯梅特人。原初的那些,都被罗马人——也就是帝国——杀光了。"

"可是,照你所说,真正的时间在公元70年罗马人毁灭神庙时,就停止了。那么,现在仍是罗马时代,罗马人仍然存在于此。这么算起来,现在大约是——"斯通医生算了算,"大约是公元100年。"

肥特意识到,斯通医生这番话,正好解释了他为何会看到1974年的加州与古罗马重叠在一起。斯通医生为他解答了双重显影之谜。

负责治疗肥特疯症的精神科医生认可了肥特的幻觉。从此,在肥特心中,对自己遇见上帝这事,再不会产生动摇。是斯通医生坚定了他的信念。

5

肥特在北病区待了十三天，喝喝咖啡，读读书报，跟道格散散步。可惜，他没能再找到机会跟斯通医生交谈。毕竟，斯通医生重任在肩，要负责照管整个病区，包括病人和员工，实在太忙。

不过，出院那天，肥特倒是找准机会，跟斯通医生匆忙交谈了几句，问了个蠢问题。

"我觉得，你情况良好，可以出院啦！"当时，斯通高兴地对肥特说。

肥特则说："不过让我来问问你。我同意，有个意识——就像色诺芬尼设想的那种意识——在控制宇宙。但是，这个意识，是精神失常的。"

"诺斯替教徒认为，创世神确实是精神失常的，"斯通回答，"而且是盲目的。我给你看样东西，还从没公开发表过。这是奥佛尔·温特缪特①给我的一份打印文稿。他现在正跟贝特格②一起,着手翻译《拿戈·玛第》的手抄本。稿子上这段话摘自《论世界的起源》。你来念念。"

肥特接过宝贵的文稿,默默念了起来。

他说:"我是神,除我之外没有别的神。"这话一出口,他就得罪了所有的不朽(不灭)者。这些不朽者一直在保护他。更甚者,比斯替③见这位主统治者如此不敬,便发了怒。她隐藏形体,说道:"你错了,撒马尔④(撒马尔意为盲目的神),在你之前,早有一位智慧不朽之人存在。这位智慧不朽之人,将会出现在你铸造的躯体之内。他会如践踏陶土般践踏你。你,还有你的人,都会坠落到你母亲——深渊——那里去。"

肥特立刻读懂了这段话。撒马尔是一位创世神。他以为,

---

① 奥佛尔·温特缪特(Drval Wintermute,1912-2003),美国神学家,杜克大学教授,《拿戈·玛第文集》的翻译者。

② 汉斯·盖伯德·贝特格(1943-),德国神学家、教育家,《拿戈·玛第文集》翻译者。

③ Pistis,意为"信仰",即亚大巴多(撒马尔)的生母索菲亚(Pistis Sophia),亦即"信仰·智慧"。

④ Samael,即亚大巴多(Yaldaboath),索菲亚产下的低级神,创造物质世界,傲慢盲目,形象为狮子,是人类与真神之间的阻碍。

自己是唯一的神，正如《创世纪》上所写的那样。但是，他却是盲目的，那词儿怎么说来着，闭目塞听。"闭目塞听"是肥特使用的最重要的一个词。它包括了以下所有的含义：精神失常、疯狂、非理性、糊涂、一团糟、脑子坏掉、神经病。因为他的盲目（或非理性，也就是与现实隔绝），他没能认识到——

稿子上怎么说来着？肥特急得在稿子上拼命寻找。见此，斯通医生拍拍肥特的手臂，告诉肥特可以留下稿子，反正他自己已经复印了好几份。

找到了。稿子上是这么说的：一位智慧不朽之人在创世神之前就存在，而且，这位智慧不朽之人，还将出现在撒马尔将要创造的人类种族之中。还有，这位在创世神之前就存在的智慧不朽之人，将会如同践踏陶土般践踏这位一团糟的盲目闭塞的创世者。

正因如此，肥特才会通过那只名叫"哦吼"的陶罐（就是斯蒂芬妮用拉坯机做出来送给肥特的那只）遇见上帝——真正的上帝。

"看来，关于《拿戈·玛第文集》，我说得没错。"肥特对斯通医生说。

"那还用说，你肯定知道。"斯通医生说。接着，他说了一句从来没有人对肥特说过的话。"你是权威嘛。"斯通医生说。

　　肥特明白,斯通已经复活了他的——肥特的——精神生命。斯通,这位杰出的精神科医生,救了他的命。斯通对肥特所说的一切,所做的一切,都以治好他为目的和动机。斯通提供的信息正确与否并不重要。从一开始,斯通的目标就是重建肥特的自信。自从贝丝走后,应该说,自从多年前,他没能挽救格洛莉亚的生命开始,肥特就彻底丧失了这种信心。

　　斯通医生没疯,他是一位真正的治疗师,非常适合这份工作。很有可能,他采用许许多多的治疗方法治好了许许多多的人。他会针对不同病人,改变治疗方法,而不是使用同一种疗法,强迫病人适应。

　　我真是有眼不识泰山,肥特心想。

　　只是那么短短一句,"你是权威嘛",斯通就让肥特重获灵魂。

　　那灵魂,当初,被格洛莉亚用她致命可怕的心理游戏无情夺走。

　　入住病区的都是被毁掉的人。他们——又是"他们"——付钱给斯通医生,让他想办法找出到底是什么毁掉了这些人。这些人每一个都在生命的某时某地挨过一颗子弹。子弹进入他们的身体,疼痛逐渐蔓延。不知不觉中,疼痛扩散到全身,沿着身体正中,将此人劈成两半。要医治此人,就得把他的两半身体重新拼合。这是医护人员，甚至也是其他病友的任务。但是，只要那颗致命的子弹还在，此人的身体就不可能复原。能力不足的医师，顶多只能发现此人已被劈成两半，并着手将他拼合完整。可是，他们却没本事找到那颗子弹，更不用说将子弹移除。(当年，由弗洛伊德最先提出的有关精神伤者的理论，其基础便是这颗射中病人身体的致命子弹。弗洛伊德很明白其中的道理，将这颗子弹称为"创伤"。)过一阵子，所有人——不论是医师，还是病友——都放弃了，不愿再花时间寻找那颗子弹。因为，想要找到这颗子弹，要花费难以想象的时间，只有极为深入地了解病人，才有可能做到。斯通医生，无疑具备了超常的才能，就像他那无法以正常思维理解的"巴奇疗法"，那显然是个把戏，是一个引病人开口说话的幌子。"巴奇疗法"本身不过是朗姆酒浸鲜花，仅此而已。但是，其背后却掩藏着一颗敏锐的头脑，倾听着病人所说的每一句话。

莱昂·斯通医生，成了爱马士·肥特生命中最重要的人之一。肥特先是毁了自己的精神，然后又差点儿毁了自己的身体，这才碰到斯通。这大概就是所谓的"上帝行事，凡人难料"吧。否则，肥特还能怎样才会和莱昂·斯通搭上话呢？只有沮丧到企图自杀，并且实施真正致命的自杀行为，才能办到。肥特必须死，或者差点儿死，才能痊愈，或者说几乎痊愈。

　　我想知道，莱昂·斯通医生现在在哪家医院，他的治愈率有多高，还有他超群的能力是怎么来的。我想知道的还有很多。贝丝带着克里斯托弗离开，肥特企图自杀……这些肥特生命中最糟糕的事情，却带来了无法估量的良性后果。如果判断一连串事件的好坏只以结果而论的话，那肥特刚刚经历的，便是他生命中最美好的时光。他走出北病区的时候，心智已经恢复成能够达到的最坚强状态——毕竟，人的坚强程度总是有限的。不论飞的、跑的、跳的、爬的，不论哪种生物，总有个躲不过的终极敌手，总会败在这个敌人手上。不过，斯通医生已经替肥特找回了缺失的那一块——也就是当初格洛莉亚·克努森出于尽可能多拉人垫背的心理，半是无心半是故意，从肥特身上夺走的东西——自信心。斯通说："你是权威嘛！"只这句话，便足够了。

　　我一直跟人说，不论是谁，都能被一句话（仅仅几个词）毁灭。而当肥特跟我讲莱昂·斯通的事情时，我意识到（这晚了好些年）：不论是谁，也能被另一句话（另外的几个词）治愈。在生命中，或迟或早，你肯定会听到毁灭你的那句话；可是，想听到治愈你的那句话，就得凭运气了。世事就是如此。无须教导，普通人都能自己找出毁灭人的那句话；可是，想要找出治愈人的那句话，就必须接受专业训练。斯蒂芬妮做了小陶罐"哦吼"送给肥特当礼物。这几乎能治愈肥特了。陶罐代表了斯蒂芬妮对肥特的爱，一种由于缺乏表达能力而无法准确言说的爱。

斯通把《拿戈·玛第文集》的翻译打印文稿交给肥特,里面提到了陶工和黏土。他怎么会知道这些对肥特具有重大意义?除非斯通有心灵感应。嗯,反正我是猜不出来。肥特呢,自然有他的看法。他认定,跟斯蒂芬妮一样,斯通医生也是上帝的缩微版。所以我才说,肥特几乎痊愈,而不是痊愈了。

不过,肥特将好心人视为缩微上帝这一点,说明肥特遇见的是位善良的神,而不是盲目、残酷、邪恶的神。这一点值得认真考虑。肥特对上帝的评价很高。如果说,"逻各斯"是理性的,而"逻各斯"又等同于上帝,那么,上帝便是理性的。正因如此,第四福音书对"逻各斯"身份的阐释,才非同小可。第四福音书写道:Kai theos en ho logos,意思是"道就是神。"在《新约》中,耶稣说,除了他没人见过上帝。而耶稣即耶稣基督,第四福音书中的"逻各斯"(道)。如果此话不假,那么,肥特遇见的便是"逻各斯"。而"逻各斯"即上帝,所以,遇见基督便是遇见上帝。还有一句更重要的话,出现在《新约》当中。可惜,大多数人都没读过。人们只会去读福音书或是保罗书信,谁会去读《约翰一书》呢?

"亲爱的弟兄啊,我们现在是神的儿女,将来如何,还未显明;

但我们知道,主若显现,我们必要像他,因为必得见他的真体。"

——《约翰一书》第 3 章第 2 节

或许可以说,这是整部《新约》中最重要的一段话。至少,在所有鲜为人知的《新约》句子当中,这肯定是最重要的一句。"我们必要像他",这句话的意思是说,人将和上帝同形。"必得见他的真体",这句话的意思是说,上帝将会显灵,至少某些人能看见。肥特蛮可以用这段话作依据,证明自己遇见上帝这事真实可信。他蛮可以宣称,他遇见上帝这事,完全是《约翰一书》第 3 章第 2 节的预言成真。某些圣经学者指出,《圣经》中有些话,对普通人来说,神秘难解,可是他们却能一眼看出其中含义。这话用在肥特身上也合适。更奇怪的是,这段话,跟肥特从北病区出院那天斯通医生送给他的《拿戈·玛第文集》打印文稿上的内容,在某种程度上正好吻合。人和真正的上帝是同一的——就像"逻各斯"和真正的上帝是同一体一样。但是,有个疯狂盲目的创世神和他创造的一团糟的世界,将人和上帝分隔开来。这位盲目的创世神,打心底里相信自己便是真正的上帝。而这只能说明他实在闭目塞听得厉害。这些都是诺斯替教的观点。诺斯替教派还相信,从属于上帝的人类,对抗着这个世界和创世神(不管他们是否意识到,这两者都十分疯狂)。肥特问过一个问题:"宇宙是否是非理性的？宇宙的非理性,是否因为控制宇宙的意识是非理性的?"通过斯通医生,这问题有了答案。"是的,宇宙确实是非理性的,控制宇宙的意识也是非理性的。但是,两者之上,还有一位上帝,真正的上帝,他是理性的。而且,这位真正的上帝已经想出了办法,瞒过控制这世界的力量,冒险来到我们身边,来帮助我们。我们称他为'逻各斯'。"也就是肥特所说的,"活着的信息"。

肥特将"逻各斯"称为"活着的信息",有可能已经发现了一个巨大的秘密。但也有可能没有。这种事,很难证明。你该向谁询问呢？幸好,肥特问的是莱昂·斯通医生。要是他问的是其他任何一位医护人员,那么,肥特现在可能还待在北病区里,喝喝咖啡,读读书报,跟道格一起散散步。

肥特遇见上帝这事儿,抛开其他方面不谈,最值得注意的是,肥特目睹了一股良善之力,入侵了这个世界。这股力量,无人知其究竟,没别的词可以形容,只能称为良善之力。它入侵了这个世界,仿佛一位摩拳擦掌的斗士。这念头让肥特恐惧,却也让他兴奋欢喜。因为他知道,这意味着,救援已经到来。

我们的宇宙,也许真是非理性的。但是,某种理性之物已经闯了进来,就像一个夜盗,悄悄闯入熟睡的人家。我们不知道它什么时候会来,也不知道它会出现在哪里。可是,肥特却看见了它。这并非由于肥特有何特别，只因为理性之物希望肥特看见自己。

通常情况下，理性之物会伪装自己。所以，哪怕它出现，人们也无法分辨，只会把它当作地面——地面装置（借用肥特的话，他的用词更贴切）。肥特给理性之物起了个名字——

"斑马"。因为它善于伪装，能隐匿在其他物体当中。这种行为称作模拟，或者拟态。自然界中，有些昆虫也能拟态，他们会伪装成其他物体。有时候伪装成其他昆虫，有毒的危险昆虫，有时候伪装成小树枝之类。某些生物学家和自然学家推测，既然低等拟态——瞒得过这些昆虫的天敌，却瞒不过我们人类的拟态——在自然界随处可见，那么，高等拟态也有可能存在。

会不会真的存在某种高等拟态生物，高等到没人（或者只有极少数人）能察觉？会不会这种生物只有在它心甘情愿的情况下，才能被察觉？果真如此，那么，这只能说是拟态之物自动放弃伪装，"展露"了自己，而不是被人类"察觉"。在这种情况下，"展露"其实就是人类所说的"显灵"。目睹主动"展露"的人类，大惊失色之下，会宣称"我看见了上帝"。其实，他看见的不过是某种进化程度极高的超地球生命，或者地外生命。这种生命在过去的某个时刻降临此处……并且，就像肥特猜测的，以休眠种子的形式沉睡了近两千年，也就是《拿戈·玛第文集》中的"活着的信息"。如此一来就可以解释,为什么关于"活着的信息"的记载会在约公元70年的时候突然出现。

肥特日记(也就是注疏)第33篇写道:

失去至亲的终极意识,孤独,极度痛苦,令整个宇宙的所有组成部分都深陷这种情感。它的所有组成都是活着的。因此,古希腊的思想家都是"万物有生论"者。

万物有生论者认为宇宙是活着的。这种观念,跟相信万物皆有生命的"泛灵论"差不多。泛灵论,或者万物有生论,在观念上可分为以下两大类:

1. 每个物体都是独立的生命;
2. 万物同属一个整体。宇宙化而为一,生生不息,只拥有一个意识。

肥特的观点居于两者之间。他认为,宇宙是一个巨大的非理性存在。而一个高等生命形式,借助高超的伪装技巧,入侵了这个宇宙。因此,只要这个高等生命形式愿意,我们人类就永远不会察觉它。它模仿常见之物,还能模仿前因后果(如肥特所言)——不仅模仿事物的外表,还模仿事物的行为。所以,你瞧,肥特设想的"斑马"真是规模庞大。

遇见"斑马"(或上帝,或"逻各斯"……)之后,肥特分析了一年,首先得出了"这东西入侵了我们的宇宙"的结论,之后又过了一年,肥特认识到,这东西正通过类似物质转化的过程,消耗——也就是说吞噬——我们的宇宙。这个过程是个奇迹,仿佛基督教的圣餐仪式——面包和葡萄酒这两种东西会在不知不觉间变成基督的血和肉。

肥特在世俗世界而不是教堂里见证了这个奇迹,并且不是在微观尺度,而是在宏观尺度。确切地说,是在一个已经大到肥特无法估量的尺度上。也许,不知不觉中,整个宇宙都在经历这个转化过程,一点点地变成上帝。随着持续的进展,宇宙不仅会继续保持它的知觉,而且会获得理智。这让肥特如释重负。长久以来,他一直忍耐着自身的疯狂,还有外部世界的疯狂。一想到宇宙可能获得理智,肥特就无比高兴。

所以,就算肥特真有精神病,你也得承认,那也是一种罕见的精神病。因为,他相信自己遇见了一股理性的力量入侵这个非理性的世界。面对这种精神疾病,该如何治疗?难道把患者重新关进精神病房?这么做,就是把他跟理性割裂开来。从治疗角度看,这么做根本说不通,简直就是自相矛盾,怎么都说不过去。

但如此说来,这还涉及一个更加基本的语义问题。要是我,或者凯文,对肥特说:"你遇见的不是上帝,而是在本质、外观、天性、力量、智慧和良善上都跟上帝差不多的东西。"这简直就翻版了那个取笑德国人喜欢讲双重抽象的笑话——某位英国文学的德籍权威人士断言:"《哈姆雷特》不是莎士比亚写的,而是一个名为莎士比亚的人写的。"在英语中,这前后两句话,只有文字的差别,意思却完全一样。但是,德语却能够表达出两句话意义上的不同(这也解释了为什么德国人的脑瓜总有些古怪)。

肥特会说:"我看见了上帝。"而凯文、我和雪瑞会说:"不对,你看见的只是某个像上帝的东西,跟上帝简直一模一样。"说罢,我们不会在意肥特怎么回应,转身就走。就像爱打趣的彼拉多①,问了"什么是真理"后,转身就走。

"斑马"闯入我们的宇宙,发射出一束又一束饱含信息的彩色光芒,穿透肥特的脑壳,正中他的大脑,让他暂时失明,脑袋混乱,头晕目眩,同时也传给他无法言说的知识。其中头一件就救了克里斯托弗的命。

确切地说,"斑马"不是为了发射信息而闯入我们的世界的,而是早在很久之前就闯入了我们的世界。它所做的,只是逐渐

———————

①《圣经·新约》中应众人要求,下令钉死耶稣的罗马帝国犹太行省总督。在《新约·约翰福音》18章38节,他向耶稣问了"什么是真理"这个问题。

掀开伪装,以地面装置的形式展露自己,然后以我们的头脑无法测算的速率发射信息。短短几毫微秒,就能发射出一整个图书馆容量的信息。然后,它以这种速率,在按常速流逝的八小时内,一直不停地发射信息。常速时间(RET)八小时之内,包含着许许多多微毫秒。所以,海量的图形数据,瞬间就能填满人类的右半脑。

很久以前,塔尔色斯的保罗也有过类似经历,但他不肯多说。根据他自己的记述,在去大马士革的路上,信息从他双眼正中射入脑袋,而这些信息都跟着他一起进了坟墓。尽管混乱统治着这个宇宙,圣保罗却很清楚跟自己说话的是谁,他也提到了这一点。同样,"斑马"也向肥特表明了身份,自称为"圣索菲亚"。这个称呼,不是基督教常见的神学概念,所以肥特对此很陌生。

人类毒害这个世界,这个世界毒害人类。但上帝——真正的上帝——已经渗透了二者,渗透了人类,也渗透了世界。上帝让大地清醒。但是上帝——来自外部的上帝——遇到了激烈的抵抗。骗子——疯狂的欺骗——充斥世间,戴上面具,假扮成自己的对立面,摆出理性的姿态。然而随后,面具渐渐稀薄,疯狂露出其丑陋的真面目。

病症与解药同在。正如肥特挂在嘴边的那句话:"帝国永存。"为了应对危机,真正的上帝做出惊人之举:他拟态了整个宇宙,拟态了自己入侵之处,假扮成枯枝、树木,甚至阴沟里的啤酒罐,假扮成被丢弃的垃圾,无人注意的残骸。真正的上帝就潜伏在我们身边,伺机伏击(确确实实的攻击)现实,伏击人类。一点儿不假,为了解毒,上帝会攻击我们,伤害我们。肥特的经历就是证明——遭到活生生上帝的伏击,是一次痛苦的经历。因此,真正的上帝惯于隐藏,很少现身。在两千五百年之前,赫拉克利特就写下了这两句话:深层结构是表面结构的主人。万事万物,究其本质,都惯于隐藏自我。

所以,理性就像一枚种子,躲藏在庞大的非理性中。那么,非理性的部分到底有什么用?要回答这个问题,我们首先得来看看,格洛莉亚的自杀带来了什么样的结果?不是为格洛莉亚自己,而是为那些爱她的人,到底带来了什么?她用什么回报这些人的爱呢?恶意?难说。憎恨?难说。非理性?没错,就是这个。比如对肥特来说,她的自杀产生了什么影响呢?格洛莉亚本没有明确的目的,但她的行为却是有目的的:无目的的目的,不知道你能不能想象出来。她的动机就是没有动机。对,我们说的就是虚无主义。掩藏在万物之下,甚至在想死的念头和死亡本身之下,掩藏着某样东西,那便是虚无。现实的根基,是非现实。整个宇宙之所以非理性,原因正在于此:宇宙建立的基础,连流沙都算不上,而是非存在。

格洛莉亚死的时候,为什么要——或者说尽全力想要——拉着肥特一起去死。就算知道了,对他来说也于事无补。"臭婊子!"要是能一把拉住格洛莉亚,肥特肯定会这么说,"告诉我为什么!他妈的为什么!"对于这个问题,宇宙则会不走心地回答:"啊,凡人,我行事,你们无法理解。"这话的意思其实是,"我行事不见按常理出牌。住在我当中的人,他们行事也如此"。

坏消息一个接一个正等着肥特。幸好,此刻,从北病房出院的时候,肥特对此尚不知情。他考虑的问题是:该去哪儿。回贝丝身边自然不可能。那么,回到外面的世界以后,他该去谁那儿呢?肥特记得,住在北病房的日子里,正处于癌症缓解期的雪瑞曾诚心诚意地前来探望过他。因此,肥特脑中印刻下了雪瑞的形象。他相信,如果这世上只有一个朋友真心待他,那必是雪瑞·索尔维格无疑。未来的计划在肥特脑中缓缓展开,仿佛一颗明亮的星星徐徐放出光芒:他要搬去跟雪瑞同住,在癌症缓解期间帮她振奋精神;要是缓解期结束,癌症复发,他就留在她身边照顾她,就像她在自己住院时所做的一样。

当肥特身上的死亡引擎暴露无遗时,也就意味着斯通医生根本没有把他治好。这一次,肥特正以前所未有的速度和精准度,奔向死亡。他已经成了寻找痛苦的专家,掌握了游戏规则,知道下一步该如何行动。根据肥特本人的分析,他的失心疯源自这个失心疯的宇宙。而失心疯的肥特一心寻求的,就是被某个只求一死的人拖下水,一起去死。他找上雪瑞,真是找对人了。就算他在电话簿里一个名字接一个名字地搜索,也找不出比雪瑞更好的人选。要是知道肥特在北病房住院期间居然想出了这么个计划,我肯定会大声称赞:"干得好哇,肥特!这一次,你肯定能死成啦!"我了解雪瑞,她活着的每分每秒都在想法子结束缓解期。我知道这点是因为她一直对着那些救了她命的医生诉说她的愤怒和怨恨。可是,我当时并不知道肥特的计划。肥特保守着这个秘密,甚至也瞒着雪瑞。在昏沉沉的脑海深处,肥特对自己说:我要帮助她,我要帮助雪瑞保持健康。万一,她旧病复发,我就守在她身边,满足她所有的需求。

细细分析肥特犯下的错误,结果如下:雪瑞不仅仅想让自己旧病复发,而且跟格洛莉亚一样,她还打算拉几个垫背的一块儿死,能拉多少算多少。越是爱她的人,她拉得就越狠。肥特爱她,更糟的是,还感激她。由于这份感情,肥特成了任由雪瑞揉捏的黏土。雪瑞的脑子就是一架扭曲的拉坯机,能把这块黏土塑成一个陶罐,然后砸个粉碎。她能粉碎莱昂·斯通拯救肥特的努力、斯蒂芬妮拯救肥特的努力,以及上帝拯救肥特的努力。雪瑞衰弱的身体中藏着惊人的力量,大过其余各人力量之和,甚至大过上帝的力量。

就这样,肥特决心将自己跟这位敌基督①绑在一起。而且,他这么做,还是出于最高尚的理由:爱,感激,以及对帮助她的渴望。这些都是人类最美好的本能,也是地狱的力量源泉。

雪瑞·索尔维格很穷,住在一间破破烂烂的小房间里。小房间没有厨房,要洗碗只能去厕所的水池。厕所天花板上有一大摊水渍,是楼上马桶溢水留下来的。肥特来这儿探望过雪瑞几次,觉得这地方压抑得很。在他看来,只要雪瑞能搬出这地方,搬进一座设施良好的公寓,现代公寓,有厨房的公寓,她的精神立刻就能振奋起来。

不用说,肥特做梦也不会想到,这破烂压抑的住所,正是雪瑞刻意追寻的结果。是雪瑞的身心痛苦造就了邋遢肮脏的环境,而非环境使她精神萎靡。不论去哪儿,雪瑞都有本事重现这种肮脏压抑的环境——这一点,肥特后来总算是发觉了。

但是,此时此刻,身体和精神都焕然一新的肥特,正铆足了劲头,打算长期积德行善。对象便是第一个来心脏重症病房探望

---

① 最早出现在《圣经·新约·约翰一书》和《约翰二书》,有时为单数,有时为复数,意为否定耶稣是基督救世主、否定肉身耶稣来自上帝的人。

他,之后又来北病区探视的雪瑞。雪瑞有一份正式文件,证明她是个基督徒。她两周接受一次圣餐礼,还有加入某个宗教团体的打算。而且,对牧师,她亲切地直呼其名,而不是尊称其姓。如果这都不算虔诚,怎么样才算?

肥特对雪瑞讲过自己遇见上帝的事,讲过好几次,但雪瑞对此毫无反应。因为,雪瑞·索尔维格认为,人只能通过某些渠道来遇见上帝——她的牧师拉里,便是渠道之一。

有一次,肥特把《大英百科全书》中有关《马可福音》《马太福音》中"秘密主题"的条目念给雪瑞听。大致意思是:基督特意用寓言形式说教,这样普罗大众——也就是大部分局外人——无法理解其中真意,也就没法得救。《大英百科全书》中的这个观点,或者说这个主题,清楚地表达了一点:基督只打算拯救跟随他的一小群门徒。

"胡扯。"雪瑞评论道。

肥特问:"你是说《大英百科全书》错了,还是《圣经》错了?《大英百科全书》只是……"

"《圣经》上没有这种话。"雪瑞一有空就读《圣经》,至少,她手边总有一本。

肥特花了好几个小时,总算找到了《路加福音》当中的那句引言,指给雪瑞看。

门徒问耶稣说:"这比喻是什么意思呢?"

他说:"神国的奥秘只叫你们知道;至于别人,就用比喻,叫他们看也看不见,听也听不明"。

——《路加福音》第8章第9节和第10节

"我去问问拉里,这是不是一段《圣经》中腐朽堕落的内容。"雪瑞说。

肥特生气了,不耐烦地顶道:"雪瑞,你索性把《圣经》里头你喜欢的章节裁下来,然后粘成一本得了! 省得其他部分碍眼。"

"别发脾气嘛!"雪瑞一边往狭小的衣柜里挂衣服,一边说。

尽管如此,肥特仍然一厢情愿地认为,从根本上说,他跟雪瑞之间存在共同的纽带。他们俩都相信:一、上帝存在;二、基督为了拯救人类而死;三、不相信以上两点的人,都生活在浑浑噩噩中。肥特曾向雪瑞透露,自己看见了上帝。雪瑞一边熨衣服,一边平静地接受了这个消息。

"这叫'显灵',"肥特说,"或者叫'主显'。"

"'主显',"雪瑞配合熨衣服的节奏,慢悠悠地说,"是1月6日庆祝基督受洗的盛大宴会。我总去,你也来吧? 仪式很不错。对了,我听过一个笑话……"雪瑞絮絮叨叨地说个不停。听了她

的反应,肥特莫名其妙,想换个话题。这时候,雪瑞已经扯到拉里
——肥特称他为明特神父——的某件轶事上,说拉里有一次把圣
餐酒洒到了一位跪着领圣餐的女信徒的低胸裙上。

"施洗约翰应该属于禁欲教派吧? 你觉得呢?"肥特换了个
话题。

对于神学问题,雪瑞·索尔维格永远不会说"不知道",她顶
多承认"我得问问拉里"。对肥特刚才的问题,雪瑞平静地回答:
"施洗约翰是一位先知,比基督来得更早。人们问过基督,基督
说,施洗约翰便是应许的先知。"

"那他属于禁欲派吧?"

雪瑞熨衣服的手停了一停,问道:"禁欲派教徒生活在死海
吗?"

"嗯,他们生活在库姆兰河谷。"

"你的朋友,派克主教,是不是在死海中身亡的?"

吉姆·派克生前跟肥特相识。只要一有机会,肥特就拿这事
炫耀。"是的,"肥特回答,"吉姆和他太太开着一辆福特科迪纳进
了死海沙漠。除了两瓶可口可乐,身边什么都没有。"

"你跟我再说说。"雪瑞继续熨衣服。

"我一直想不通,"肥特说,"他们干吗不喝汽车散热器里的
水。要是我的车坏在沙漠里,进退不得,我就这么干。"一连多年,

肥特一直在琢磨吉姆·派克为什么会死。他总觉得,这事跟肯尼迪和马丁·路德·金博士遇刺有关。当然,他一点儿证据也没有。

"可能散热器里放了防冻剂吧。"雪瑞说。

"开车去死海沙漠,散热器里还放防冻剂?"

雪瑞又扯了开去:"我的车最近老出毛病。十七号大街埃克森维修站的人说,发动机的底座松了。这毛病严重吗?"

肥特不想聊雪瑞那辆老旧的破烂车,他还想继续聊吉姆·派克。所以,肥特只说了一句"我不知道",心里琢磨着,该怎么把话题扯回他朋友的离奇死亡上去。想来想去,想不出办法。

"该死的车。"雪瑞骂道。

"反正你又没花钱。这车不是人家白送给你的吗?"

"白送的? 他给我一辆车,我就好像成了他的所有物,想怎么使唤就怎么使唤。"

"记得提醒我,永远别送你车。"肥特说。

在那天,所有关于雪瑞是个什么样的人的线索其实已经全都摆在了肥特面前。受人帮助时,雪瑞觉得自己应该心怀感激。可是,在心底,她其实一丝感激之情都没有。所以,别人的帮助在她眼里成了负担,成了讨厌的义务。可是,肥特居然还有办法给此事打圆场。他一再告诉自己:他为雪瑞付出,没指望获得任何回报;由是,他没指望获得感激;由是,雪瑞不感激他也没关系。

可惜,肥特没发觉,对别人的帮助,雪瑞不但不会感激(光是不感激,肥特还能承受),反而会对帮助她的人报以彻头彻尾的恶意。这一点,其实肥特也注意到了。但他很快将之抛在脑后,认为这不过是雪瑞暴躁易怒的脾气,或者说不耐烦而已。肥特不相信有人会对帮助报以恶意。所以,哪怕证据明摆在眼前,他也视而不见。

有一次,我在加州大学富勒顿分校演讲。一个学生问我,如何简洁明了地定义现实。我想了想,回答道:"现实就是,就算你不相信,也仍然存在的东西。"

肥特不相信雪瑞会对帮助报以恶意,但这改变不了什么。因此,雪瑞的反应就属于"现实"的一部分。不论喜欢与否,肥特都得想法子应对雪瑞的恶意,否则就得彻底跟雪瑞断绝来往。

贝丝离开肥特的理由之一,便是肥特总去圣安娜那间破烂的小房里见雪瑞。肥特骗自己说,他纯粹是出于善意才去见雪瑞的。但其实是由于他的身体饥渴难耐。此时,贝丝对肥特的身体已经失去兴趣,所以肥特,就像人们说的,很久"没碰"过她了。在肥特看来,雪瑞怎么看都算得上漂亮。应该说,雪瑞确实是个漂亮姑娘。这一点我们都同意。化疗期间,雪瑞戴着顶假发。大卫还以为那是真的,一个劲儿称赞雪瑞的头发漂亮,把雪瑞乐坏了。我们觉得这两个人实在可怕。

西奥多·赖克①研究过现代人受虐倾向的表现,发表过很有趣的观点。他说,现代受虐倾向其实十分普遍,只是方式比较隐秘,所以未能引起人们的注意。现代受虐倾向的基本运行原理如下:某人,知道某件坏事必将发生,无法避免,也没法中止,他束手无策。这种无力无助感,使他不择手段地想要控制即将降临的痛苦。这很好理解,主观上的无助感比即将到来的苦难更加令人痛苦。于是,为了获得控制感,此人采用了唯一可行的办法——默许苦难的来临,甚至主动让痛苦提前到来。这么做能使他产生虚假的印象,仿佛自己喜欢受苦,享受痛苦。自然,事实并非如此,其实是此人无法再忍受无力感,或者说,本该来的无力感。而在想法子控制无法避免的苦难的过程中,此人自然而然地变成了"冷感者"(也就是无法或不愿体验快乐愉悦之感的人)。冷感会悄悄蚕食此人,年复一年,最后彻底控制他。比如,他慢慢学着延迟满足感,这是通向冷感的阴暗旅途的第一步。在学习延迟满足感的过程中,他感受了自控。于是,他越来越禁欲自律,他不再屈服于欲望和冲动。他感觉掌控一切,掌控自己的欲望冲动,也掌控外部世界。他觉得自己既有自控力,又有控制力。很快,他会

①西奥多·赖克(1888-1969),奥地利精神分析学家,弗洛伊德的首批弟子之一。

把这种控制力向外扩张,开始控制他人。无法避免地,他成了个爱操纵别人的控制狂。当然,他根本意识不到这一点,因为他所做的一切不过是想减轻自己的无力感。可是,为了减轻自己的无力感,他却不知不觉地夺走了他人的自由。尽管如此,这些却没法给他带来愉悦快感,甚至在心理上也没有任何正面的收获。他获取的基本上都是负面情绪。

雪瑞·索尔维格得了癌症,淋巴癌。但是,在医生们的英勇努力下,她得救了,进入了癌症缓解期。但是,雪瑞大脑上如磁带录音一般记下的数据却是,淋巴癌缓解期的患者到头来基本上都会旧病复发。他们没有被治愈,而是病痛不知怎么地从可感可知的状态变成了形而上的状态,成了一个不稳定的东西,一个既存在又不存在的东西。所以,尽管雪瑞的身体目前看来很健康,可她却觉得(她的脑子告诉她的),她体内藏着一只嘀嗒作响的闹钟,等到闹钟响起,她的死期也就到了。一旦死期降临,她将无处可逃,无法可想,唯一的办法是拼命治疗,迎来第二次缓解期。可是,哪怕真有第二次缓解期,按同样的逻辑,最终也必将冷酷无情地结束。

时间把雪瑞牢牢攥在手心。雪瑞的大脑将目前的情形一一分解,最终得出结论:时间只给她预备了一个结局,即癌症晚期。无论她自我感觉有多好,无论她有怎样的生活目标,最终结局都不会改变。也就是说,缓解期的癌症病人,就像所有人类的生存状态的简略版:到头来,你终究难逃一死。

在意识深处,雪瑞无时无刻不在思考死亡。除此之外的一切,所有人、所有物、所有事件,都淡化成了影子。更糟的是,当想到身边其他人的时候,雪瑞注意到的是宇宙的不公平。其他人都没得癌症,也就是说,从心理学角度看,他们都不会死。这不公平。其他所有人,凑在一起暗中谋害她,夺走她的青春、她的幸福,最终还要夺去她的生命,取而代之的,他们把无穷无尽的痛苦加之于她,说不定还暗中以此为乐。其他人"享受快乐",在她看来,就是恶毒地"以她的痛苦为乐"。因此,雪瑞有十足的动机希望整个世界都跟她一块儿滚下地狱。

自然,这些话,她没有大声说出来,但她用自己的生活方式表明了态度。由于罹患癌症,她成了彻底的冷感者。谁能责备癌症患者变成冷感者呢?从逻辑上讲,雪瑞本该争分夺秒,抓住缓解期的每一分每一秒寻欢作乐。可惜,正如肥特早已了然于胸的,大脑意识向来不按逻辑运行。由此,雪瑞的生命每分每秒都在等待着缓解期的结束。

在这一点上,她倒是没有延迟自己的满足感。目前,她正在享受即将复发的淋巴癌。

这么复杂的心理过程,肥特自然不会明白。他眼前所见,不

过是个可怜的年轻女子,受了大罪,吃了大苦。肥特觉得,自己
能改善她的生活。而且,这么做是在行善。他会爱她,也爱自
己,上帝则会爱他们两人。肥特眼里见到的是爱,雪瑞则只看到
即将来临的痛苦与死亡,而且她无法掌控。如此,肥特的世界和
雪瑞的世界,不可能有交集。

综上(如肥特会说的),有受虐倾向的现代人,并不是喜欢痛
苦,而只是无法忍受无力感。有哲学家和心理学家指出过,"享
受痛苦"本身的语义就很矛盾。"痛苦"的定义是不愉快的体验,
而"不愉快"的定义是不想要的东西。"享受痛苦"意思就是"喜欢
让你觉得不愉快的东西"。尽管尝试其他的定义,看看你能得出
什么结论。赖克的分析切中肯綮,他破解了现代受虐倾向的真
正推动力……而且,还看到这一病症在所有人中扩散,以这样或
那样的方式,表现出或轻或重的病征。最终,这一病症成了普遍
现象。

你不能责备雪瑞是在"享受癌症",或者说她"想要癌症"也
是不对的。不过,她相信,自己面前放着一摞扑克牌,癌症就藏
在其中。每一天,她翻开一张牌,每天癌症都没有出现。但既然
癌症就藏在里面,只要你每天不断地翻开那些牌,总有一天癌症
会出现。然后,游戏结束。

因此,尽管真的不是她的错,但雪瑞将会彻彻底底地把肥特

毁掉。格洛莉亚·克努森和雪瑞相比,有着明显不同:格洛莉亚纯粹出于幻想的理由,自己想寻死;而雪瑞,无论愿意与否,肯定会死。只要格洛莉亚希望,她随时可以选择中止这场恶意死亡游戏,但雪瑞却没有选择。这就好像是格洛莉亚在奥克兰西纳农大楼外人行道上摔成稀巴烂之后,转世成了雪瑞,体型增了一倍,精力也增了一倍。同时,由于贝丝带着克里斯托弗离开,爱马士·肥特遭受打击,体型缩减了一半。结局看起来不会太乐观。

自从格洛莉亚那事后,肥特一直都在寻死,而他之所以会被雪瑞吸引,真正的动机也是寻死。不过,此刻,由于斯通医生的治疗,肥特满以为自己已经痊愈,正满怀希望,鼓起风帆,向世界进发,向着目标——疯狂和死亡——准确无误地前进。这家伙真是一点儿都没吸取教训。的确,他身体中原本的那颗子弹已经被取出来,伤口已也痊愈。可是,他已经准备好再中一颗子弹,而且渴望再中一颗。他已经等不及要搬去跟雪瑞同住,拯救她。

如果你还记得,应该能想起,很久之前医生就告诉过肥特,想要健康,就别再帮助别人(必须戒掉两样东西:毒品麻醉剂和帮助别人的念头)。毒品麻醉剂,肥特倒是不吸了;可取而代之,他把所有的精力和热情都投注到救人这件事上去了。

他还不如继续吸毒呢!

6

离婚这架机器,把肥特吞噬咀嚼成个单身男人,然后放他自生自灭。他已迫不及待。

与此同时,橘子郡精神健康医院的人,给肥特指定了一位心理治疗师,让肥特接受治疗。治疗师名叫莫里斯。作为治疗师,莫里斯是个另类。在六十年代,通过长滩的港口,他曾经把枪支和毒品偷偷运进加州。他参加过SNCC①和CORE②,还加入以色列突击队,跟叙利亚打过仗。莫里斯高约六英尺两英寸,身材魁梧,衬衫底下隆起发达的肌肉,几乎能把衬衫扣子崩开。跟爱马士·肥特一样,他也有一把鬈曲的黑胡子。治疗的时候,他通常

① 学生非暴力协调委员会,美国二十世纪六十年代民权运动中的重要组织。

② 种族平等大会,美国黑人民权运动中的重要组织。

不坐,而是站在房间的另一边,对着肥特大吼大叫。说话时,他常常加一句"我是认真的",以此加强劝诫的语气。肥特从没怀疑过莫里斯认不认真,这根本不是个问题。

莫里斯打算粗暴地把肥特推到享受生活的道路上,绝了他救人的念头。肥特对"享受生活"毫无概念,只懂字面意思。治疗一开始,莫里斯就让他写了一份清单,列出十件最想做的事情。

"想做"这个词当中的"想"这个字,让肥特困惑不已。

"我想做的事,"他回答,"就是帮助雪瑞,让她别再生病。"

莫里斯咆哮道:"你以为你应该帮她,你以为这么做,你就能变成个好人?不管你干什么,都成不了好人。你对谁都没价值!"

肥特没底气地抗议了几声。

"你就是一文不值。"莫里斯又说。

"而你的脑子里全是屎。"肥特回敬。听了这话,莫里斯咧嘴一笑。他就想要这效果。

"听着,"莫里斯说,"我是认真的。去吸吸毒,睡几个大奶子胖妞儿,不会寻死觅活的那种。你知道雪瑞快死了,对不?她要是死了你怎么办?回到贝丝身边?贝丝想杀了你呢!"

"真的?"肥特很惊讶。

"当然是真的。她故意设了圈套,好让你去死。她知道,要是带着儿子离开你,你就会把自己整冰凉。"

"嗬。"肥特有些高兴,这证明自己没得被害妄想症。他心底一直明白,其实就是贝丝设计了自己的自杀。

"等雪瑞死了,"莫里斯接着说,"你也会死。你想死吗?我现在就能给你排个班。"他瞧了瞧手腕上那块硕大的表。这表上什么都有,连星星的位置也有。"我们看看,现在是两点半。就定在今晚六点如何?"

肥特摸不准莫里斯是认真的,还是开玩笑。但他毫不怀疑,莫里斯确实有这本事,不折不扣的。

"听着,"莫里斯说,"我是认真的。你要真想死,有的是更容易的办法,你现在的这个太折腾了。你得等雪瑞死了,然后借着这个理由再寻死一次。其实你根本不需要找借口,你的老婆、儿子已经离你而去,雪瑞也只剩一口气,你现在就可以死。雪瑞要是咽了气,就是对你大大的回报。你这么爱她,在悲痛中……"

"等等,谁说雪瑞一定会死?"肥特打断他的话。肥特认定,自己有魔法力量,能挽救雪瑞的生命。说白了,这是他一切计划的基础。

莫里斯没理他。"你为啥想死?"他反问肥特。

"我不想死。"肥特打心底里相信,自己没想死。

"要是雪瑞没得癌症,你还会跟她一起住吗?"莫里斯看着肥特,肥特却没回答。在心里,他不得不承认,要是雪瑞没得癌症,他不会搬去跟她同住。

"你为啥想死?"莫里斯重复问道。

"嗯……"肥特不知所措。

"你是坏人吗?"

"不是。"

"那是有什么人叫你去死了吗?某个声音?还是有某个人给你发射了'去死'的信息?"

"没有。"

"你妈妈让你去死了吗?"

"好吧,自从格洛莉亚……"

"操他的格洛莉亚。格洛莉亚是谁?你都没和她睡过,都不了解她。其实你早就想死了。别跟我扯这些狗屁。"莫里斯跟往常一样,又开始咆哮,"你要真想帮人,就去洛杉矶,到天主教义工热羹厨房去帮忙。要么,就给 CARE[①]捐钱,能捐多少捐多少。让专业人士去帮。你是在骗自己。你骗自己说,格洛莉亚对你很重要;还骗自己说,那谁来着,雪瑞不会死。她当然会死!就因为她会死,你才去跟她住一块儿。这样,等她死的时

——————
① 各地援助和救济合作社,国际人道主义机构。

候,你就能陪在她身边。她想拉着你一起死;你呢,巴不得她这么干。你们俩根本就是穿一条裤子。你看我办公室这扇门,从这里走进来的人,都想死。精神病也就这么回事儿。你不知道吗? 我来告诉你。我真想把你的头按到水里去,直到你开始扑腾着想喘气。要是你不挣扎? 见他妈的鬼,那就随你去。真希望他们能批准我这么干。你那个得癌症的朋友,是故意的。患上癌症说明免疫系统选择失效,被人自己关掉了。人失去所爱的人时,就会这么做。瞧见没,死亡就是这么传播的。癌细胞嘛,每个人都有,就在身体里飘来荡去。区别在于,不想死的人,他们的免疫系统会杀掉癌细胞。"

"雪瑞还真有个朋友死了。"肥特承认,"那个朋友得了严重的恶性癫痫。还有,她妈妈也死于癌症。"

"朋友死了,妈妈也死了,所以雪瑞会觉得内疚。格洛莉亚死了,你也觉得内疚。别再操心别人了,操心操心自己,怎么样? 为自己的生活负责。你有责任保护自己。"

肥特说:"我有责任帮助雪瑞。"

"那我们来看看你列的清单吧,你小子最好已经写完了。"

肥特一边把列了"十件最想干的事情"的清单递给莫里斯,一边在心里琢磨,莫里斯的话到底对不对。雪瑞肯定不想死。她顽强地跟疾病斗争,不仅扛过了癌症病痛,还扛过了化疗。

"你想去圣芭芭拉海滩散步,"莫里斯读着清单,"这是第一条。"

"这条有什么问题吗?"肥特警惕地反问。

"没有。那,想去你干吗不去?"

"你看第二条。"肥特回答,"得有个漂亮姑娘陪我。"

莫里斯说:"那就带雪瑞一起去啊!"

"她……"肥特犹豫了。其实,他还真邀请过雪瑞,让她跟自己一块儿去圣芭芭拉,找个豪华海滩酒店,过个周末。雪瑞却回答,教会工作太忙,没时间。

"她不肯去。"莫里斯替他说完,"因为太忙了。忙什么?"

"教会工作。"

两人面面相觑。

"等癌症复发,她的生活也不会有多大改变。"最后,莫里斯打破沉默,"她会不会聊自己的癌症?"

"会。"

"跟商店店员也聊? 碰到谁都聊?"

"对。"

"好吧,她的生活会不一样。她会得到更多的同情,感觉更好。"

肥特好不容易才开了口。"有一次她告诉我……"他差点儿说不下去，"得癌症是她这辈子遇见的最好的事。因为这样一来……"

"联邦政府就会给她补贴。"

"对。"肥特点头。

"这样她就再也不用工作了。我估摸着，就算现在癌症缓解了，她还在拿SSI①的钱吧?"

"对。"肥特低声回答。

"联邦政府会想起这笔账的。政府会向她的医生核实情况。然后，她就得找工作赚钱养活自己了。"

肥特语气尖酸地回道："她才不会找工作呢!"

"你恨这姑娘。"莫里斯说，"更糟的是，你唾弃她。她只算个吃白食的，是个剥削方面的艺术家，从情感和经济上对你进行双重剥削。是你在养活她，对不对? 而且她还从SSI那儿拿钱。她手上握着球拍，拍子的名字叫癌症。你呢，你就是她击打的目标。"莫里斯严肃地注视着肥特。"你相信上帝吗?"他突然问道。

听到莫里斯这么问，你们就该明白，在心理治疗过程中，肥特没怎么跟莫里斯提过跟上帝说话那件事儿。他可不打算再进北病房。

---

① 附加社会保障收入，美国政府为六十五周岁以上者、盲人以及残疾人提供的经济援助，每月发放。

"在某种程度上吧。"肥特回答。但是,只回答这一句不够,他还得多讲几句。"我对于上帝有自己的定义。这基于我本人的……"他犹豫了一下,想象自己说的话,会不会变成四周装着带刺铁丝网的陷阱,害自己掉进去。"想法。"他选择了这个词。

"这对你来说是个敏感话题?"莫里斯问道。

肥特不明白他问这话的意思,也不知接下来他会问什么。他没权力看自己在北病区的档案,所以不知道里面写了些什么,也不知道莫里斯有没有看过。

"不是。"肥特回答。

"你是否相信上帝按照自己的形象创造了人类?"莫里斯问道。

"相信。"肥特回答。

莫里斯提高声音,吼道:"那么,把自己整冰凉不就是对上帝的冒犯吗?你有没有想过这个?"

"想过,"肥特回答,"我经常琢磨这个。"

"嗯,你琢磨出什么来了? 以防你忘记,我来提醒你一下,《圣经·创世纪》里写道:'神说,我们要照着我们的形象、按着我们的样式造人,使他们管理海里的鱼、空中的鸟、地上的牲畜和全……'"

"是有这话,"肥特打断他,"但说这话的是创世神,不是真正的上帝。"

"啥?"莫里斯质问。

肥特解释:"说这话的是亚大巴多,有时候也叫撒马尔,是盲目的神。他非常疯狂。"

"你到底在说些啥?"莫里斯又问。

"亚大巴多是索菲亚产下的怪物。索菲亚则是从普累罗麻①中跌落下来的。"肥特说,"亚大巴多以为自己是唯一的真神,可他错了。他身体有缺陷,他看不见。所以,尽管他创造了我们的世界,可是,由于眼瞎,他搞砸了这工作。真正的上帝高高在上,朝下看到了这一切,出于怜悯,开始拯救我们。于是,从普累罗麻发出断断续续的光……"

莫里斯瞪大眼睛盯着他,问道:"这都是谁编出来的? 你?"

"基本上吧。"肥特说,"我的学说属于C.E.二世纪的瓦伦廷派②。"

"C.E.是啥玩意儿?"

"Common Era,公共纪元。这是用来代替A.D.的。瓦伦廷的诺斯替学说,比他的反对派伊朗学派更加精妙。伊朗学派,理

---

① Pleroma,意为"完满"(fullness),指围绕在神周围的灵性世界。

② 瓦伦廷派是诺斯替主义叙利亚派的代表,其特点在于企图把黑暗的起源以及存在的二元性裂痕置于神自身的内部。

所当然,受到了琐罗亚斯德教①二元论的强烈影响。瓦伦廷认为诺斯②具有本体论的拯救价值。因为,诺斯会扭转原初的无知状态。这种无知状态代表了堕落,是神性的损伤。这种损伤导致了乱糟糟的创世——也就是现象世界或称物质世界的创造。真正的上帝完全超然物外,他并没有创造世界。但是,看到亚大巴多的作为……"

"'亚大巴多'是谁? 创造世界的是耶和华!《圣经》里写着呢!"

肥特继续说:"创世神自以为是唯一神,所以他才会嫉妒,说'除了我,你们不可有别的神'。这话……"

莫里斯吼道:"难道你没读过《圣经》吗?"

肥特明白了,面前这位是个宗教白痴。停顿片刻,他再次尝试开口。"是这样的。"他尽可能让语调平静理智,"关于世界是如何创造的,有好多种不同的看法。比如,有人认为世界是人造的——但有可能并非如此;古希腊人则将世界视为有机体——这样,就不会存在造物主;又比如,佛教唯心论则认为,在不同的时

① 世界上最古老的宗教之一,在中国也被称为"拜火教"或"祆教",相信光明与黑暗并存的二元论,以及光明一方阿胡拉·玛兹达(Ahura Mazda)为唯一真神的一神论,创始人即为琐罗亚斯德。

② gnosis,希腊语,音译为"诺斯",意为"知识",为诺斯替教派的重要概念。

间存在不同的造物主。可是,哪怕是这样……"

"你肯定从没读过《圣经》。"莫里斯一脸难以置信的表情,"你知道我想让你干什么吗? 我可是认真的。我要你回家,仔细研读《圣经》。我要你从头到尾,把《创世纪》读上两遍。听到没? 两遍,仔仔细细地读。我还要你列一份提纲,列出《创世纪》的主要观点,还有主要事件,按照重要程度来写。下周,你来这儿的时候,我要看到这份提纲。"显然,莫里斯真的生气了。

提起上帝这话题,不算是好主意。可是,莫里斯当然不可能事先就知道肥特的想法。他只是想唤起肥特的道德感而已。作为犹太人,莫里斯认定宗教和道德是不可分割的,在希伯来的一神教①中二者紧密相连。道德,是由耶和华亲自传给摩西的,这每个人都知道。每个人,除了爱马士·肥特! 此时此刻,肥特的问题在于他知道得太多了。

莫里斯喘着粗气,啪啪地翻阅预约本。从前,某些教徒将宇宙视为具备知觉的隐德来希②,同时具有精神和肉体,还认为宏

---

① 指犹太教,包括犹太人的信仰、价值观和生活方式。犹太教与基督教关系密切,其经典《塔纳赫》(Tanakh,或称《希伯来圣经》)即基督教中的《圣经·旧约》。犹太教戒律森严,其经典除了《塔纳赫》外,还有记载犹太教律法、条例和传统的《塔木德》(Talmud)。

② entelechy,希腊语义为"完全实现",为亚里士多德创造的术语,也译作"实现",指一种行为或过程内在地趋向完成状态或完满状态。

观宇宙是微观宇宙(也就是人类)的镜像。幸好,莫里斯不信这个。不然,他肯定会连叙利亚阿萨辛派也干掉①。

"我再多说一句。"肥特开口。

莫里斯不耐烦地点点头。

"创世神,"肥特说,"可能是疯狂的。因此,宇宙也是疯狂的。我们感受到的混乱,其实是非理性——这两者是不一样的。"说罢,他住了嘴。

"你怎么看待宇宙,宇宙就是什么样。"莫里斯说,"你的所作所为才最重要。你的责任,是为宇宙贡献更多的生命,而不是减少生命。"

"这是存在主义的观点。"肥特说,"这种观点,基于一个概念,'我们做的事,决定了我们是谁',而不是'我们思考的事,决定了我们是谁'。这种观点最早出现在歌德的《浮士德》第一部分里。书中,浮士德说,'Im Anfang war das Wort'。这是引用了第四福音书的开头,'太初有道'。接着浮士德又说'Nein. Im Anfang war die Tat',意思是'不,太初有为'。这是一切存在主义

---

① 伊斯玛仪派尼扎里支派的俗称。阿萨辛派是十一世纪伊斯兰教什叶派的一支,创始人为哈桑·沙巴。另一著名领袖为十字军东征时期的拉希德丁·锡南。阿萨辛派常行暗杀,英语中assassin(刺客,杀手)一词便是由阿萨辛派的阿拉伯语化来。此句意指一旦信仰不合,心理医生莫里斯连可怕的刺客组织也要干掉,可见其虔诚硕固、躯体强健。

的来源。"

莫里斯瞪着他,就像瞪着一只臭虫。

肥特开车前往位于圣安娜市中心的公寓。他与雪瑞一同居住在那里。公寓里有两间卧室、两间浴室,公寓大楼配备有电动门、暗锁、地下车库和监视主要通道的闭路电视。一路上,肥特慢慢回过味来,自己已经从高高在上的"权威",被打回成了卑贱的"怪人"。莫里斯想帮助肥特,却不小心抹消了肥特获得安全感的基础。

不过,往好处看,肥特现在的住所倒是不错。他的家像个堡垒——或者说,像个监狱—— 一座崭新的、保安设施齐备的公寓大楼,位于墨西哥区的正中心。只有持一张电脑磁卡,才能打开地下车库的大门。能住在这样的地方,让肥特萎靡的精神为之一振。他和雪瑞的公寓在顶楼,所以,他可以不折不扣地俯视圣安娜和底下那些比他更贫苦,整夜饱受醉鬼和瘾君子折腾的人。除此之外,还有重中之重的一点,他身边有雪瑞。她做得一手好饭。不过,除了做饭,其他的雪瑞就不管了。购买食材、饭后洗碗,全是肥特的事。雪瑞经常缝缝补补,熨烫衣服,开车出去办办事,跟高中女友煲煲电话粥,还时不时给肥特讲讲教会里的新闻。

至于雪瑞的教会的名字，我不能说。因为，它确实存在（呃，当然，圣安娜也真实存在）。所以，我就借用雪瑞的叫法，称它为：耶稣的血汗工厂。在教会里，一天中的一半时间，雪瑞都守在电话机和前台旁。她负责救济工作，也就是说，负责派发食物，派发过夜住店的钱，教穷人如何跟福利局打交道，还负责揪出混在可怜人当中的瘾君子（并把他们剔除出去）。

雪瑞有充分的理由痛恨瘾君子。那些吸毒的，每天都想出新花样来骗取钱财。最让她气恼的不是这些瘾君子骗教会的钱去买毒品，而是他们事后还会到处吹嘘。不过，反正瘾君子相互之间没什么忠义好讲，所以，常有吸毒的到她这儿来告发其他吸毒的，说某某人骗了钱还四处炫耀。一旦听说，雪瑞就把这人的名字写到黑名单上。通常，当她从教会回来时，总是气得发疯，抱怨那边的情况有多糟，尤其是那些吸毒的和其他讨厌鬼又干了哪些糟心的事，而牧师拉里又是怎样视而不见。

肥特和雪瑞虽然做朋友已经三年了，但在跟雪瑞同居一周后，肥特发现自己之前三年对她的了解远没有这一周了解到的多。雪瑞憎恨地球上所有的生物，离她越近，她就越恨。也就是说，她跟某人或某物打的交道越多，她就越恨他（她或它）。而她这辈子，最渴望得到的异性，是她的牧师拉里。在生病快死的那段日子里，雪瑞向拉里坦白，她最大的愿望就是跟他睡觉。拉里回答(拉里的回答让肥特很惊讶,因为他觉得这话不合适):他,拉里,从来不会把自己的社交生活跟职业生涯混在一起(拉里已婚,有三个孩子,还有个孙子)。此后,尽管雪瑞仍然爱他,仍想跟他上床,但不免有些灰心丧气。

不过,事情还有另外一面。有一段时间,雪瑞曾在姐姐家生活——或者,用雪瑞的话说,在姐姐家等死。有一次,她癫痫发作,拉里牧师到她姐姐家,带雪瑞去医院。牧师抱起雪瑞的时候,雪瑞吻了他,而牧师也以舌吻回应。这件事,雪瑞对肥特说过好几次。她颇为怀念那段日子。

有天晚上,雪瑞告诉肥特:"我爱你。但我最爱的是拉里。因为我生病的时候,是他救了我。"肥特渐渐地开始觉得,对雪瑞的教会来说,宗教不过是副业,接电话、寄东西反而成了主业。常在教会里走动的,还有几个身份模糊的人(肥特不清楚他们叫什么,不外乎拉里、茉儿、科利什么的)。他们拿的薪水比雪瑞多得多,要干的事情却很少。雪瑞希望这些人全死光。她常常津津有味地提起这些人碰到的小麻烦,比如汽车发动不了啦,吃了张超速罚单啦,或者拉里牧师对他们表示失望啦。

"艾迪要狠狠吃一顿教训啦!"雪瑞进家门的时候常会这么说,"那该死的混球。"

雪瑞特别讨厌一个穷人,名叫杰克·班比纳。雪瑞说,这家伙会翻遍垃圾桶,从里头找些小玩意儿,当礼物送给她。杰克·班比纳总是找准机会,趁教会办公室里只有雪瑞一个人的时候出现,递给她一个脏兮兮的盒子,外加一张令人费解的字条,向她表明求爱的意愿。自从第一天看见他起,雪瑞就把他归类为疯子,而且一直害怕他杀了她。

"下次他再来,我就给你打电话。"雪瑞对肥特说,"我绝不要一个人跟他待在一起。就算把主教自由支配基金的钱全给我,我也不想跟这个杰克·班比纳独处。再说,他们付给我的钱,只有艾迪那个小娘炮的一半。"对雪瑞来说,世界上的人就这么几类:懒虫、疯子、瘾君子、同性恋,还有背后捅刀子的朋友。她也看不上墨西哥人和黑人。肥特搞不明白,雪瑞做着慈善工作,心中却为何丝毫没有基督徒的善心。既然雪瑞憎恨、害怕、讨厌每个活生生的人类,尤其对出现在她生活中的同伴抱怨不已,她怎么还能——为什么还要——在教会工作,同时眼巴巴地想要加入宗教团体呢?

雪瑞甚至憎恨自己的亲姐姐,那个在她生病期间收留她、供她吃喝、照顾她的姐姐。理由或许是,她姐姐梅伊有一辆奔驰车,还有个富有的丈夫。但最让雪瑞憎恨的,是她的挚友埃莉诺的事业——修女。

"我在圣安娜吐个不停,"雪瑞总这么抱怨,"埃莉诺却在拉斯维加斯逍遥自在。"

"你现在没吐啊。"肥特指出,"你正处于缓解期呢!"

"可她不知道啊。一个神职人员,去拉斯维加斯干什么? 她没准到处卖……"

"你说的可是一位修女。"肥特见过埃莉诺,也喜欢她。

"要是没生病,我也当上修女了。"雪瑞回答。

为了逃避雪瑞喋喋不休的胡乱抱怨,肥特把自己关进另一间卧室(他把这间卧室用作书房),又开始撰写他伟大的注疏。他已经写了大约三十万字,几乎全是手写的。他开始从粗劣的内容中摘选出一部分,称其为他的"论著"(*Cryptica Scriptura*),其实意思就是"秘密论述",只是他觉得拉丁文在当下潮流中更能让人印象深刻。

由此,他开始在杰作中耐心地构建他本人的天体演化学,这词儿是个术语,意思就是"宇宙是怎么形成的"。没几个人能构建自己的天体演化学。通常情况下,得借由一整个文化、一整个文明、一整个民族或者一整个部落,才能酝酿出一种天体演化学。它是集体智慧的创造物,经历时代的沉积不断进化而来。这些,肥特都很清楚。所以,能发明出自己的天体演化学,他十分骄傲。他称之为:

二源天体演化学

他日记(或称注疏)的47篇写的就是这个内容,这篇也是目前为止最长的:

"一"既是曾在,也是非曾在。然而,"一"想把非曾在从曾在中分离出来。于是,"一"生出一个二倍体胚囊。这胚囊像个鸡蛋,里面包裹着一对双胞胎。双胞胎均是雌雄同体,各自旋转,且方向相反(双胞胎就像道教的阴和阳,"一"就是道)。"一"希望双胞胎能同时从胚囊中诞生,成为此在。但是,双胞胎中沿逆时针方向转动的那个,出于对成为存在的渴望(这种渴望由"一"植入到双胞胎中),未等成熟——也就是说,在完满之前——提前破囊而出,分离而去。这就是双胞胎中的暗,或称阴。因此,它是有缺陷的。双胞胎中更具智慧的那一个,在完全成熟后才破囊而出。双胞胎二者都各自形成了单一的实体,呈现为一个由肉体和精神构成的生机勃勃的有机体,并依然各自旋转且方向相反。双胞胎中完满的那一个,被巴门尼德称为"一",沿着正确的生长过程,一步步前进;而双胞胎中早产的那一个,被巴门尼德称为"二",却慢慢衰萎了。

　　在"一"的计划中,这两个双胞胎,应该在辩证互动中,慢慢变成"多"。双胞胎"二"是两个超宇宙(超宇宙Ⅰ和超宇宙Ⅱ),他们会投下类似全息图的界面。这个界面便是我们这些生物栖居其中的形态繁复的宇宙。这二源本应以同等力量相互融合,共同维持我们的宇宙。但是超宇宙Ⅱ不断衰萎,不断陷入疾病、疯狂和失序。她把这些也投射到了我们的宇宙中。

　　在"一"的计划中,我们的全息图宇宙本应作为教学工具,使得众多的新生命以其为模板不断进化,最终达到和"一"同形的状态。但是,由于超宇宙Ⅱ不断堕落恶化,带来不利因素,我们的全息图宇宙也受到了损毁,由此产生了熵、不该有的痛楚、混乱、死亡,以及帝国和黑铁监狱。一句话,全息图宇宙中的生命形式,其原本应有的健康和生长均被中断。同时,全息图宇宙的教学作用,也被极大地削弱。因为,只有超宇宙Ⅰ发出的信号是包含信息的,而超宇宙Ⅱ发出的信号却成了噪音。

　　超宇宙Ⅰ的精神部分将自己的微缩版送进超宇宙Ⅱ,想治疗超宇宙Ⅱ。这个微缩版在我们的全息图宇宙中出现,名为耶稣基督。可惜,精神错乱的超宇宙Ⅱ(她),立即对她健康的同胞派来治疗她的微缩超宇宙实施了折磨和羞辱,拒绝他的治疗,最后还杀了他。此后,超宇宙Ⅱ便一直堕落,直到盲目、呆滞、无目的、无秩序的深渊。所以,摆在基督(更确切地说,是圣灵)面前的选择只有两个：拯救所有全息图宇宙中的生命形式，或者抵消超宇宙Ⅱ对全息图宇宙的全部影响。为了完成任务，圣灵十分谨慎地准备杀掉双胞胎中精神错乱的那一个——因为她无可救药。也即是说，她认为自己没病，所以不肯接受治疗。超宇宙Ⅱ的疾病和疯狂渗透到我们所有人的身上，害我们这些蠢货只能生活在个人的、不真实的世界里。想要继续执行"一"的原初计划，就必须把超宇宙Ⅰ分成两个健康的超宇宙。这样，全息图宇宙也会慢慢变成成功的教学工具，恢复原本应有的模样。然后，我们就会进入"神的国"。

在时间之河当中，超宇宙Ⅱ仍然活着；"帝国永存"。但是，从永恒角度看（超宇宙存在于永恒当中），超宇宙Ⅱ已经死了，被双胞胎中健康的超宇宙Ⅰ杀了。这是不得不为的杀戮。超宇宙Ⅰ是护卫我们的斗士。超宇宙Ⅱ死后，"一"很悲伤，因为"一"同等地爱着两个双胞胎。于是，终极意识所含的信息中就包含了"一个女人的死亡"这样的悲剧故事。由此，全息图宇宙中所有的生物，都添上了这个悲剧的底色。生物体会到痛苦，却不知为何。直到健康的双胞胎完成有丝分裂，"神的国"降临，这种悲伤才会消失。这种转换的机制——在时间之河当中，被称为从黑铁时代到黄金时代的转变——现在正在进行。在永恒里，这个过程已经完成。

没多久，雪瑞就厌烦了肥特，厌烦了他整日整夜躲在书房里撰写注疏。还有件事也让雪瑞气得发疯。肥特离婚后，法庭判决他每月支付一大笔抚养费给贝丝和克里斯托弗。而肥特竟然要求雪瑞从SSI救济款中拿出钱来，帮他分担些公寓房租。愤怒的雪瑞索性通过圣安娜房管局，另外找了间公寓（公寓房租全部由房管局支付）。这样，雪瑞不但有了免费的住所，不用给肥特烧晚饭，而且还可以随意跟其他男人交往——两人同居时，肥特反对雪瑞跟其他男人来往。雪瑞曾有一次狠狠反抗过肥特的这种独占欲。那天晚上，雪瑞跟某男性友人手拉手，一路走回公寓。肥特怒火万丈，雪瑞则回嘴道："这种气，我不受了！"

之后，肥特保证，不再反对雪瑞跟其他男人出去，也不再要求她帮忙负担房租和食物的开销。尽管那时肥特的银行账户里只剩九块钱。但没用，雪瑞这回是真的生气了。

"我要搬走了。"她宣布。

雪瑞搬走后，肥特好不容易筹齐了款子，买来各种家具、碗碟、电视机、厨具、毛巾——什么都要买。离婚的时候，肥特净身出户，几乎什么都没拿。他原本打算依靠雪瑞的家什过活。不用问，雪瑞走后，肥特的生活孤单极了。一个人生活在这间两室两卫的公寓里，想着从前跟雪瑞同住的情景，肥特说不出有多抑郁。肥特的朋友们都替他担心,前来为他打气。同一年中,贝丝在二月份离开肥特,雪瑞则在九月初离开肥特。孤单的肥特又开始一寸一寸地接近死亡。一天又一天,肥特只做同一件事:坐在打字机前,或者拿着本子和笔,撰写注疏。注疏是肥特生命中仅剩之物。贝丝搬去了萨克拉门托,离加州七百多英里,距离遥遥,所以肥特见不到克里斯托弗。肥特想过自杀,但只是一闪而过。他知道莫里斯肯定不喜欢这样的念头。要是知道肥特在琢磨自杀,莫里斯肯定又会让他写一张清单。

但是,这些都不算什么。真正让肥特担忧的,是他预感到雪瑞的癌症可能很快就要复发了。她既要去圣安娜大学上课,又要去教会工作,疲惫之下,她的身体会慢慢垮掉。肥特还是尽量频繁地去看望雪瑞,每次见到她,肥特都发现雪瑞更疲惫了,也更瘦削了。到了十一月,雪瑞开始抱怨得了流感,抱怨胸口疼,还不停咳嗽。

“该死的流感。”雪瑞说。

最后,肥特终于说服雪瑞,去医生那儿做检查——照X光和抽血。他心里明白,她的癌症肯定已经复发。雪瑞连走路的力气都快没有了。

雪瑞得知自己癌症复发的那天,肥特陪在她身旁。雪瑞跟医生预约的时间是早晨八点。肥特一夜没睡,干坐着,天一亮就开车接雪瑞去医生那儿。同行的还有雪瑞多年的好友埃德娜。雪瑞跟艾博鲍姆医生谈话的时候,肥特和埃德娜就坐在等候室里等她。

"也就是流感罢了。"埃德娜说。

肥特没吱声。他很清楚,那不是流感。三天前,他曾跟雪瑞一同步行去杂货店买东西。雪瑞连抬脚的力气都没有。肥特心中不抱任何希望。他跟埃德娜一起坐在拥挤的等候室里,心中满是恐惧,只想哭。谁能相信呢,今天居然还是他的生日。

雪瑞从艾博鲍姆医生办公室走了出来,手里拿着面巾纸,捂着眼睛。肥特和埃德娜跑了过去。雪瑞身子一歪,瘫软下来,肥特赶紧接住她。"又来了,癌症又来了。"这一次,雪瑞脖子上的淋巴结里也出现了癌细胞,右肺还有个恶性肿瘤,阻碍了她的呼吸。化疗和放疗在二十四小时之内就会开始。

埃德娜震惊道:"我还以为只是流感。我还想让她到梅乐迪兰①去,亲身作证,告诉大家耶稣已经治好了她。"

听到埃德娜这话,肥特无言以对。

事情到了这份儿上,挑明来说,肥特对雪瑞已经没有任何道德上的义务。其中最微不足道的一条,就是雪瑞从与他同居的公寓搬走,丢下他孤零零一个人,痛苦绝望,无事可做,只能涂写注

---

① 指加州的梅乐迪兰基督教中心。

疏。肥特所有的朋友都跟他强调了这一点,就连埃德娜也趁雪瑞不在房间里的时候,悄悄跟他说过。但肥特仍然爱着雪瑞。他知道雪瑞现在已经太过虚弱,没法自己做饭。等到化疗开始,她只会越来越虚弱。肥特请求雪瑞搬回来,跟他一起住,好让他照顾她。

"不了,谢谢。"雪瑞的回答,声调毫无起伏。

肥特找了一天去了趟雪瑞的教会,找拉里牧师谈话。他请求拉里,向加州医护局施压,让他们派人来照顾雪瑞,给她做饭,帮她清理公寓——这些雪瑞都不让肥特帮她干。拉里牧师答应了。但之后便没了下文。于是,肥特又去了一趟教会,跟牧师谈话,问他还有什么办法能帮助雪瑞。说着说着,肥特突然哭了出来。

见此,拉里牧师说了一句令人费解的话:"能为那姑娘哭的眼泪,我都已经哭干了。"

肥特不明白这话的意思。是拉里太过悲伤,已经超过了极限?还是说,作为一种自我保护手段,拉里有意地缩减了自己的悲伤?直到今天肥特也没能弄明白这句话。而他本人的悲伤在此时已经到了最大临界值。如今,雪瑞已经入院。肥特去看她时,她就躺在病床上,小小的身子蜷缩着,只剩平常一半那么大,痛苦地不停咳嗽,眼中净是绝望。探视过后,肥特连开车回家的力气都没有。于是,凯文就开车送他回家。那个向来愤世嫉俗的凯文,也伤心得说不出话来。两人一路驾车前行,凯文伸出手,拍拍肥特的肩膀——这是男人之间表达友爱的唯一方式。

"我该怎么办?"肥特开口道,意味深长地问了一句。这话其实是说:等她死了,我该怎么办?

肥特是真的爱雪瑞,尽管她对他不好——事实上,肥特所有朋友们都说,雪瑞对待肥特非常不地道。但肥特自己并不清楚,他也不在乎。他只知道,雪瑞此刻躺在医院病床上,全身长满了转移的肿瘤。每一天,肥特都去医院看望雪瑞,与他同去的还有所有熟识雪瑞的人。

夜里,肥特就干他唯一能干的事——撰写注疏。他已经写到了一条重要的篇目。

日记第48篇

论我们的本质

可以说,我们的本质是记忆螺旋体(有感知能力的DNA携带者),处在类似计算机的思维系统中。我们每个人都如实地记录并储存了几千年来的经验信息,而且每个个体储存的内容都略有不同。但是,这个思维系统出了故障,无法顺利读取我们的记忆。故障的根源出在我们每个人脑的"亚回路"上。只有通过"灵知",我们才能获得"拯救"——更确切地说,治好失忆症,重获记忆信息。这对我们每个个体很重要,能让我们在洞察力、自我身份认同、认知力、理解力、对世界和自我的体验上,发生飞跃,甚至能获得永生。然而,这对整个思维系统的意义却更为重大和深远。因为,我们的记忆是珍贵的数据。系统要正常运作,我们脑中的数据是至关重要的。

因此,思维系统目前正处于自我修复中。修复步骤包括:通过改变横向或纵向的时间,重建我们脑中的亚回路;不断给我们发信号,施以刺激,试图激活我们封闭的记忆库,读取其中的记忆。

因此,外部信息,或者说"灵知",其本质就是打破禁锢的指令,而其核心内容实际是我们的固有本性——也就是说,本来就存在于我们的脑中。(这一点,柏拉图早已指出过。他说:任何知识的学习,其实都只是回忆而已。)

古代人,特别是古希腊、古罗马的神秘宗教教徒(包括早期基督教徒),有办法通过种种手段(圣礼或其他宗教仪式)来激活记忆库,读取记忆。但是,这些宗教基本上只关注重获记忆对个体的重塑价值。只有诺斯替教徒,正确认识到重获记忆的本体论价值,即对"完满存在"(诺斯替教徒们称为"神性")本身的价值。

神性已经受了损伤。在原初之时,神性之内就发生过某个我们无法理解的危机。

肥特还修改了日记第29篇,加在**论我们的本质**这一篇中。

日记第29篇

人类堕落,并非犯了道德错误,而是犯了智识错误。我们把表象世界当成了真实世界。因此,我们在道德上是纯洁无瑕的。是帝国,披着种种伪装的帝国,告诉我们犯了罪孽。"帝国永存"。

此时,肥特的脑子已经彻底错乱了。每一天,他要么撰写日记(或称他的论著),要么听音乐,要么就是去医院看望雪瑞。他开始在论著中胡乱添加条目,不按照逻辑顺序,也没有任何理由。

日记第30篇

表象世界并不存在。表象世界是终极意识所处理的信息的实体化。

日记第27篇

如果去掉十几个世纪的伪造虚假时间,那么,现在的纪元应该是公元103年,而不是公元1978年。这么看来,《圣经·新约》说得对,圣灵的王国将在"活着的人死去"之前降临。所以,我们其实还生活在使徒时代。

日记第20篇

赫耳墨斯派①炼金术士知晓"三眼入侵者"这个秘密种族的存在,几经努力,却一直没能取得联系。所以,炼金术士们对腓特烈五世②、普法尔茨选帝侯③和波西米亚王④的支持都失败了。"帝国永存"。

日记第21篇

玫瑰十字兄弟会⑤写道,"Ex Deo nasci-mur, in Jesu mortimur, per spiritum sanctum reviviscimus"。这意思是说,"我们由上帝而生,随耶稣而死,凭圣灵复活"。这句话表明,他们已经重新发现了失落已久的获得永生的程式。这程式曾被帝国摧

---

① 赫耳墨斯派将炼金术与占星术、神通术等一起例为"全宇宙三大智慧",传说中由赫耳墨斯·特里墨吉斯忒斯开创,此人被看作是炼金术士的始祖。

② 腓特烈五世(Frederick V,1596—1632),普法尔茨选帝侯,"三十年战争"期间在位一年的波希米亚国王。

③ 指十三世纪德意志普法尔茨地区的诸侯,有权力选举神圣罗马帝国皇帝,故称"选帝侯"。

④ 指十三世纪波西米亚王国(今捷克)的君主,同为神圣罗马帝国选帝侯之一。

⑤ 十七世纪初在德国创立的一个秘密会社,自称拥有自古代传下的神秘宇宙知识。

毁。"帝国永存"。

日记第10篇

提亚纳的阿波罗尼乌斯,托名赫耳墨斯·特里斯墨吉斯忒斯,写道,"在上的,其实便是在下的"。他想用这句话告诉我们,宇宙其实是个全息图。可惜他缺少合适的术语。

日记第12篇

"永生者",被希腊人称为"狄俄尼索斯"[1],被犹太人称为"以利亚"[2],被基督徒称为"耶稣"。当一个人类宿主死去,"永生者"便会转移到另一个人类宿主身上。因此,"永生者"永远不会被杀,也不会被抓。所以,十字架上的耶稣才会大叫,"Eli, Eli, lama sabachthani"[3]。当时在场围观的人中,有些人正确地理解了这句话的意思,说道,"这个人在呼唤以利亚"。以利亚离开了耶稣,他孤独地死去。

写下这一条的时候,爱马士·肥特也在孤独地死去。在1974年,往肥特脑壳里发射大量信息的神圣存在,不管它叫以利亚还是别的什么,已经离开了肥特。有一个可怕的问题,肥特一直反

---

① 希腊神话中的酒神,也是丰饶之神、迷醉狂欢之神。

② 指公元前九世纪以色列犹太教先知。

③ 意为:"我的神,我的神,为什么离弃我?"

复自问,却没有写在日记或论著里。如果写下来,这个问题大致
是:

既然神圣存在知晓克里斯托弗的出生缺陷,并出手纠正,那
它为什么不出手干预雪瑞的癌症? 为什么要让她躺着等死?

肥特想不明白。因为误诊,雪瑞浪费了整整一年。"斑马"为
什么不发射信息呢? 可以发给肥特,给雪瑞,或者给雪瑞的医生,
随便给谁都行!

只要能及时拯救雪瑞的生命就行!

一天,肥特去医院看望雪瑞,发现有个傻子立在她床边,正
咧着嘴笑。这傻子肥特见过。跟雪瑞同居的时候,他来过一回,
摇摇晃晃地走进公寓,用手臂搂住雪瑞,吻她,还说爱她——压根
儿没把肥特放在眼里。这傻子是雪瑞孩提时代的朋友。肥特进
病房的时候,傻子正问雪瑞:

"等我当上世界之王,你便是世界之后,我们该做些什么呢?"

痛苦不已的雪瑞喃喃回答:"我只想把堵在喉咙口的肿块去
掉。"

肥特恨不得把这傻子揍到明天早上才能醒过来。跟肥特同
去的凯文,不得不用上蛮力,死死拖住肥特。

之后,他们开车往肥特那个凄冷的公寓走,路上,肥特回忆
起他和雪瑞同居的短暂时光,对凯文说:"我要疯了。我受不了。"

"你有这反应很正常。"这些日子,凯文一直收敛着平素愤世嫉俗的态度。

"告诉我,"肥特又说,"上帝为什么不帮她。"凯文知道肥特在写日记,也知道他写到哪里了。就连肥特在1974年遇见上帝那事儿,他也知道。所以,对凯文,肥特可以畅所欲言。

凯文回答:"伟大庞塔行事,凡人难料。"

"伟大庞塔是什么鬼东西?"肥特问。

"我不信上帝,"凯文说,"我信伟大庞塔。伟大庞塔行事,凡人难料。没人知道他行事的理由,也没人知道他袖手旁观的理由。"

"你在拿我开玩笑?"

"没开玩笑。"

"伟大庞塔从哪儿来?"

"只有伟大庞塔知道。"

"他仁慈吗?"

"有人说他仁慈,有人说不。"

"要是他愿意,他可以帮助雪瑞。"

凯文回答:"这一点,也只有伟大庞塔知道。"

两人哈哈大笑。

　　痴迷于死亡,再加上对雪瑞的悲伤忧心,肥特继续撰写他的论著:

　　日记第 15 篇

　　库迈的西比尔保护着罗马共和国,还会及时发出警报。早在公元一世纪,她就预见了肯尼迪兄弟、马丁·路德·金博士和派克主教会遇刺。她预见到,这四位遇刺者有两个共同点:第一,他们都守护着共和国的自由;第二,他们都是宗教领袖。这是他们遇刺的缘由。由此,共和国便再度沦落为被独裁者统治的帝国。"帝国永存"。

　　日记第 16 篇

　　1974 年 3 月,西比尔说:"密谋者已被发现,将接受制裁。"她用第三只眼睛,或称眉心轮①、湿婆②之眼发现了密谋者。这只眼睛一般只对内用以自省。一旦对外使用,就会爆炸,产生令生命枯竭的巨大热能。1974 年 8 月,西比尔预言的制裁得以实现。③

───────────

　　① 在印度宗教传统中,眉心是人体七大能量中枢之一。眉心轮代表潜意识,能通过冥想、瑜伽等精神训练增强,达到与世界直接交流,获得过去、未来信息的境界。
　　② 印度教三大主神之一,兼具创造、保护、毁灭与转变。
　　③ 1974 年 8 月 8 日,尼克松因"水门事件"辞职。

肥特决定在论著中写下"斑马"射入他脑中的所有预言。

日记第7篇

首领阿波罗即将回归。圣索菲亚会再度降临人世。之前，她不被接纳。佛陀在园子里。悉达多仍在睡梦中（但很快会醒来）。你们等待的日子已经到来。

这些都是神圣之物直接告诉肥特的。所以，肥特成了现世的预言家。可是，由于他已经疯了，肥特在论著中也记下了一些荒诞不经的话。

日记第50篇

我们所有的宗教，最初的源头，都来自多贡人①的祖先。多贡祖先的天体演化学和宇宙学，都直接传自许久前访问地球的三眼入侵者。三眼入侵者口哑耳聋，但具备心灵感应能力。他们没法呼吸我们的空气，有阿肯那顿②般的过长畸形头颅，来自天狼星系中的某颗行星。尽管他们没有手，只有螃蟹般的钳子，

---

① 居住在尼日尔河的黑人土著民族，以耕种和游牧为生。传说天狼星人曾拜访过其祖先。

② 也译作埃赫纳顿、埃赫那吞，古埃及国王，他摒弃了旧神，倡导敬拜唯一神太阳神。

但却是了不起的建筑师。他们悄悄地影响着我们的历史，让人类获得成就。

事到如今，肥特已经彻底与现实脱节了。

7

现在你该明白为何肥特再也无法区分幻想和神圣示谕之间的区别(假如这两者当真有区别的话)。他想象"斑马"来自天狼星系中某颗行星,在 1974 年 8 月帮忙推翻了尼克松的独裁,并且最终还会在地球上建立起一个和平王国。在这个王国中,不再有疾病、痛苦和孤单,所有的动物都将快乐起舞。

肥特在某本参考书中发现了一首阿肯那顿颂歌。他抄了一部分,写在论著里。

蛋中雏鸟唧唧叫,
您赐呼吸让它活。
靠您它在蛋中长,
力气大到破蛋壳。

雏鸟破壳出世间，

用尽全力叫唧唧。

自从出壳入世间，

两只脚儿四处走。

您的伟业数不清，

我们蒙昧看不清。

唯一之神世无双，

一人从心创世界：

人类牛群有大小，

走兽在地靠腿足，

高飞在天凭双翼。

您在我的心中留。

要问有谁了解您，

唯有圣子阿肯那顿，

精心设计与伟力，

阿肯那顿得智慧，

世界在您双掌中……

第52篇表明，到现在这时候，不管是多渺茫的希望，肥特都会伸手去抓，只求能让自己相信一条——这世上总有良善存在。

日记第52篇
我们的世界，仍由阿肯那顿的不为人知的子孙秘密统治着。这位子孙拥有的知识，便是宏观大脑本身的信息。

牛儿歇息草场中，
树木植物繁茂生。
鸟儿湿地鼓翅飞，
双翼上举示倾慕。
羊儿四蹄翩翩舞，
有翼动物翔苍穹，
只要有您光芒照，
永生不死享天年。

这些知识，由阿肯那顿传给摩西，由摩西传给"永生者"以利亚。后来，"永生者"又成了基督。但是，虽然名字众多，"永生者"却只有一位——我们就是"永生者"。

肥特仍然相信上帝，相信基督，还相信很多东西。可是，他很想知道，为什么"斑马"（这是他对神圣存在的称呼）当初没有早点儿发出警告，提示雪瑞的癌症，而现在也不肯出手治好她。这个疑问折磨着肥特的脑袋，逼得他发了疯。

一直追寻死亡的肥特无法理解，为什么雪瑞非得去死，而且还死得这么痛苦。

我倒是愿意站出来，提供可能的解释。受出生缺陷威胁的小男孩，跟渴求死亡、玩邪恶游戏的成年女人，不能算作同类。何况，这个女人玩的心理游戏，其恶劣程度，堪比摧毁她肉体的淋巴癌。再说，当肥特本人自杀的时候，神圣存在也没有插手干预。神圣存在放任他吞下了四十九片高浓度纯洋地黄片。当贝丝离弃肥特、还带走了肥特的小儿子的时候（当初，神圣显灵，示谕肥特各种医学细节，救下的正是这个孩子），神圣存在也没有加以阻止。

肥特提到的那个口哑耳聋、拥有心灵感应能力、没有手只有爪子的三眼外星入侵生物，让我很感兴趣。可惜，肥特一直故意回避这个话题，三缄其口。他知道得太多；本能告诉他，在这件事上，不能有啥说啥。不过，在1974年3月，他遇见上帝那次（确切地说，是"斑马"），曾做过几个栩栩如生的梦，在梦中他见过三眼人。这些梦，他倒是向我描述过。在梦里，三眼人是一个个机械实体,包裹在玻璃泡泡里,拖着大量的技术装备,蹒跚行走。这些梦中,有一处地方很怪,我跟肥特都弄不明白:在这些幻视般的梦中,能看到许多苏联技术员来去匆匆,维修包裹着三眼人的技术复杂的交流设备。

"那个信号,是叫微波精神基因,还是叫微波精神激光?不管怎么叫,都可能是俄国人向你发射的。"我说,我曾经读过一篇文章,声称苏联能用微波放大心灵感应的信号强度。

"苏联还会对克里斯托弗的疝气感兴趣?"肥特语带讽刺。

话虽如此,这些不知是幻觉、梦境,还是他在半梦半醒间看见的什么东西,一直困扰着肥特。因为,他在其间听到人家说俄语,还看到好些纸张,总有数百张,像是俄国的技术手册。手册里有图表,所以肥特猜测上面写的是工程原理和机械构造。

"你大概碰巧听到了某次双向传输,"我提出想法,"俄国人和某个地外生命之间的双向传输。"

"我可真够走运。"肥特说。

在体验"显灵"的那些日子里,肥特的血压飙升,达到了临近中风的数值。医生直接收他住院,并警告他不能再嗑药。

"我没嗑药。"肥特抗议道。这是实话。

在住院期间,能做的检查,医生统统让肥特做了一遍,以期找到血压飙升的病因,结果却一无所获。过了几天,肥特的血压慢慢降了下来。医生怀疑肥特还跟从前吃兴奋剂那时候一样放纵自己。但肥特和我都知道，这不是真的。当时，肥特的血压最高达到过280/178，这数值可是会要人命的。通常情况下，肥特的血压是135/90，属于正常范围。肥特血压突然飙升的缘由，直到今天也没弄明白。除此之外，肥特家养的宠物为何突然死亡，至今也仍然是个谜。

这些事儿，我也不知道有关无关，有用没用。总之，都是真事，确确实实发生过。

在肥特看来，那几天，他的公寓中充满了某种高强度辐射。事实上，他亲眼看到过，屋子里有蓝色光芒舞动，仿佛圣艾尔摩之火①。

不仅如此，这些在屋子里嘶嘶盘旋的光芒还像是有知觉的活物。如果光芒进入某个物体，就会干涉这个物体原本的因果进程。如果光芒进入肥特脑中，不仅会输入信息，而且还会输入某个人格，一个不属于肥特的人格，一个拥有跟肥特完全不同的记忆、传统、口味和习惯的人格。

于是，平生第一次，也是仅有的一次，肥特不再喝葡萄酒，出

---

① 自古以来，海员航海时常观察到的自然现象。雷雨中，船只桅杆顶端之类的尖状物上，产生如火焰般的蓝白色闪光。这是雷雨中强大的电场，造成空气离子化所致。

去买了些啤酒,而且是外国啤酒。肥特还改口,称家养的狗为"他",猫为"她"——尽管肥特明明知道(或者说,之前明明知道),那条狗是母的,猫是公的。这让贝丝很头疼。

那几天,肥特改穿平常从来不穿的衣服,还仔仔细细地修剪胡子。在浴室照镜子的时候,尽管镜子里的人五官并没有改变,但肥特却觉得,眼前是一张陌生人的脸。还有,肥特忽然不适应这儿的气候:空气太干,太阳太烈,海拔好像不对,湿度也不对。他有种感觉,片刻之前,自己还生活在某个凉爽湿润的高海拔地区,而不是加州的橘子郡。

而且,在肥特脑中,上面的这些推论都是用通用希腊语进行的。那几天,肥特都在用这种语言思考。可他并不理解这种语言,而且也没法理解自己脑中究竟发生了什么。

就连开车,对肥特来说,也变得困难重重。他弄不明白,哪个装置控制哪个部件,所有的操纵杆仿佛都错位了。

最最奇特的,或许是肥特做了一个特别逼真的梦——如果那真是梦的话。他梦见一个要给他写信的苏联女人。在梦中,人家给他看了一张照片,上面的那个女人一头金发。人家还告诉他:"她名叫萨达撒·乌尔娜。"与此同时,肥特脑中接收到一条极为重要的信息:一旦收到她的信,他就必须回复。

两天后,果然来了一封寄自苏联的挂号航空信。肥特吓坏

了。信是一个男人寄来的,肥特从没听过他的名字(当然,肥特从前也没收到过来自苏联的信)。信中,男人向肥特索要:

1.　一张肥特本人的照片;

2.　肥特的手写字体样本,特别是他的签名。

肥特对贝丝说:"今天是周一。等到周三,还会有一封信来。那封信就是梦中的女人寄来的。"

周三,肥特收到了一大堆信,一共七封。肥特一封都没拆,在七封信中摸索一阵,指着其中一封既没有寄件人姓名,也没写回信地址的信说:"就是这封。"此刻,贝丝也吓坏了。肥特告诉贝丝:"把这封信拆开看看。别让我看见她的姓名、地址,否则,我肯定会写回信。"

贝丝拆了信。信封里没有信纸,只有一份印着两篇书评的复印件。两篇书评都来自纽约左翼报纸《每日世界》,并排印在一起。评论提到,书的作者是生活在美国的苏联公民。根据评论,很明显,这位作者是苏共党员。

"上帝。"贝丝看了看复印件的反面,惊叹道,"作者的姓名和地址都写在背后呢!"

"是个女人?"肥特问。

"对。"贝丝回答。

肥特和贝丝是怎么处理那两封信的,我一直不清楚。从肥特的只言片语中,我推测:肥特最后认定,第一封信是无害的,于是写了回信。至于第二封信,严格说来那张复印件都算不上是信,时至今日我也不知道肥特是如何处理的,况且我也不想知道。说不定烧了,说不定把信交到了警察、FBI或者CIA手里。反正,我觉得他不会回信。

　　首先,他不肯看复印件的反面,不肯看那女人的姓名和地址。他认定,一旦看见,他就会回信,不管自己愿不愿意。这很有可能。谁也说不准。先是整整八小时,某个未知来源一直朝你脑袋里发射图形信息,就像可怕的眼内闪光,仿佛一幅由八十种颜色组成的现代抽象画;接着,你又梦到了三眼人,罩在玻璃泡泡里,拖着各种电子装备;再接着,你的公寓里,有圣艾尔摩之火似的等离子能量四处舞动,这种能量还是活的,能思考;然后,你养的宠物莫名其妙地死了;你的身体被用希腊语思考的新人格占据;你梦见了俄国人;最后,在三天内,你一连收到了两封来自苏联的信件,而且事先你已经预料到会有信来。不过,这一连串的事件,总体上感觉并不像坏事——因为,其中某一条发射进你脑袋的信息拯救了你儿子的性命。啊,对了,还漏了一件事——肥特还看到了古罗马的景象和1974年的加州相互重叠。嗯,我得说,肥特确确实实来了一场奇遇。就算他遇见的不是上帝,也肯定是别的什么奇异存在。

难怪此后,肥特便开始专心致志一页接一页地撰写日记,要是换了我也一样。肥特并非想扯这些谎来骗点儿钱;他只是在想法子弄清楚,自己身上他妈的到底发生了什么事。

要是肥特只是单纯地疯了,那他也疯得够奇特、够有创意的。那时候,肥特正在接受心理治疗(他总在接受心理治疗),他让医生给他做罗夏墨迹人格测试①。他想知道自己到底是不是得了精神分裂症。罗夏测试的结果表明,他只有轻微的神经衰弱。所以,疯症之说就此打住。

我在1977年出版的小说《暗黑扫描仪》里面有段话,偷偷借用了肥特的经历,借用了他讲给我听的整整八小时可怕眼内闪光的体验:

"几年前,他一直使用影响神经组织的去抑制效应物质做试验,一天晚上,他给自己静脉注射了一剂安全温和的欣快剂,随即大脑中的GABA(γ-氨基丁酸)液体灾难性下降。在想象中,他目睹了绚烂华丽的光幻视现象投射在卧室另一侧墙上,如同一段疯狂变化的蒙太奇镜头,当时他把那些画面视作现代抽象画。

_____

① 非常著名的人格测验,通过向被试者呈现标准化的、由墨渍偶然形成的刺激图版,让被试者自由观看并说出由此联想到的东西,然后将这些反应用符号进行分类记录,加以分析,进而对被试者人格的各种特征进行诊断。

　　大约六个小时，S. A.鲍尔斯在恍惚中看到成千上万的毕加索画作以目不暇接的速度一幅接一幅地出现，然后他又开始欣赏保罗·克利的画作，数量超过了这位画家一生的作品。接下来是莫迪利亚尼的画作在S. A.鲍尔斯眼前以疯狂的速度不断变换。他推测（人们对于任何事情都想找到原因），这个玫瑰十字会会员通过心灵感应把图画传送给他，也许经过某种先进的微动继电器系统增强；但后来，康定斯基的画作也开始骚扰他，他回想起彼得格勒的大型艺术博物馆专门收藏这类抽象现代艺术，认为这一定是苏联人想通过心灵感应联系他。

　　到了早晨他才想到，大脑中GABA液体急剧下降会引起这种光幻视现象；没有人想通过心灵感应联系他，无论有没有微波增强。"

　　脑内的γ-氨基丁酸液堵住了脑神经回路，阻止其激活，令其处于休眠或潜伏状态，等待某个解禁的正确刺激物出现在肌体组织中——爱马士·肥特的经历正属此列。也就是说，这些脑神经回路，必须在特定的时间里、特定的环境下，才能被激活。在此之前，在眼内闪光幻视（眼内闪光是脑内γ-氨基丁酸液剧降的标志，表明原本堵塞的脑回路——或者说超脑回路——被激活）之前，肥特是否遇到过解禁刺激物？

　　这一连串事件，都发生在1974年3月。这个月之前，肥特拔了一颗阻生智齿。为了止痛,牙医在拔牙前,先给他静脉注射了一剂硫喷妥钠①。拔完牙,下午回到家后,肥特痛得要命,叫贝丝打电话,让药房送些口服止痛药来。没多久,有人敲门,是药房送药的来了。尽管剧痛难忍,肥特还是亲自去应门。他打开门,发现门口站着一位可爱的黑发年轻女子,手上拿着的白色小包里装着止痛药达尔丰。深受疼痛折磨的肥特,却丝毫没有注意止痛片——他全部的注意力,都集中在姑娘脖子上闪烁的金色项链上。他紧紧盯着项链,没法移开视线。此时,因为疼痛,还有硫喷妥钠的作用,加上之前可怕的拔牙经历,肥特头晕目眩,全身无力。但他还是打起精神,问那姑娘,项链正中金色的挂坠是什么含义。那是一条鱼,只有简略的轮廓。

姑娘伸出一只纤细的手指,摸了摸金色的鱼,回答:"这是早期基督教徒使用的标志。"

听了这话,一瞬间,肥特脑中闪过回忆。虽然只有短短半秒钟,但他想起来了。他想起了古罗马,还有自己的身份,一个早期基督教徒。一整个古代世界的记忆,还有身为秘密基督教徒、一直遭到罗马当局追捕、偷偷摸摸提心吊胆过生活的记忆,栩栩如生,充满他的整个脑海。接着,他又回到了1974年的加州,从姑娘手中接过装着止痛片的白色小包。

———————
① 静脉注射麻醉药。

一个月后,肥特情绪低落,躺在床上,听着收音机里的节目,无法入睡。这时,他眼前出现了浮动的颜色块。紧接着,收音机突然爆出粗口,用尖锐的声音对他说了几句难以入耳的脏话。之后两天,模糊的颜色块忽然加速朝他飞来,仿佛他正朝着这些颜色块移动,而且越来越快。接着,就像我在《暗黑扫描仪》中描述的,模糊的颜色块突然静止,变得十分清晰,形成仿若现代抽象画的画面,成千上万幅(毫不夸张,确确实实成千上万幅),一帧帧地快速闪过。

当看到"鱼"标志,听到姑娘说的话时,肥特脑中的超脑回路解禁了。

就这么简单。

几天后,肥特醒来,看到古罗马重叠在1974年的加州之上。他开始用通用希腊语——也就是罗马世界的近东地区所用的混合交际语——思考。而出现在他眼前的,正是古罗马这一地区。当时,肥特并不知道古罗马近东地区使用的是通用希腊语,他还以为这个地区使用的是拉丁语。再说,之前我也提过,他连自己脑中出现的究竟是不是语言都吃不准。

爱马士·肥特同时生活在两个不同的时代,两个不同的地区——也就是说,他同时存在于两个不同的时空连续体内。1974年3月,由于古代的"鱼"标志在一个月前出现,两个时空连续体

不再处于分离状态,融合为一。肥特的两个身份(两种人格),同时也融合到一起。之后,肥特听到脑中有声音说:

"我身体里还住着个人。他不属于这个世纪。"

肥特的另一个人格也弄明白了融合这事。另一个人格也在思考。此后,直到最近这一个月,肥特还能接收到这另一个人格的思维片段,尤其是晚上即将入睡的时刻。也就是说,在分隔两人的阻碍消失四年半后,肥特仍然能感受到另一个人的思维。

1975年开年不久,肥特开始向我倾诉秘密。他将第二个人格这事解释得十分清楚。肥特管这个生活在不同世纪、不同地区的人叫"托马斯"。

肥特说:"托马斯比我聪明,比我懂的事情多。在我们两人当中,托马斯是主人格。"肥特觉得这是好事。要是发现自己脑袋里住着的人格邪恶无比,或者愚蠢至极,那才叫惨!

我回答:"你是说,你曾经是托马斯吧。你是托马斯的转世,拥有他的记忆和……"

"不,他还活着,此时此刻,就活在古罗马。他不是我。这跟转世毫无关系。"

"可,你的身体……"我犹疑道。

肥特盯着我,点点头,"对。就是说,我的身体同时处于两个时空连续体中。或者说,我的身体哪儿都不在。"

日记第 14 篇

宇宙是信息。身处其间的我们处于静止状态。我们不是三维的,也不存在于空间或时间。我们接收信息,然后把它实体化成表象世界。

日记第 30 篇(这条是 14 篇的重述,以示强调)

表象世界并不存在。表象世界是终极意识所处理的信息的实体化。

肥特说的这些,把我吓得够呛。他发现自己脑袋里有个不同时间、不同地点的人——生活在八千英里之外的两千年前。于是,他推断出了上述第 14 篇和第 30 篇。

我们并非独立个体。我们都是某个终极意识之中的基站。我们本该终生与其他人隔绝。但是,偶然之下,肥特收到了原本应该发给托马斯的信号(金色的鱼形标志)。跟这标志打交道的本该是托马斯,不是肥特。要是那姑娘没向肥特解释这标志的含义,肥特和托马斯之间的隔断也不会消失。可是,那姑娘解释了;于是,隔断消失了。时间和空间——原本是阻隔二人的机制——却对肥特(也对托马斯!)揭开了面纱。隔断消失后,肥特看到了重叠在一起的双重现实,托马斯眼前大概也出现了同样场景。托马斯肯定在琢磨,自己脑袋里出现的到底是哪门子外国语言。接着,他就会弄明白,这根本不是自己的脑袋。

"我身体里还住着个人。他不属于这个世纪。"这是托马斯思考的结果,也适用于肥特。

不过,托马斯比肥特更胜一筹。因为,就像肥特说的,托马斯比他聪明,在两人中,他才是主人格。他掌控着肥特,逼他不喝葡萄酒,改喝啤酒,逼他修了胡子,也令他在驾车时麻烦不断……更重要的是,托马斯记得——不知"记得"这个词是否合适——除了自己和肥特之外还有其他自我:其中一个很古老,生活在米诺斯时代的克里特岛,大约在公元前3000年到公元前1100年之间;另一个则是跨越了群星降临地球的外星人。

托马斯是后新石器时代的终极智者。作为使徒时代的早期基督教徒,他本人倒是没见过耶稣,但他认识亲眼见过耶稣的人(哎呀,老天,写下这些话的时候,我都快控制不住自己了)。托马斯也知道,如何在身体死亡后重组自我。这一点,所有的早期基督教徒都知道。只要重获记忆就可以。嗯,整个过程大体是这样:当托马斯濒临死亡时,他会把自己的记忆印刻在基督教的鱼形标志里,然后吃下某种奇特的粉红色食物(对,就是肥特曾经见过的那种粉红色),再喝下神圣水罐中的水(水罐储存在阴凉的橱柜里），然后死去。再次出生后，他会慢慢长大，变成另一个人，忘了原先的自己。但是，一旦见到鱼形标志，他的全部记忆就将被唤醒。

托马斯原本以为，死后四十年左右，即可重组自我。谁知，一等就等了整整两千年。

通过这种方式，这种机制，时间便失去了意义。或者，换句话来说，死亡的暴政被推翻了。

基督对自己那一小群使徒承诺的"永生"，并非骗人的谎言。基督还教过他们该如何实现永生，那跟肥特提过的不朽普拉斯梅特有关。普拉斯梅特，活着的信息，一个世纪又一个世纪，一直沉眠在《拿戈·玛第文集》里。罗马人发觉了早期基督教徒的永生秘密，于是杀害了所有的普拉斯梅特人——也就是与普拉斯梅特共生的所有早期基督教徒。他们死后，普拉斯梅特躲进《拿戈·玛第文集》里，以信息的形式，沉眠在手抄本里。

直到1945年。《拿戈·玛第文集》被发掘出土，手抄本被阅读，普拉斯梅特这才再度苏醒。所以，托马斯等了整整两千年，而不是四十年。因为光靠金色鱼形标志还不够。永生，也就是时间与空间的消亡，必须通过"逻各斯"，或称普拉斯梅特，才能实现。只有这才是不朽的。

对，我们说的就是基督。他是几千年前从外太空来到地球的地外生命。他以活着的信息的形式,住进了地球原住民——人类——的大脑。我们所说的,就是不同物种之间的共生。

在成为基督之前,他被称为"以利亚"。犹太人都知道以利亚和他的永生,还有他通过"分发自己的灵"来让其他人获得永生的能力。这一点,库姆兰人也知道,他们都渴望分到以利亚之灵。

"孩子,你要知道,在这儿,时间会变成空间。"

首先,时间被变成空间;接着,人可以从空间中走过。但是,正如帕西法尔注意到的,自己并未移动。他静止地站立着,周围的景物却发生了变化,发生了大规模变形。有那么片刻,帕西法尔肯定也跟肥特一样,目睹了双重现实,一个叠影。这便是梦境时间,存在于此刻,而不是在过去——那个所有的英雄、神祇存在和行动的过去。

在肥特领悟到的事实中,最有冲击力的,便是发现我们的宇宙是非理性的,并且由一个非理性的意识——创世神——统治。如果宇宙本身被认定是理性的,那么闯入这个宇宙的东西便有可能被视为是非理性的。因为,它与原本的这个宇宙格格不入。但肥特把一切都颠倒了过来。他认定是理性之物闯入了非理性的世界。永生的普拉斯梅特侵入了我们的世界。普拉斯梅特是绝对理性的,因此我们的世界则是非理性的。这是肥特世界观的基石,也是他的底线。

两千年来,我们这个非理性世界中唯一的理性因素,一直在沉睡。1945年,它终于醒了过来,休眠的种子开始生长。它在肥特体内生长,很可能也在其他人类体内生长。同时,它也在外部宏观世界中生长。我也说过,普拉斯梅特的规模之大,肥特根本无法估量。有某个外来之物,正在吞噬我们的世界——这自然是件大事。如果,吞噬我们世界的是邪恶之物,或者疯狂之物,那么,这就不只是件大事,而且是件悲惨的大事。但在肥特眼中却不是这样,他在对宇宙的看法上与柏拉图持同样的观点——理性意识(努斯)将非理性(随机性,盲目决定性,阿南刻)劝服,使其进入宇宙系统。

然而,此过程却被帝国打断。

"帝国永存。"但是,现在,1974年8月,帝国遭到了打击,伤痕累累,甚至可能命不久矣。而发动攻击的则是——可以说是——永生的普拉斯梅特。普拉斯梅特已经恢复活跃状态,还利用人类作为它的实体工具。

爱马士·肥特就是此类工具之一。可以说,他是普拉斯梅特的双手,击伤帝国的双手。

由此,肥特得出结论:他有任务在身,普拉斯梅特侵入他的大脑,这表明普拉斯梅特打算利用他,实现自己良善的目的。

　　我本人也曾梦见另一处地方。那是北边的一个湖泊,南岸上散落着一栋栋农舍和小房子。梦中,我总是从南加州的居所出发,到达此地。那是一处度假胜地,有些过时。所有的屋舍都是由一条条褐色的木板搭建,这种材质二战前在加州十分流行。这地方的道路满是尘土,汽车也都是老式车型。奇怪的是,在现实中,加州北部并没有这种湖泊存在。我曾经一路开车北上,一直开到俄勒冈,甚至还越过州界。但整整七百英里的路,全是陆地,没有湖泊。

　　那么,这个湖,还有湖周围的屋舍道路,到底存在于何处呢? 这个梦,我做过无数次。在梦中,我知道自己在度假,知道自己真正的家在南加州。所以,有时候,在梦里,我会开车回橘子郡,然后开始做另一个相关联的梦。但在那些梦中,我虽然回到了南加州,我的家却是一栋独立的别墅(现实中,我住在公寓里)。而且,我还结了婚(现实中,我一个人生活)。更奇怪的是,我妻子是个我从没见过的女人。

　　在某一次的梦中,我跟妻子两人站在别墅后院中,给玫瑰园浇水,拔草修剪。从后院望出去,我能看到隔壁的房子。那是一幢宏伟的宅邸,跟我们的别墅共用一堵水泥界墙。界墙旁边种着野玫瑰,景致优美。我扛着耙子往前走。路过绿色的塑料垃圾桶时（我们修剪下的枝叶都塞在垃圾桶里），我瞄了一眼妻子，她正用水管给花园浇水。接着，我朝远处望去，凝视着界墙，还有界墙边美丽的野玫瑰花丛，心情愉悦。我觉得，有这么一座美丽的后花园，一栋舒适的房子，生活在南加州真幸福。隔壁大宅固然令我艳羡，但我站在后院就能看到它，还能去大宅子里做客，看看大宅子更加宽阔的花园。我的妻子穿着蓝色牛仔裤，身材苗条，模样俏丽。

每次做完这样的梦醒来，我都会想，我该开车北上，到湖边去。这儿固然好，有妻子、后花园和野玫瑰丛，可湖边更美。接着，我慢慢清醒，记起现在正是一月，一旦驾车北上，开出旧金山湾区后，都是被冰雪覆盖的公路。选这个时候回湖边小屋可不明智，应该等到夏天再去。我的车倒是不错，是一辆几乎全新的红色卡普里。但毕竟，我是个不折不扣的胆小鬼司机。然后，我才会彻底清醒，记起自己其实是独自一人住在南加州的一所公寓里。没有妻子，没有别墅，没有后花园，没有长着野玫瑰花丛的高高界墙。北边的湖泊岸边，也没有我的度假小屋。甚至，加州北部也根本就没有湖。在梦中，我在脑中看到的是一份虚构的地图，上面绘制的并非加州。那么，这份地图上描绘的是哪个州呢？华盛顿吗？华盛顿北部倒是有宽广的湖泊。从加拿大回来的时候，我坐飞机从华盛顿州上方飞过，看到过那些湖泊。我还去过一次西雅图。

还有，梦中的那位妻子是谁？我目前单身，从没见过梦中的女人，更没跟她结过婚。可是，在梦中，我却感受到自己对她的爱意——深刻、熟悉、舒适的爱意。只有做了多年的夫妻后，才会有这样的爱意。等等，这我又是怎么知道的？我可从未和谁维持过多年的婚姻，怎么会懂得梦中的爱意呢？

我从床上爬起来（在傍晚时分，我正在小睡），走进公寓客厅，发现一切都是人工合成的，顿时震惊得哑口无言。音响（人工合成的）、电视机（当然也是人工合成的）、书——书只能算二手体验，至少跟"驾车沿着满是尘土的湖边窄路一路开去，大树的枝丫在头顶掠过，最后到达湖边小屋停车处"这样的亲身体验没法比。（等等，什么小屋？什么湖泊？）我甚至记得第一次去湖边的经历。那是多年前，妈妈带着我一同前往。如今，我有时候会坐飞机去。现在，从南加州去湖边有直飞航班。当然，从机场出来后，还需驱车数英里。（等等，什么机场？）最难接受的是，我怎么能独自一人住在这栋塑料公寓里，忍受目前这种"人工替代"的生活，却没有她的陪伴，没有我那穿着蓝色牛仔裤的苗条妻子？

要不是因为爱马士·肥特，要不是因为他遇见上帝（或者说"斑马"、"逻各斯"），还有另一个不同时代、不同地区的人住在他脑子里，要不是因为这一切，我根本不会在乎这些梦。我能够记得在梦中读过的文章,那上面说在那个湖边住着一群人,他们都属于某个有点儿像贵格会(我就生长在贵格会家庭)的温和宗教团体,除此之外,这些人还坚信婴儿不能睡在木质的摇篮里。这是他们奇特的异教观念。而且——事实上,在梦中,我甚至能清清楚楚地看到刊载着文章的报纸——文章还提到,这些人中,"每隔一阵子"就会降生一两个巫师。这也跟他们厌恶木制摇篮有关。因为,要是把天生是巫师——未来的巫师——的婴儿,放进木制摇篮里,他必定会慢慢失去自己的魔力。

这会不会是有关我的另一个人生的梦?可是,梦境所在究竟是何处?每次清醒后,梦中的加州地图(假地图),连同湖泊、屋舍、道路、人物、车辆、机场,以及有着奇特木制摇篮禁忌的温和宗教团体就会慢慢淡去。但是,一连好些年(现实中慢慢流逝的年岁),这一长串相互关联的梦反复出现。这些现实年岁可不那么容易淡化。所以,那些梦也不容易淡化。

梦境跟现实世界唯一的联系,就是我的红色卡普里。

为什么只有这辆现实生活中的红色卡普里,会在梦境中出现呢?

有种说法,认为梦不过是"可控的精神疾病"罢了。或者换句话说,精神疾病也就是在清醒时刻梦境强行插入了进来。这跟我的湖泊之梦,以及梦中我从未见过、却怀有深刻熟悉爱意的女人,有什么关系? 我脑袋里也跟肥特一样,有两个人吗? 我的脑袋也分了区? 可是,我并没有见过什么"解禁的标志",也没有在偶然之下触发"另一个人"强行越过分区,侵入我的人格和我的世界。

难道,我们其实都跟爱马士·肥特一样,只是自己并不知晓?

我们到底同时存在于多少个世界中?

我昏昏沉沉地醒过来,打开电视,打算看《迪克·克拉克美好昔日》的第二部分。可屏幕上出现的净是像白痴低能儿一样流着口水的蠢货和傻子,要么就是满脸痘痘,不管看到什么玩意儿都要尖叫一番的熊孩子们。我关上电视。我的猫向我要吃的。哪儿来的猫? 在那些梦里,我跟我妻子没养宠物。我们有一幢舒适的房子,一座整洁的大花园。每个周末,我们都会花时间打理这座花园。我们还有一间两车位的车库……我突然间惊醒,买这房子得花很多钱。在那些相关联的梦里,我富有,过着中产阶级的生活。这不是我。我从没过过这样的生活。而且,就算我过上了这样的生活,也会浑身不自在。财富和产业让我浑身不自在。我生在伯克利,长在伯克利,因此拥有典型的伯克利左翼社会主义良知,对轻松自在的生活有着本能的怀疑。

梦中人还有一栋湖边的小屋。但是,只有那辆天杀的卡普里,在梦境和现实中均存在。今年早些时候,我买下了这辆崭新的卡普里吉亚。这么贵的车,我平常是买不起的。这是我梦中的那个人才能买得起的车。看来,我的梦还算有逻辑,作为梦中那人,我就该拥有一辆卡普里。

醒来后一小时,我脑中的意识之眼(不管它叫第三只眼,还是眉心轮)仍然能看到梦中的画面:我妻子,穿着蓝色牛仔裤,拖着浇花水管,走过水泥车道。但是,画面细节不清,也没有情节。我真希望我能拥有隔壁的大宅邸。我真这么希望吗?在现实生活中,我绝对不会想拥有一栋大宅邸。那都是些富人。我讨厌富人。我到底是谁?我到底成了多少个人?我到底在哪儿?南加州这所小小的塑料公寓不是我的家。可是,现在我清醒着(应该清醒着吧),我就住在这所公寓里,里面摆着电视机(你好啊,迪克·克拉克)、音响(你好啊,奥利维亚·纽顿-约翰),还有书(你们好啊,九百万个又长又拗口的书名)。比起那些相互关联的梦中的生活,这个现实生活真是既孤单又虚假,一文不值,根本配不上一个受过良好教育的聪明人。玫瑰花在哪儿?湖泊在哪儿?那面带微笑,苗条诱人,手里拖着绿色浇花水管,慢慢把水管卷起来的女子在哪儿?现实生活中的我,跟梦中的我比起来,成了个失败者、受挫者,自以为生活得很充实。可是,在那些梦中,我却看到了真正充实的生活,而我并不拥有。

接着,我忽然有了个古怪的念头。我父亲还活着,已经八十多岁了,住在北加州门罗帕克市,但我跟他并不亲近。我只去他家探视过两次,最近一次还是二十年前。他住的房子,跟我梦中拥有的那幢很像。他的渴望,还有成就,也正是梦中的我的渴望与成就。难道我在梦境中变成了我的父亲?我的梦中人——也就是我自己——跟我现在的年纪差不多,也可能更年轻些。对了。根据那女子——我梦中的妻子——的年纪推断,梦中的我肯定更年轻,年轻得多。在梦中,我回到了过去,但不是我自己的过去,而是我父亲的年轻时代!梦中,我对美好生活的看法,对生活应该是什么样子的想象,都是我父亲的观念。这些观念是如此强烈,以至于在我清醒后的一个小时中,依然徘徊不去。如此一来,在醒来后我当然会厌恶自家的那只猫了——我父亲讨厌猫。

我父亲,在我出生之前那十年,常开车北上去太浩湖。他和我母亲很有可能在湖边拥有一栋小屋。可能吧,我从没去过那边。

族类记忆,一个种族的集体记忆。不是我个人的记忆,而是一个种族演化史的记忆。就像书里写的,"族类记忆就是种族演化史的再现"。每个人类个体中,都蕴藏着人类这一种族的历史,一直可以追溯到种族的起源,追溯到古罗马,到米诺斯的克里特岛,最后到外太空的某颗星星。我在梦中看到的一切,在梦中释放出来的一切,是一代人的记忆。这是基因池中的记忆,是DNA

的记忆。这就可以解释爱马士·肥特那极为重要的体验(他看到早期基督教的鱼形标志,于是解禁了两千年前的一个人格)。因为鱼形标志起源于两千年前。要是肥特看到的是某个更为古老的标志,解禁的就会是更为古老的记忆。毕竟,他当时正处于解禁记忆的绝佳状态——刚刚服下一堆硫喷妥钠,也就是传说中的"吐真剂"。

肥特的看法跟我不同。他认为,现在就是103 C.E.(我偏要说是103 A.D.,去他的肥特,去他的嬉皮现代主义)。我们真的处于使徒时代。但是,有一层幻境,希腊人称之为"dokos",遮蔽了真实的景观。dokos,幻境,遮蔽真实的表象,这是肥特观念的关键点。一切都跟时间有关,跟时间是否真实存在有关。

我呢,不打算得到肥特的允许,决定自己引用赫拉克利特的话:"时间是个玩西洋跳棋的孩子;孩子手中的便是王国。"基督在上!这到底是什么意思?爱德华·赫塞解释过这段话,"这儿的'时间',很可能跟阿那克西曼德①著述中的一样,都是对上帝的某种称呼,从词源学上暗示了上帝的永生性。无限永生的神圣,是个玩棋类游戏的孩子。他会根据游戏规则,移动宇宙的某些部件进行战斗。"耶稣基督,我们到底身处在一个什么样的宇

---

① 阿那克西曼德(约前610-前505),古希腊哲学家,米利都学派第二任导师。

宙？我们身在何处，身处何时？我们到底是谁？我们到底同时身处多少个时代，多少个地区，到底同时身为多少个人？我们只是棋盘上的棋子，被"无限永生的神圣"操控，可祂却只是个"孩子"！

还是喝口白兰地吧。白兰地总能让我平静。有时候，特别是在跟肥特聊了半个晚上以后，我总会被吓得不轻，需要喝点儿什么镇静镇静。我很害怕。我觉得肥特看穿了某些真实的东西，而这些东西只会让人汗毛倒竖。我本人可一点儿也不想开创什么新理论、新哲学。但我还是得跟爱马士·肥特保持联系，跟他聊天，分享那些鬼知道他碰到了什么东西才迸发出来的愚蠢想法。他碰到的说不定是终极现实，但不管是什么，那东西都是活的，能思考。而且，跟我们人类丝毫不像，尽管《约翰福音》第3章的1、2小节是那么说的。

色诺芬尼说得对。

"有一位神，无论身体形状、思维意识，都丝毫不像凡人。"

"我不是我自己"。这句话，听起来像是矛盾修饰法，像是自相矛盾的语言，像是语义上毫无意义的句子。但是，肥特却是托马斯；我呢，在仔细思考了梦中的信息后，得出结论：我就是我的亲生父亲，在我母亲还年轻时同她结了婚——当时我还没出生。梦中那句模棱两可的话,"每隔一阵子,就会有一两个巫师出生",应该是要向我传达某种信息。在我们人类眼中,某种极端先进的技术,就是魔法——这一点,阿瑟·克拉克早已指出。而巫师,就是会魔法的人。因此,"巫师"指的就是拥有某种极端先进技术并令我们困惑不解的人。那是一个跟时间玩跳棋的人,一个我们无法用肉眼看见的人。那不是上帝。只有过去的人和如今那些故步自封的人才会用这个古旧的名字来称呼这位存在。我们需要一个新的名称,但我们所面对的却是位自古便有的存在。

爱马士·肥特能穿越时间,穿越回几千年前。三眼人很可能生活在遥远的未来,是我们的后代,却已经高度进化。或许正是他们的技术,帮助肥特实现了时间旅行。说起来,肥特的主人格也许并不是古人,而是未来之人——它曾以"斑马"的形象独立于肥特之外显现自己。我所说的实际上就是,那个被肥特看作有感知能力的活物,那个在肥特公寓里出现的圣艾尔摩之火,很有可能正是回到这个时代的我们自己的孩子。

8

　　我认为,肥特遇见的不是上帝,而是来自遥远未来、高度发达的自己。不过,这一点,还是不告诉肥特为妙。未来的肥特进化得太多,改变得太厉害,失去了人的模样。肥特记起自己来自外星球,也遇见了某个正准备回外星球的自己,与此同时还遇到了很多个自己,经历了很多不同的时间点。肥特遇见的所有人,其实都是同一个人。

　　在他的论著的第13篇写道:

　　帕斯卡①说过:"人类历史,不过是同一个永生之人不断学习的记录。"这位永生者受到我们的崇拜,我们却不晓得他的名

---

　　① 布莱士·帕斯卡(1623-1662),十七世纪法国哲学家、数学家、物理学家,曾发明早期加法机以及气压计,气压单位即以他的名字命名。

字。"他是很久以前的古人,可现在仍然活着。"还有,"首领阿波罗即将回归"。名字不同而已。

从某个角度说,肥特猜到了真相。他遇见了过去的自己,也遇见了未来的自己——两个未来的自己。一个是三眼人,离我们的时代稍近;另一个是"斑马",已经远离得与我们彻底断了联系。

不知怎么,时间对肥特失去了作用。在线性时间轴上,肥特的自我一再出现,重重叠叠,压在同一个实体中,共用一具身体。

层层重叠的自我,终于产生了"斑马"。"斑马"是超/泛时间的存在,是纯粹的能量,纯粹的活着的信息。"斑马"不朽、善良、充满智慧、乐于助人,代表了人类理性的本质。在一个由非理性大脑掌控的非理性世界的中心,站着一个理性的人。爱马士·肥特就是这样一个例证。

1974年肥特所遇到的"入侵神灵",其实就是他自己。不过,肥特似乎更愿意相信自己遇见的是上帝,那么我也就藏起自己的观点,不对他讲。毕竟,万一我猜错了呢。

时间是关键。米切亚·艾利亚德写道:"人类能战胜时间。"这句话,是一切的中心。厄琉息斯、俄耳甫斯教徒、早期基督教、塞拉比斯、希腊—罗马神秘宗教、赫耳墨斯·特里斯墨吉斯忒斯、复兴赫耳墨斯派炼金术士、玫瑰十字兄弟会、提亚纳的阿波罗尼乌斯、西门·马古、阿斯克勒庇俄斯、帕拉塞尔苏斯、布鲁诺……这些人物和组织掌握的巨大秘密，都跟抹消时间有关。抹消时间的技术确实存在。但丁在《神曲》中就探讨过。抹消时间的关键，就是重获记忆。一旦人类能够不再遗忘，真正记忆就能上下延展，延伸到过去，也延伸到未来，而且奇妙地，还能延伸到平行宇宙中去。它不仅能水平延伸，也可以垂直延伸。

因此，说以利亚永生，一点儿不假。以利亚进入了"上层王国"（借用肥特的话），不再受到时间的奴役。时间，便是古人口中的"星辰宿命论"。以上所有的神秘人物和组织，目的都是帮助新加入者摆脱"星辰宿命论"（约等于"命运"）。关于这一点，肥特在论著中写道：

日记第48篇

存在两层王国，上层和下层。上层王国来自超宇宙I，也叫阳，巴门尼德称之为"一"。上层王国有感知力，也有意志。下层王国，也叫阴，巴门尼德称为"二"，来自某个已死的本源，所以机械、固化、没有智慧，由盲目而高效的动因驱动。古时候，下层王国被称为"星辰宿命论"。我们绝大部分人，都被困在下层王国里。但是，通过圣礼，通过普拉斯梅特，我们被解救。直到"星辰宿命论"被打破，我们依然没有意识到禁锢的存在。人是多么闭目塞听啊!"帝国永存"。

悉达多，也就是佛祖，记得自己所有的前世。因此，他才被称为"佛"，意为"觉者"。忆起前生的能力和知识，从佛祖传到古希腊，出现在毕达哥拉斯①对弟子的训教中。毕达哥拉斯知晓许多诺斯替教派的超自然神秘知识，但其中的大部分被他严格保密，只传授给弟子。然而他的弟子之一，恩培多克勒②，打破了毕达哥拉斯兄弟会的束缚，将知识传播给大众。恩培多克勒曾私下向朋友们透露过，说自己是阿波罗，跟佛祖和毕达哥拉斯一样，也能忆起前生。不过，有一点，他们都没有说出口:除了前生，他们还能"忆起"后世。

肥特看见的三眼人，代表了他在许多世生命中，进化到了"觉者"的阶段。佛教中，三眼被称为"天眼通"(dibba-cakkhu)，即能看到生命逝去及重生的能力。佛祖乔达摩(悉达多)在菩提树下入定，于中日(上午十点至下午两点)获得了"天眼通"，在初

① 毕达哥拉斯(约前580-前500)，古希腊哲学家、数学家、毕达哥拉斯学派创始人，曾提出毕达哥拉斯定理(即勾股定理)、地圆说等等，影响了柏拉图和亚里士多德等古希腊大哲学家。据说，能忆起自己的前世。

② 恩培多克勒(约前493-前432)，古希腊哲学家，认为万物皆由水、土、火、气四者构成，再由"爱"与"冲突"聚合或分裂。

日(早晨六点至上午十点),佛祖则获得了洞悉过去、知晓自己所有前生的能力"宿命通"(pubbeni-vasanussati-nana)[①]。从理论上说,既然肥特能看到自己的前生后世,那么,他已经成佛了。这话我当然没跟肥特说,我觉得不该告诉他。而且,要是他真成了佛,他自己肯定知道。

这真是个有趣的悖论。身为佛——也就是觉者——过了四年半以后,居然还不知道自己已经成了佛。四年半来,肥特一直孜孜矻矻于自己大部头的注疏,企图弄明白自己身上究竟发生了什么。全是徒劳。比起佛,他更像是交通事故逃逸案的受害者。

"操他的祖奶奶!"对肥特遇见"斑马"一事,凯文肯定会这么说,"那到底是啥玩意儿?"

任何软弱之物的虚张声势,都逃不过凯文的眼睛。凯文将自己比作老鹰,虚张声势则是兔子。他瞧不上肥特的注疏,却仍然是肥特的好朋友。因为凯文行事自有原则:对事不对人。

这些天来,凯文一直感觉良好。因为,他对雪瑞的阴暗预言成了真。而且,雪瑞的病情复发,也让他跟肥特的关系越发亲密。尽管身患癌症让雪瑞令人同情,但凯文还是早就看清了她

[①] 古印度计时,分为初日(6:00-10:00),中日(10:00-14:00),后日(14:00-18:00),初夜(18:00-22:00),中夜(22:00-2:00),后夜(2:00-6:00)。佛祖释迦牟尼证得"天眼通"的时间应在初夜或中夜,证得"宿命通"的时间应在中夜或后夜,与作者所写似有出入。

的为人。雪瑞最后查出来已经病入膏肓时,凯文表现得一点儿也不在乎。因为他反复思考后认定,雪瑞的癌症就是个彻头彻尾的阴谋。

随着肥特越来越担心雪瑞,他也越来越沉迷于某个新想法:救世主即将重生,或已经重生。在世界的某个角落,救世主的双脚即将或者已经,再次踏上地球的土地。

等雪瑞死了,肥特打算怎么办?莫里斯曾经对肥特吼过这个问题。他也打算去死吗?

压根儿不会。肥特思考,写作,翻阅资料,在意识昏沉和睡梦中接受来自"斑马"的点滴信息,并且期望用余生来拯救点儿什么。如此种种,让肥特终于下定决心,他要去寻找救世主,不管去往哪里,都要将他找出来。

这便是1974年3月,"斑马"交给肥特的任务,神圣目的,温和的轭套,轻盈的负担。肥特,现在已经成了一位圣人,即将成为寻找救世主的现代"东方三博士"①。万事俱备,只欠一条线索,一条指示肥特该去何处寻找的线索。这条直接来自于上帝的线索,最终会由"斑马"透露给他。"斑马"向肥特显灵为的就是这个:送肥特踏上寻找救世主的道路。

_____

① 也称"东方三贤",传说耶稣诞生时,有东方三博士循着高悬的伯利恒之星,找到初生的耶稣,送上黄金、乳香和没药。

我们的朋友大卫,听说肥特要出发寻找救世主后,问道:"会不会是基督?"这句话,表明了他虔诚的天主教信仰。

"是第五位救世主。"肥特模棱两可地回答。毕竟,对将要到来的救世主,连"斑马"也用了好几种称呼,而且彼此矛盾:有圣索菲亚,也就是基督;有首领阿波罗;还有佛祖或称悉达多。

肥特从他所有涉猎过的哲学流派中选了一些名字列出来:佛祖、琐罗亚斯德、基督、阿布·卡西木·穆罕默德·本·阿布杜拉·本·阿布杜勒–穆塔利卜·本·哈希姆(即穆罕默德)。有时候,肥特会在名单中加上摩尼①。这样一来,要是按照短名单,即将到来的就是第五位救世主;如果按照长名单,则是第六位。某些时候,肥特还会在名单里加上阿斯克勒庇俄斯②——那么,长名单上就有了六个名字,未来的救世主则成了第七位。不管怎样,即将到来的救世主都是最后一位。他将坐上王座,审判一切国家和人民。琐罗亚斯德教的裁判之桥已经搭好,如此,善良的灵魂(光明)将与邪恶的灵魂(黑暗)区分开来。玛亚特③已经拔下她的羽毛,放到了天平上,用来称量每一个接受审判的人的心脏。负责审判的死神奥西里斯④高坐一旁。那场面一定热闹。

---

① 三世纪时的伊朗先知。

② 希腊神话中的医神。

③ 埃及神话中真理与正义女神。

④ 埃及神话中的死神,冥界之神,也是来世与重生之神。

肥特希望自己能在场，最好能像《但以理书》中描绘的"古老时代"那样，为最高审判者递上《生命之书》。

我们几个都告诫肥特，就算真有《生命之书》，那上面记录着每个获得拯救的人的名字，那本书也肯定重得要命，一个人根本拿不动，得靠绞盘和起重机才行。肥特一点儿没觉得好笑。

"等着吧，看那个最高审判者看到我的猫会怎么样。"凯文说。

"又是你那天杀的死猫。"我说，"我们早就听厌了。"

肥特向我透露了自己的秘密计划：寻找救世主，无论走多远的路，都要找到他。我立刻意识到：肥特要找的，其实是死去的姑娘格洛莉亚。肥特一直觉得自己对她的死负有责任。这一点，十分明显。肥特已经彻底把自己的情感生活和情感目标，混同成了自己的宗教生活和宗教目标。对他来说，"救世主"便是"逝去的朋友"。他一心想要跟她重聚，不过是在活人的世界里重聚。既然他没法跟随她去另一个世界，那么，他就要在现世重新找到她。如此看来，肥特虽然已经打消了自杀的念头，但脑袋仍然不清醒。尽管脑袋不清醒，在我看来，肥特的情况比从前仍有好转：因为，生欲已经代替了死欲。用凯文的话来说就是："说不定，肥特这一路上，还能睡个迷人的狐狸精呢！"

当肥特真正踏上神圣试炼之旅的时候，他要寻找的姑娘已经增加到了两位：一个是格洛莉亚，一个是雪瑞。肥特的"寻找圣杯"之旅这么一更新，就让我想起，说不定《帕西法尔》里寻找圣杯的骑士，也是出于同样的生欲动机，最后才到达了蒙萨瓦尔特的城堡（帕西法尔最后也来到了这座城堡）。瓦格纳在笔记中写道，唯有被圣杯选中并召唤之人，才能找到通往城堡的路。基督在十字架上流的血，被接在最后的晚餐时他用来饮酒的高脚杯里，所以这只杯子确确实实盛有耶稣的血液。正是这些血液，而不是杯子本身，召唤了骑士。杯中的血液乃永生之物。就像"斑马"一样。杯中之血也是等离子体（或者用肥特的话说，是普拉斯梅特）。说不准肥特日记里的某一篇中，就写着"斑马"等同于普拉斯梅特，也等同于被钉在十字架上的基督流下的圣血。

在奥克兰西纳农大楼边的人行道上摔了个稀烂的姑娘，她溅出的血，也在召唤肥特。跟帕西法尔一样，肥特也是个彻头彻尾的愚人。在阿拉伯语中，"帕西法尔"的意思就是愚人。"帕西法尔"一词，应该来源于阿拉伯语的"法尔帕西"，意为"纯粹的愚者"。当然，帕西法尔的名字，并非意指"纯粹的愚者"（虽然歌剧中，昆德利就是这么称呼帕西法尔的）。"帕西法尔"其实是亚瑟王的圆桌骑士珀西瓦尔的变体，不过是个名字而已，没有深意。不过，有意思的地方不止这一点：波斯人把圣杯等同于前基督教的"lapis exilix"，即魔石。后来，魔石又成了赫耳墨斯派炼金术士手中的"媒介",可以使人类达到彻底的蜕变。而按照肥特的跨种族共生概念,人类会和"斑马"(或称"逻各斯"、普拉斯梅特)结合,成为普拉斯梅特,我发现这一切中暗含着某种连续性。肥特相信,自己已经和"斑马"结合,因此,他已经实现了赫耳墨斯派炼金术士们追寻的目标。所以,对他来说,去寻找圣杯是一件理所当然的事情,他将会寻找到他的朋友、他自己和他的家园。

而凯文就像是《帕西法尔》歌剧中邪恶的魔法师克林索尔,一直不停地讽刺肥特的理想主义追求。凯文说,肥特不过是饥渴难耐而已。凯文认定,肥特的死欲一直在和生欲斗争。当然,凯文说的"生欲",指的是"肉体欲望",而不是"活下去的欲望"。这么想也许不算离谱……我是说,凯文说肥特心中有两股不停争斗、难分难解的对立力量,这话基本上没错。肥特心中,有一部分渴望着死亡,另一部分渴望着生命。死欲能假扮成任何模样,它能杀死生欲,再假扮成生欲。一旦死欲假扮成功,麻烦就大了:你自以为受到生欲的驱使,可驱使你的其实是戴面具的死欲。但愿肥特的情形不至于此。但愿他想去寻找救世主的愿望,是由真正的生欲驱使的。

真正的救世主,或者真正的上帝,跟生命紧密相连——他就是生命。任何带来死亡的"救世主"或"神",都是戴着救世主面具的死欲。这就是为什么耶稣要通过施展治愈奇迹来证明自己是真正的救世主——尽管有时他并不想以这种方式来自证。人们很清楚，能够施展治愈奇迹意味着什么。在《圣经·旧约》的末尾，有一段美妙的语言，清楚说明了这一点：上帝说，"但向你们敬畏我名的人，必有公义的日头出现，其光线（原文作"翅膀"）有医治之能。你们必出来跳跃如圈里的肥犊。"

在某种意义上，肥特真心希望救世主能医治患病者，修复破碎者。在某种程度上，他真心相信死去的姑娘格洛莉亚能重获生命。因此，眼见雪瑞承受着无法缓解的痛苦，癌症日益恶化，肥特的希望和信仰都受到了打击，困惑不已。要是按照他在日记中根据遇到上帝而推演出的那套理论，雪瑞早就应该被治愈了才对。

肥特在寻找的是个伟大之物。尽管从理论上，他能理解雪瑞为何会患癌症；但精神上，他却理解不了。说起来，连上帝之子基督为何要被钉上十字架，肥特也没法理解。在他看来，疼痛苦楚都没有意义，他无法把它们与伟大的设想匹配起来。因此，他推测，如此可怕的痛苦之所以存在，全因我们宇宙中存在非理性——即理性之敌。

毫无疑问，肥特是严肃认真地对待自己既定的试炼目标。他一点一点地攒钱，已经在储蓄账户里存了约两万美元，用于旅途花费。

"别嘲笑他，"有一次，我对凯文说，"这对他很重要。"

凯文眼中闪烁着惯常的嘲讽光芒，回答："揭穿某人的老底，对我也很重要。"

"得了吧，"我说，"这话可不好笑。"

凯文却咧着嘴笑个不停。

一周后，雪瑞死了。

正如我所预料，现在肥特背上了两条人命，他谁都救不了。如果你是扛着地球的阿特拉斯，你就必须扛起肩上的重负。要是你丢掉担子，很多人都会跟着遭殃，一整个世界的人，一整个世界，都会遭殃。如今，肥特精神上的重担已经超过了他身体上遭受过的创伤。两具尸体紧紧地系在他身上，嗷嗷叫喊救命。尽管人死了，叫喊声却没有停止。那声音实在可怕，你可千万别想去听。

我很怕肥特会重新走上自杀的老路。万一自杀失败，他会再度被锁进精神病院。

我去肥特的公寓看他，惊讶地发现他的情绪还算稳定。

"我要上路了。"他对我说。

"开始试炼？"

"没错。"

"去哪儿？"

"不知道。只要我动身上路就行，斑马会给我指引方向的。"

　　我丝毫没有劝他留下的念头。我支持他上路。除了上路，他还能干什么？独自一人，孤零零地坐在他跟雪瑞共同生活过的公寓里？还是听凯文嘲笑这世上的悲伤？又或者还有更糟的，那就是听大卫喋喋不休，说什么"上帝会让邪恶中生出良善"。要说有什么最能逼疯肥特，害他再次进精神病院，那没什么能比得上待在凯文和大卫的交叉火力中间：一方愚蠢、虔诚、轻信，另一方却愤世嫉俗、生性残酷。况且，我还能再说些什么呢？雪瑞的死也令我心碎。现在的我已经散落成一堆零件，就像一个拼装玩具被拆开还原成一个个部件，装回鲜亮的套装盒子里一样。我真想说："带我一起走吧，肥特。指引我回家的路。"

　　肥特和我，两人忧伤地默然对坐。这时，电话铃响了，是贝丝。她提醒肥特，这个月儿子的抚养费他还没给，已经拖延一周了。

　　肥特放下电话，对我说："我这几个前妻，全是鼠辈。"

　　"你还是离开这儿的好。"我回答。

　　"看来，你赞成我上路？"

　　"是的。"

　　"我已经攒下了足够的路费，能去世界任何一个角落。我在想，要不要去中国，或者去法国？"

　　"法国，为什么？"我问。

"我一直想看看法国长什么样。"

"那就去吧。"

"'你会怎么做'。"肥特忽然喃喃道。

"你说什么?"

"我在想美国运通旅行支票的电视广告。里面有句台词:'你会怎么做,你会怎么做'。我现在就是这感觉。这广告说得对。"

我说:"我喜欢另一则广告。里面有个中年男人说:'我钱包里只剩下六百块钱了。这是我这辈子碰到的最糟糕的事。'要是这是他这辈子最糟糕的事……"

"没错,"肥特点点头,"他这辈子肯定一直过得养尊处优。"

我知道肥特脑中浮现了什么画面。他又看到了那两个死去的姑娘。一个受到外力冲击,摔个稀烂;一个受到体内癌症肿瘤的攻击,身体爆裂开来。我颤抖着,感觉自己几乎哭出来。

"她是憋死的。"最后,肥特开口低声道,"她他妈的是憋死的。她再也没法呼吸了。"

"我很难过。"

"你知道医生怎么安慰我?"肥特说,"'还有比癌症更可怕的疾病呢'。"

"哎哟,比癌症更可怕哪! 他给你看幻灯片了没?"

我们俩哈哈大笑。当你悲痛到疯狂边缘的时候,就会抓住每一个机会大笑。

"我们到'桑布来罗大街'去。"我提议。那是家不错的餐馆兼酒吧,我们几个都喜欢。"我们喝一杯,我请客。"

我们俩沿着主街一路走到"桑布来罗大街",在吧台前坐下。

"常跟你在一块儿的小个子棕发女士怎么没来?"女服务生给我们倒酒,顺口问肥特。

"她在克利夫兰。"肥特回答。我们俩又大笑。女服务生还记得雪瑞。我们没法认真回答她的问题。我们受不了。

"我认识一个女的,"我一边喝酒,一边对肥特说,"有一次,我说自己养的猫死了。我说:'哎,它现在在永恒中安眠呢。'你猜她说什么? 她马上一脸严肃地回应:'我的猫在加州格兰岱尔市安眠。'我们几个都顺着这话凑热闹,认认真真地比较'永恒'和'格兰岱尔市'哪里的天气更好。"说罢,我跟肥特两人大声笑个不停,声音太响,旁边的人都朝我们看。"我们得小声点儿。"我平静下来,说道。

"永恒那里肯定更冷点吧?"肥特说。

"肯定的,不过'永恒'里雾霾少。"

肥特又说:"也许,我得去那里找他。"

"谁?"

"他。第五个救世主。"

"你还记不记得,有一次,在你的公寓里,"我说,"当时雪瑞刚开始化疗,一直掉头发……"

"啊,对,猫咪水盆事件。"

"她站在猫咪的水盆旁边,头发不停地掉进水盆里。可怜的猫咪莫名其妙……"

"'这到底是啥东西哇?'"肥特学着猫咪的口吻,"'偶水盆里到底是啥东西?'"说罢,肥特咧开嘴,却没有欢乐。我们俩谁都没法再继续开玩笑,即使互相打趣也没了兴致。"我们得找凯文来说说笑话。"肥特说。接着,他喃喃道:"等等,我又想了想,还是算了。"

"我们只需要不停地说废话就行。"我说。

"菲尔,"肥特说,"要是找不到他,我只能去死。"

"我知道。"我回答。他说得没错。拦在爱马士·肥特跟灭亡之间的,只有救世主。

"我身上带有自毁程序。"肥特说,"而且按钮已经被按下了。"

"你现在的感受……"我开口道。

"是理性的。"肥特打断我的话,"基于目前的情形,我的感受是理性的。这是真话。我没疯。不管他在哪儿,我都必须找到他。否则我就得死。"

"要是你死了，"我说，"那我也得死。"

"没错。"肥特点点头，"你也明白了。没有我，你没法生存。没有你，我也没法生存。我们俩拴在一条绳子上。操。这算是哪门子生活？这些破事都是怎么发生的？"

"你自己也说了，这个宇宙是……"

"我会找到他的。"说罢，肥特喝干杯中的酒，放下空杯子，站了起来，"我们走，回我的公寓去。我给你听听琳达·罗什塔的新唱片《活在美国》。很好听。"

我们站起身来。我边走边说："凯文说，罗什塔已经过气了。"

闻言，肥特在酒吧门口停住，回答道："凯文才过气了。等到最终审判日那天，凯文从外套里抽出那只天杀的死猫来，审判官会狠狠地嘲笑他，就像他嘲笑我们一样。这是他活该！他就应该遇上个跟他一模一样的最终审判官。"

"这个神学观念倒不错，"我说，"最终审判日那天，你面对的审判官就是你自己。你觉得你能找到他吗？"

"救世主？肯定，我能找到他。要是钱用完了，我就回来，干活赚些钱，然后再出发。救世主肯定就在地球上某个地方。这是'斑马'说的。还有我脑袋里面的托马斯，他也知道。他记得，就在没多久之前，耶稣还在他们身边，而且他知道耶稣肯定会回来。他们个个都欢呼雀跃，没有一丝一毫的悲伤，忙着做欢迎的准备，迎接新郎回来。菲尔，那场面真是一片欢腾，人们欢乐兴奋，四处飞奔。他们刚刚从黑铁监狱逃出来，笑啊，欢呼啊……他们把黑铁监狱都他妈的炸飞了，一整个黑铁监狱啊，菲尔，全炸飞了！然后从里面逃了出来，四下奔走，放声大笑，幸福至极。而我，正是他们中的一个。"

"你还会快乐幸福的。"我说。

"我会的。"肥特回答，"等我找到他，我就会快乐幸福。找不到他，我就不会幸福。不可能幸福。没法幸福。"他在人行道上立住，双手插在衣袋里，"我很想他，菲尔，我他妈的真想念他。我想去他身边，被他抱在怀里。除了他，没人能让我幸福。我见过他一次，要是那算得上的话。而现在，我还想再见到他。那种爱，那种温暖……看见我，他很高兴，他很高兴见到的是我。他认出了我，他认出了我！"

"我知道。"我不知该如何回应，只能挤出这几个字来。

"见他一面，然后就再也看不到他。"肥特说，"没人知道这有多痛苦！快五年了，整整五年——"他找不出字句，打了个手势，"这五年算什么？而在见到他之前，我的生活又算什么？"

"你会找到他的。"我说。

"我一定得找到。"肥特说,"否则我就得死。你也得死,菲尔。这一点,我们俩都清楚。"

《帕西法尔》中圣杯骑士的首领,安福塔斯,身上有处不会愈合的伤口。这处伤口是坏魔法师克林索尔留下的,他拿着刺穿基督两肋的长矛,刺伤了安福塔斯。后来,克林索尔又拿起长矛,朝帕西法尔掷来。谁知,长矛竟在半空中停了下来。那"纯粹的愚人"接住长矛,高高举起,比出十字架的形状。顿时,克林索尔,还有整座城堡,全部都消失了。原来,这些全都是幻影(即希腊人所说的dokos,印度人所说的摩耶的面纱①),一开始就不存在。

帕西法尔无所不能。在歌剧结尾,帕西法尔用长矛碰了碰安福塔斯的伤口,伤口立刻愈合了。一心求死的安福塔斯被帕西法尔治好了。此时,有几句神神秘秘的歌词反复。虽然我能读懂德语,却一直想不明白其中的含义。

Gesegnet sei dein Leiden,

Das Mitleids höchste Kraft,

Und reinsten Wissens Macht

---

① 摩耶字面意为"幻象,魔术",同时也是释迦牟尼母亲的名字。

Denn zagen Toren gab!

这几句话,是帕西法尔故事的关键。那"纯粹的愚人"竟能抹消魔法师克林索尔和他的城堡,还能治愈安福塔斯的伤口。可是,这几句话究竟是什么意思呢?

> 祝福你的伤口——
>
> 是它给予怯懦的愚人
>
> 怜悯的至高力量,
>
> 还有最纯洁知识的大能!

我不懂这些话的含义。不过,有一点我知道:在我们身边,那个"纯粹的愚人"爱马士·肥特,也有一处不会愈合的伤口,也承受着伤口带来的痛楚。好吧,这处伤口是刺穿救世主两肋的长矛留下的,也只有同一支长矛,才能治愈伤口。在歌剧中,安福塔斯的伤口一经愈合,圣物箱便应声打开(圣物箱已经封闭了很长时间),露出里面的圣杯。此时,从天堂而来的声音说道:

Erlösung dem Erlöser!

这话也很奇怪。因为,它的意思是:

救赎者得到了救赎!

换句话说,就是基督救了自己。用一句术语来说,叫
Salvator salvandus,即"被拯救的救世主"。

事实是,永恒信使想要完成任务、卸下重担,就必须多次投
胎转世,经历多次宇宙流放。还有一点——至少在伊朗的神话
中是这么流传——在某种意义上,救世主跟他所召唤拯救的人
一样,都是神圣自我一度失去的部分。'被拯救的救世主'便由此
而来。

上面这段话的来源很可靠,引自《哲学百科全书》(麦克米兰
出版社,纽约,1967年版)中的"诺斯替教"词条。我琢磨着,该怎
么把这段话套在肥特身上。什么是"怜悯的至高力量"?怜悯怎
么会有力量来治愈伤口?肥特能不能怜悯自己,然后治愈自己
的伤口? 如果能,爱马士·肥特是不是就成了救世主,"被拯救的
救世主"? 瓦格纳似乎想表达的就是这一观念。"被拯救的救世
主"源自诺斯替教,又怎么会出现在《帕西法尔》当中呢?

也许，踏上寻找救世主之路的肥特，实际上要找的是他自己。唯有如此，那个最初由格洛莉亚的死亡所造成，之后又因为雪瑞之死而加重的伤口，才能被治愈。但是，歌剧中克林索尔的巨大石城堡，如果被放到我们的现代世界中，又会变成什么模样呢？

那会不会就是肥特口中的"帝国"，那座黑铁监狱？

"永存"的帝国，会不会只是一个幻象？

帕西法尔说了一句话，便让克林索尔的巨大城堡以及克林索尔本人全部消失。

Mit diesem Zeichen bann' Ich deinen Zauber.
凭着这个标志，我抹消你的魔力。

这个标志，指的当然就是十字架。就像我之前说的，肥特的救世主就是他自己。"斑马"其实是线性时间轴上肥特所有自我的总和。所有的自我层层叠合，形成了一个不会死亡的超/泛时间的自我，回来拯救肥特。但我不敢告诉肥特，他寻找的其实就是他自己。他现在还无法接受这一观点，因为和我们其他人一样，他觉得自己要寻找的是一个自身之外的拯救者。

"怜悯的至高力量"纯属狗屁。怜悯没有任何力量。肥特对格洛莉亚、雪瑞都怀有无限的怜悯。可这份怜悯有个屁用？光有怜悯不够，还需要其他东西。这一点，众所周知。任何人，只要俯身凝视过某个重病濒死的人，或是某只重病濒死的动物，都知道那感觉多么无助：一方面，心中生出深深的怜悯，压得人喘不过气来；另一方面，人也同样清楚，这份怜悯，无论有多么深沉，都一无是处。

治愈伤口的另有他物。

对我、大卫和凯文来说，这个问题很重要。肥特心中有无法愈合的伤口，但这个伤口又必须愈合，也一定会愈合——只要肥特找到救世主就行。难道，将来某一天，肥特会奇迹般地恍然大悟，明白自己就是救世主，然后心中的伤口自动痊愈？别指望了。反正我不信。

《帕西法尔》就像是文化领域中类似于红酒开瓶器那样的人造物，乍看之下让你觉得能从中学到些宝贵的、甚至是无价的东西。但是仔细一想，你就会突然抓抓头，说道："等等，这说不通啊！"我都能想到理查德·瓦格纳站在天堂的入口，冲着里面大喊："你得让我进去。我写了《帕西法尔》，那里头有圣杯、基督、苦楚、怜悯和治愈。对不？"然后那里头的人会回答："嗯，我们读过，可它根本说不通啊！"砰！门关上了。瓦格纳的话有道理，里头的人的话也有道理。又一个"中国指套"式的陷阱。

等等。也许我没抓住重点。说不定,这是一桩禅宗公案:说不通的事情,恰恰意义最为重大。我犯了最严重的错误,陷入了亚里士多德的两分法逻辑:某物要么是A,要么不是A(即排除中位法)。众所周知,亚里士多德的两分法逻辑不合情理得很。我的意思是——

要是凯文在,他肯定会说:"啦啦……啦啦……又臭又长"。肥特给我们念注疏的时候,凯文就是这么讽刺他的。凯文对深刻的事物没有丝毫好感。他是对的。我刚才说的一大堆,也不过是一遍又一遍地重复着毫无意义的"啦啦……啦啦……又臭又长",想要弄明白爱马士·肥特究竟该怎么治愈——或者拯救——爱马士·肥特本人。因为,肥特其实已经没救了。如果雪瑞能够被治愈,那么,格洛莉亚死亡的债便可还清。可是,雪瑞也死了。格洛莉亚之死害得肥特吞下了四十九片毒药;现在,雪瑞也死了,我们却指望着肥特能站起来,向前看,去寻找救世主(什么救世主?),获得治愈。他的伤口,光是格洛莉亚之死导致的伤口,已经是致命伤,现在又加上了雪瑞之死的伤害。世上已经没有了爱马士·肥特这个人。留在世上的,只有他的伤口。

爱马士·肥特已经死了。他是个傻瓜,所以被两个充满恶意的女人拖进了坟墓。傻瓜居然能成救世主——这是《帕西法尔》这部剧的另一个荒唐之处。为什么?傻瓜为什么能成救世主?

《帕西法尔》中,苦楚给了怯懦的愚人"最纯洁知识的大能"。怎么给的?为什么会给?请解释一下!

请解释一下,格洛莉亚的苦楚,还有雪瑞的苦楚,对肥特有什么好处?对谁有好处?对什么有好处?都是谎言,邪恶的谎言。苦楚就该被抹消。好吧,帕西法尔倒是抹消了一点儿苦楚,他治愈了安福塔斯的伤口,剧痛消失了。

我们真正需要的其实是医生,而不是长矛。让我给你们看看肥特论著的第45篇吧!

日记第45篇

在某次幻视中,我见到了基督。我对他说出了正确的请求:"我们需要医治。"在幻视中,我看到了失常的创世神,无缘无故地——也就是非理性地——毁灭了他创造的生灵。这是终极意识精神错乱的表现。基督是我们唯一的希望——因为阿斯克勒庇俄斯已经没法回应我们的呼唤了。阿斯克勒庇俄斯是基督之前的救世主,他拯救了一个人,让他死而复生。由此,宙斯派了一个独眼巨人,用霹雳杀了阿斯克勒庇俄斯。基督也让人死而复生,所以,他也被杀了。以利亚救了一个男孩,唤回他的生命,不久后,他也消失于旋风中。"帝国永存"。

日记第46篇

医生来过好几次，每次用的名字都不一样。可是，我们仍然没有痊愈。每一次，帝国都发现了他，赶走了他。但是这一次，他会依靠吞噬细胞的噬菌作用，杀死帝国。

肥特的日记，在很多方面，跟《帕西法尔》一样，都说不通。肥特将宇宙视为活着的有机体，遭到了有毒微粒的攻击。有毒微粒由重金属构成，已经侵入宇宙有机体，埋伏其中，不断施以毒害。宇宙有机体派出了吞噬细胞，也就是基督。吞噬细胞包围了有毒的金属微粒——也就是黑铁监狱，一点一点地将之摧毁。

日记第41篇

帝国是混乱的制度化、体系化。帝国不仅疯狂，而且凭借暴力将这种疯狂强加到我们身上。帝国的本性就是暴力。

日记第42篇

一旦跟帝国斗争，就会被帝国的混乱感染。这是一条悖论：任何打败了帝国某个部分的人，就会变成帝国。帝国如病毒，侵入敌人身上，不断繁殖。由此，帝国的敌人变成了帝国本身。

日记第43篇

　　跟帝国对立的，是活着的信息，即为普拉斯梅特或是医生。我们给予它的名字是圣灵或灵体基督。本源共有两个：黑暗（帝国）和光明（普拉斯梅特）。最后，终极意识会将胜利授予光明。我们每个人都要选择立场、做出努力，据此来决定最后我们是死去还是存活。每个人心中都有着光明和黑暗；最后终有一方会获胜。无人例外。这一点，琐罗亚斯德很清楚，因为智慧之脑早就对他说过。他是第一位救世主[①]。到目前，我们一共有过四位救世主。第五位即将降生。跟前四位不同，这一位将会统治我们，审判我们。

　　在我看来，在肥特给我们朗读或是引用他的论著时，凯文尽可以"啦啦……啦啦……又臭又长"地嘲讽他，但肥特所说的都是有道理的。肥特认为，噬菌作用正在宇宙中进行。放到微观层面，我们每个人身上都在发生这种噬菌作用。每个人身上都存在着有毒的金属微粒。"在上的（宏观宇宙）便是在下的（微观宇宙，或称人类）。"我们都受了伤，都需要医生。犹太人有以利亚，希腊人有阿斯克勒庇俄斯，基督徒有基督，诺斯替教徒有琐

---

　　① 肥特没把佛祖算上，恐怕是因为他不明白佛祖的身份及本性。——作者原注

罗亚斯德,摩尼的追随者有摩尼……人类会死,是因为每个人天生都有疾病,身上都带着重金属微粒,就像安福塔斯的无法愈合的伤口。一旦伤口愈合,我们都将永生。我们本就该永生,全因为有毒的金属碎片进入了宏观宇宙,也就进入了宏观宇宙的多重微观分身——我们人类。

就拿睡在你大腿上的猫咪来说。这只猫,体内其实有伤,但伤口尚未显露——就像雪瑞一样。有某种看不见之物正慢慢地蚕食猫咪的身体。你不信?那赌一把!要是把这只猫在线性时间上所有的形象重叠起来,放到同一个实体中,你就会得到一只被刺穿、受伤、死去的猫。但是,奇迹也发生了。一位看不见的医生让猫咪死而复生。

因此,万事万物只在世上存留片刻,随即便匆匆死去。植物和昆虫在夏末死去,牲畜和人类在若干年后死去。死神不知疲倦地收割每一条生命。可尽管如此,不,应该说凡事看起来并不如此,世间一切就好像永远在彼处存在,固守自己的位置,就仿佛万事万物都是永生不朽的一样……这只是暂时的不朽。由此,在数千年的死亡和衰朽之下,没有任何东西消失,连每一个原子都照样存在,内在之物——即事物的本性——则愈发如此。因此,每时每刻,我们都可以兴高采烈地大喊:"时间、死亡

和衰朽算什么？我们仍然同在一起！"（叔本华）

　　叔本华曾说过，你在后院看到的正在玩耍的猫咪，三百年前也在此处玩耍。肥特遇见托马斯、三眼人，尤其是没有身体的"斑马"，证明了这句话的正确性。有一段关于永生的古老论证是这么讲述的：假如每个生物真如表面上那样都会死亡，那么，随着生命的不停消失，不停灭绝，宇宙中早该没有任何生命存在了。但是，生命仍然存在。由此，尽管死亡在我们眼中不可避免，生命必定有某种办法，逃过死亡。

　　肥特已经跟随格洛莉亚和雪瑞一起死了。但肥特还活着。身为救世主，他已准备好踏上寻觅之旅。

9

　　华兹华斯①的诗《颂》有个副标题:"永生的暗示,来自幼年时代的记忆。"不过,对肥特来说,"永生的暗示"来自他后世的记忆。

　　而且,不管肥特怎么努力,都写不出像样的诗来。他很喜欢华兹华斯的《颂》,很希望自己也能写出同样好的诗。可惜,他做不到。

　　话说回来,肥特的全部念头都转到了旅行上。直到某天,这些念头终于转化成了具体的行动:肥特驱车来到"大世界"旅行社圣安娜分社,跟坐在柜台后电脑前的女士交流了一会儿。

　　"可以呀,我们能帮您买一张去中国的慢船船票。"那位女士欢快地说道。

---

　　① 威廉·华兹华斯(William Wordsworth, 1770—1850),英国浪漫主义大诗人。

"那不如来一张去中国的快机机票?"肥特说。

"您去中国,是去治病?"女士问。

闻言,肥特十分惊讶。

"如今,西方国家中,好些人都想飞去中国治病。"女士解释道,"我听说,就连瑞典都有人去。中国的医疗费用极其低廉……您大概已经知道了,是不是? 有些病,哪怕做一次大手术,也只需要大约三十美元。"女士伸手到一堆宣传小册子里头摸索,保持着愉悦的笑容。

"嗯,大概吧。"肥特回答。

"而且,做完手术以后呢,还能把旅行费用从收入税收中扣除。"女士接着说,"您瞧见没,我们'大世界旅行社'能为您提供许多的帮助。"

这件小事让肥特印象深刻。真是讽刺。肥特,出发去中国寻找第五位救世主,却发现州政府和联邦政府还能报销他的旅行费用。当晚,凯文来访的时候,肥特把这件事讲给他听,心想凯文肯定会大肆嘲讽一番。

可是,凯文却心不在焉。他神神秘秘地说:"明晚,我们一起去看电影,怎么样?"

"看什么电影?"肥特听出这位朋友语气中的不怀好意。这意味着,凯文别有所图。不过当然,凯文这么个人,可不会再多说些什么。

"科幻电影。"凯文回答。就这么四个字，没别的。

"行。"肥特回答。

第二天晚上，肥特、凯文和我一同驱车到塔斯汀大街，进了一家小小的露天电影院。既然他们说要看科幻电影，我觉得，出于职业原因，我也该去。

在凯文把他那辆红色本田思域小车停泊到位时，我们抬头看见了大银幕。

"瓦利斯，"肥特念道，"和鹅妈妈。谁是'鹅妈妈'？"

"一支摇滚乐队。"我有些失望地回答。这电影看起来不像我喜欢的类型。凯文在音乐和电影方面的品位都很奇怪。显然，今晚，他的两种怪品位合二为一了。

"这电影我已经看过一遍了。"凯文含糊其辞地说道，"耐心些，你不会失望的。"

"你已经看过了？"肥特问道，"然后你还想再看一遍？"

"耐心些。"凯文重复道。

我们找到座位坐下，发现四周的观众基本上都是十几岁的孩子。

"鹅妈妈就是艾瑞克·兰普顿①。"凯文说，"他写了《瓦利斯》

---

① 作者虚构的人名，名字与英国传奇吉他手、歌手艾瑞克·克莱普顿相似。

的剧本,还是电影的主演。"

"他在里面唱歌了?"我问。

"没。"凯文只说了这个字,接着便陷入沉默。

"那我们来看些什么?"肥特问。

凯文瞥了他一眼,没有回答。

"不会跟你上回的打嗝唱片一样,也是个恶搞玩笑吧?"肥特又问。有一次肥特的情绪特别低落。于是,凯文带了一张唱片给他,并且向他保证,听完以后他会振作起来。肥特无奈之下,戴上STAX静电耳机,还放大了音量。结果,唱片里全是打嗝的声音。

"不是。"凯文回答。

灯光暗了下来。年轻观众们也安静了下来。银幕上出现了标题和演职员名单。

"布伦特·米尼这名字,你熟吗?"凯文问道,"他是电影的配乐。米尼的配乐都采用计算机制造的随机声音,他称之为'共时性音乐'。他已经出了三张黑胶唱片。我收集了后两张,第一张怎么都找不到。"

"那这是部严肃电影喽?"肥特说。

"看了就知道。"凯文回答。

电子噪音响起。

"上帝。"我厌恶地说道。银幕上出现了巨大的彩色球形,四下炸开。镜头摇近,来了个特写。我暗想,又是部低成本的爆米花科幻电影。就是这种电影,败坏了科幻的名头。

突然,所有的演职员人名消失,剧情开始了。一片宽广的褐色土地,干涸开裂,零星点缀几丛杂草。我又对自己说,显然,也就这样了。一辆吉普车,载着两名士兵,颠簸着开进了这片土地。然后某个显眼的东西在空中划过。

"像是流星,上尉。"一名士兵说。

"嗯。"另一名士兵若有所思地赞同道,"不过,我们还是调查调查为妙。"

我想错了。

《瓦利斯》这部电影主要是关于一家在加州伯班克市的小唱片公司的,公司叫"美利通",老板名叫尼可拉斯·布莱迪,是个电子天才。根据电影中的汽车型号,还有摇滚乐类型,故事发生的时代应该是六十年代后期或七十年代早期。不过,电影中到处都和现实不太一样。比如,理查德·尼克松压根就不存在,美国总统是一位全名叫费里斯·F. 弗莱蒙的人,深受民众爱戴。在电影前半部分,不时会突然插入电视新闻片段,报道费里斯·F. 弗莱蒙热烈的连任竞选活动。

鹅妈妈本人——就是现实生活中跟大卫·鲍伊、弗兰克·扎帕和埃利斯·库珀齐名的摇滚明星——在电影中扮演一位歌曲创作人，吸毒成瘾，是个彻底的失败者，只能靠布莱迪的资助度日。鹅妈妈的老婆，是个迷人的女子，头发短到紧贴头皮，大眼睛明亮惊人，一副超然世外的模样。

影片中，布莱迪一直垂涎鹅妈妈的老婆，琳达·兰普顿(不知为何，鹅妈妈在电影中用了自己的真名，艾瑞克·兰普顿。因此，电影带着现实中兰普顿夫妇的影子)并非自然人——这一点，电影在一开始就透露给观众了。电影让我觉得，尽管布莱迪在电子音响方面才能惊人，却是个狗娘养的。他有一套激光系统，能把各种信息——也就是各种渠道的音乐——导入一台超出人们想象的混响器里。那玩意儿能像座堡垒一样升起来，布莱迪要通过一扇门，才能进入混响器内部。进去后，布莱迪全身沐浴在激光里，通过他大脑的转换，这些激光都会变成声音。

某个场景中，琳达·兰普顿脱下身上的衣物。观众看到，她身上没有任何生殖器官。

这是肥特和我见过的最鬼扯的场面。

而与此同时，布莱迪毫不知情地垂涎着她，完全不知道从解剖学上说，他俩根本没办法交合。这一点，鹅妈妈——就是艾瑞克·兰普顿——看在眼里，深觉滑稽。他仍然不停地注射毒品，同时写出糟糕得难以想象的歌曲。显然没过多久，他的脑子就已经彻底糊涂了，只是他本人还没意识到。尼可拉斯·布莱迪呢，则暗中实行各种计谋。观众们得到暗示，尼可拉斯打算利用堡垒混响器，让艾瑞克·兰普顿彻底消失，以便顺利地跟琳达·兰普顿上床(他却不知道，琳达根本没有性器官)。

电影放到此处，出现了令观众们费解的现象：费里斯·F. 弗莱蒙的面目渐渐模糊，越来越像布莱迪；布莱迪也渐渐变形，越来越像弗莱蒙。在某些场景中，布莱迪出现在显然是国家级的隆重会场里，观众能看到外国使节端着酒杯四处走动。背景中，一直响着低低的人语声——而且，这种响声很像是布莱迪的混响器制造出的电子噪音。

这部电影弄得我莫名其妙。

我靠到肥特耳边，轻声问："你看懂了吗?"

"老天，怎么可能。"肥特回答。

这时，布莱迪已经把艾瑞克·兰普顿成功诱入了混响器中。只见布莱迪把一盒奇特的黑色磁带塞入卡座，按下按钮。镜头给了兰普顿脑袋一个特写。只见兰普顿的脑袋瞬间爆开——不折不扣地爆炸开来，但是，飞溅出来的不是脑组织，却是各种微型电子元件。这时，琳达·兰普顿走了进来——生生穿过混响器堡垒的墙壁走了进来，手里拿着样东西，不知怎么一动，艾瑞克·

兰普顿的时间就开始倒流。四散的电子元件重聚到他的脑袋里，头颅恢复完好。而同时，布莱迪则摇摇晃晃地走出美利通唱片大楼，走上林荫步道，惊得双眼快要掉出来了……镜头切换回到琳达·兰普顿，她将丈夫复原，两人都站在堡垒般的混响器中。

艾瑞克·兰普顿张嘴说话，响起的却是弗莱蒙的声音。琳达沮丧地后退了一步。

镜头又切换到白宫。费里斯·F. 弗莱蒙，模样已不再像尼可拉斯·布莱迪，而是恢复到了自己本来的面目。

"去干掉布莱迪。"他阴着脸说，"现在就去。"两个身着黑色紧身笔挺制服的男子，佩戴着某种未来武器，沉默地点头。

镜头切换到布莱迪。他正迅速穿过停车场，朝自己的车走去，一副彻底潦倒的模样。镜头摇到守在屋顶上的黑衣男子，切换到男子手中带准星的瞄准器。通过目镜的十字准线，观众看到布莱迪已经坐进车里，准备启动汽车。

画面淡去。银幕上出现成千上万的年轻姑娘，穿着红、白、蓝三色的啦啦队队服。但是，她们不是啦啦队队员。她们喊道："干掉布莱迪！干掉布莱迪！"

慢镜头。黑衣男子开火。几乎同时，艾瑞克·兰普顿站在美利通唱片公司门口，一个脸部特写，他的眼睛变得奇怪。黑衣男子碳化成了粉末，手中的武器融化了。

"干掉布莱迪！干掉布莱迪！"成千上万的姑娘，穿着同样的红、白、蓝制服，不停地呐喊。有些姑娘欲火焚身，撕掉了身上的制服。

她们都没有生殖器官。

画面淡去。不知过了多久，两个费里斯·F.弗莱蒙，隔着一张胡桃木长桌，面对面坐着。两人中间，立着一个正方体，粉色光芒在其中脉动。是全息图。

此时，肥特在我身边"咕噜"一声，身子前倾，瞪大了眼睛。我也瞪大了眼睛。我认出了那粉红色光芒。那正是肥特向我描述过的、代表"斑马"的光芒。

镜头一转，艾瑞克·兰普顿和琳达·兰普顿两人赤身躺在床上，他们扯掉身上一层塑料薄膜似的东西，露出底下的性器官，两人做爱。之后，艾瑞克·兰普顿溜下床，走进客厅，往手臂里注射他惯用的某种毒品。接着，他坐了下来，疲惫地低下头，垂头丧气。

长镜头，能够俯视兰普顿家的屋子。摄影机处在所谓的"三号机位"，镜头采用"上帝视角"。一束能量从空中向下射中了兰普顿家。兰普顿打了一个激灵，仿佛被刺了一刀，双手捧住头，因剧痛而抽搐。脸部大特写；他的眼睛爆裂开来（周围的观众都倒抽一口冷气，我和肥特也一样）。

兰普顿炸开的眼窝处，出现了另一双不一样的眼睛。接着，他的前额正中慢慢滑开，一只没有瞳仁的眼睛露了出来。在本应是瞳仁的位置上，只有一块透镜。

艾瑞克·兰普顿微微一笑。

一段录音场景突然插了进来：是某支民谣摇滚乐队，正在演奏一支十分带劲的曲子，情绪激昂。

"这样的曲子，你以前可从没写过。"一个男人对兰普顿说。

镜头拉近到音箱，音量随之提高。接着，镜头切换到 Ampex 公司①的回放系统。尼可拉斯·布莱迪正在播放一盘刚才那支民谣摇滚乐队的磁带。布莱迪朝堡垒混响器的技术员打了个手势，激光从四面八方投射下来。磁带中的音轨发生了不祥的变化。布莱迪皱了皱眉，倒带，又播放一次。我们听到磁带中传来词句。

"干掉……费里斯……弗莱蒙……干掉……费里斯……弗莱蒙……"一遍又一遍。布莱迪停止播放，倒带，再度播放。这一次，我们听到的是兰普顿写下的曲子，"干掉弗莱蒙"的声音没有再出现。

画面全黑。没有声音，也没有图像。接着，镜头中慢慢出现了费里斯·F. 弗莱蒙的脸，一脸阴沉，就好像听到了磁带中的话语一样。

---

① 美国一家电子设备公司。

弗莱蒙弯下腰，按下桌子上的内部通话按钮。"把国防部长叫来。"他说，"现在马上过来。我有件事必须跟他谈。"

"好的，总统先生。"

弗莱蒙坐回椅子上，打开一本文件夹，里面都是艾瑞克·兰普顿、琳达·兰普顿和尼可拉斯·布莱迪的照片，还配有各种数据信息。弗莱蒙仔细地研究那些数据。这时，一束粉红色光芒自上而下击中他的脑袋，持续了短暂的一瞬。弗莱蒙皱了皱眉，看起来有些困惑。接着，他就像个机器人，僵硬地站了起来，走到一架标着"碎纸机"的碎纸机前，把文件夹连同里面的内容，一同塞了进去。他表情僵硬，像是彻底忘了所有的事情。

"国防部长到了，总统先生。"

弗莱蒙一脸困惑，回答："我没叫他。"

"可是，先生——"

镜头切换到空军基地。导弹发射。特写镜头，一份标注"机密"的文件慢慢打开。上面写着：

瓦利斯计划

画外音："'瓦利斯'？什么是瓦利斯，将军？"

一个深沉而威严的声音响起："巨大主动智能活系统。你绝不能······"

整幢大楼突然爆炸,沉浸在之前看到过的粉红色光芒里。室外导弹升空,突然间,却摇晃了起来。警报响起。有声音大喊:"损毁警报!损毁警报!中止任务!"

镜头切换到费里斯·F.弗莱蒙。他正在筹款晚宴上发表竞选演说,衣冠楚楚的人们正静静倾听着。这时,一位身着制服的官员俯下身,在总统耳边说了几句。弗莱蒙突然大声问道:"那么,打到瓦利斯没有?"

官员不安地回答:"出了点儿问题,总统先生。卫星仍然——"他接下来的话被周围的人声淹没了。人群感觉到有什么不对劲,这些衣冠楚楚的人逐渐变形成了身着统一红、白、蓝三色制服的啦啦队队员。她们呆立不动,仿佛被拔了插头的机器人。

最后一幕。欢呼雀跃的人群。费里斯·F.弗莱蒙背对着镜头,双手打出尼克松式的V形胜利手势。显然,他竞选连任获胜。镜头快速闪过,身着黑色制服的武装人员严阵以待,面露喜悦。众人中洋溢着愉悦之情。

有个孩子为弗莱蒙夫人献花。弗莱蒙夫人转过身,接过花束。费里斯·F.弗莱蒙也同时转过身。镜头拉近。

是布莱迪的脸。

我们三个人开车回家,一路无语。回到塔斯汀大街时,凯文打破沉默:

"你们都看到粉红色光芒了。"

"嗯。"肥特说。

"还有透镜三眼。"凯文说。

"电影剧本是鹅妈妈写的?"我问。

"编剧、导演和主演都是鹅妈妈。"

肥特问:"他从前拍过电影吗?"

"没。"凯文回答。

"那是信息的传递啊。"我说。

"电影里吗?"凯文问,"你是说有信息传递的情节,还是说电影和音轨在给观众传递信息?"

"我不太明白……"我开口道。

"这部电影有很多传递给潜意识的信息。"凯文说,"下次我来看的时候,要带个用电池的卡带录音机。我觉得,电影要传递的信息,都编码在米尼貌似随意的共时性音乐当中。"

"我猜电影拍的是拥有另一个历史的美国。"肥特说,"那时候的总统本该是尼克松,电影里却是费里斯·F. 弗莱蒙。"

"艾瑞克和琳达·兰普顿到底是不是人类?"我说,"起先,他们看起来像人。但接着,她身上居然没有那个,你们知道的,就是……性器官。再然后又一转折,他们两人扯了身上那层薄膜,底下的性器官就露了出来。"

"可他脑袋爆炸的时候,"肥特说,"里面全是电脑元件啊。"

"你们注意到那只罐子没有?"凯文问道,"就放在尼可拉斯·布莱迪的办公桌上,一只小陶罐——就像你那只陶罐一样,就是那谁……"

"斯蒂芬妮。"肥特提示道。

"……给你做的一样。"

"没,"肥特说,"我没注意到。电影里的细节太多,节奏太快,朝我——我是说,朝观众扑来。"

"第一遍看,我也没注意到那只陶罐。"凯文说,"这只陶罐出现在了好几处地方。除了布莱迪的办公桌上,总统弗莱蒙的办公室里也出现过一次,就在一个不起眼的角落里,只有用余光才能看到。在兰普顿的家里也出现过几次,比如有一次出现在客厅里。然后还有一次,艾瑞克·兰普顿在房子里摇摇晃晃地到处走,撞到了好几样东西,其中……"

"有个凉水罐。"我说。

"对,"凯文说,"有时候它就被当作凉水罐用,里面装满了水。琳达·兰普顿从冰箱里把它给拿了出来的。"

"不对,那只是个普通的塑料水罐。"肥特说。

"不不不,"凯文说,"就是那只陶罐。"

"既然是塑料水罐,怎么可能同时又是陶罐呢?"肥特问道。

"在电影开头,"凯文说,"有一片焦枯开裂的土地。在镜头的角落里,有个女人,拿着汲水罐,在一条窄窄的、几乎干涸的小溪里汲水。除非你有意识地观看,否则肯定会忽略这一幕。那个汲水罐上的花纹,跟陶罐上的花纹一模一样。"

我说:"我好像觉得,汲水罐上的花纹里,出现过一次基督教的鱼形标志。"

"不对。"凯文断然否定。

"不对吗?"

"一开始我也以为是鱼形标志。"凯文说,"但这一次,我看得更仔细了。那是条双螺旋。你猜到底是什么?"

"是DNA分子结构。"我回答。

"对了。"凯文咧嘴笑了,"这个结构在水罐顶部重复出现了多次。"

我们三个沉默片刻,然后我开口说:"DNA记忆。基因库记忆。"

"没错。"凯文回答。接着,他又说:"在小溪边,就是她汲水的小溪边……"

"'她'？"肥特问道，"她是谁？"

"某个女人，"凯文说，"电影里没再出现过。我们没看到她的脸，不过，她穿着一条旧式长裙，赤着脚。在小溪边，她往陶罐里，或者说汲水罐里装水的时候，旁边还有个男人在钓鱼。镜头一闪而过，只有几分之一秒。但那里确实有个人在钓鱼，所以你会觉得自己看到了鱼的标志，因为你看到了钓鱼的景象。说不定那个钓鱼的人身边还有一堆鱼呢！下一次我得睁大眼睛仔细地看看。总之，你的潜意识接收到了钓鱼人的形象，于是，你的大脑——右脑——便把汲水罐上的双螺旋花纹跟鱼联系在了一起。"

"那颗卫星，"肥特说，"叫瓦利斯，也就是巨大主动智能活系统，它会把信息发射给人类？"

"不只发射信息。"凯文说，"某些情况下，它还能控制人类。只要它愿意，就能越过人类的主观意愿，控制人类。"

"而他们想要把它给打下来？就用导弹？"我问道。

凯文说："早期基督徒——真正的早期基督徒——能够想让你干什么，你就干什么。而且，他们想让你看见什么，你就会看见什么；反之亦然，他们不想让你看见的东西，你就看不见。电影传递给我的，就是这个信息。"

"可是，早期基督徒都死了。"我说，"这部电影可是设定在当下啊。"

"他们是死了。"凯文说，"但前提是，你得相信时间是真实的。你们有没有注意到电影里的时间错乱？"

"没。"我跟肥特异口同声道。

"那片干涸的不毛之地，就是布莱迪匆匆跑过的停车场。当时，他跑向自己的汽车，屋顶上还有两个黑衣人蹲守，准备开枪射死他。"

这个我一点儿都没有意识到。我问："你怎么知道是同一个地方？"

"那里有棵树。"凯文回答，"两个地方都有。"

"我没看到树。"肥特说。

"好吧，这部电影，我们都得再看一遍。"凯文说，"反正我打算再看一遍。第一遍看的时候，百分之九十的细节都会被错过。但其实只是你的有意识错过了它们，你的无意识还是把它们记了下来。我真想一帧一帧地好好研究这部电影。"

我说："这么说，基督教的鱼形标志，其实就是克里克和沃森①的双螺旋结构。DNA的分子结构中储存着基因记忆——鹅妈妈希望传递给观众的。因此……"

---

① 詹姆斯·沃森(James Dewey Watson, 1928-　)和弗郎西斯·克里克(Francis Crick, 1916-2004)，两人在前人工作的基础上，提出了著名的DNA分子双螺旋结构模型。

"早期基督徒，"凯文赞同，"就是那些看似人类，却没有性器官的非人类。可是仔细再看，他们确实是人类——他们的薄膜底下藏着真正的性器官，而且他们能做爱。"

"即使他们的头颅里面不是脑组织，而是电子元件。"我说。

"也许，他们是永生者。"肥特说。

"对，所以，布莱迪的混音器炸开艾瑞克·兰普顿脑袋的时候，琳达·兰普顿能把丈夫复原。"我说，"他们能在时间中旅行，回到过去。"

凯文没笑，认真地说："对。现在你明白我为什么要带你来看《瓦利斯》了吧。"

"明白了。"肥特嘟囔着，陷入了沉思。

"琳达·兰普顿是怎么穿过混音器的墙壁的？"我问。

"我不知道。"凯文说，"也许，她并不真实存在。或者，混音器并不真实存在。也许，她只是一幅全息图。"

"'一幅全息图'。"肥特重复道。

凯文说："从一开始，卫星就控制着人类。卫星想让人们看到什么，他们就会看到什么。电影的结尾表明，弗莱蒙就是布莱迪，可没有一个人发现这一点，就连弗莱蒙的妻子也没有发觉！卫星蒙蔽了所有人，蒙蔽了他妈的一整个美国。"

"基督啊。"我刚才还没想到这一点，但凯文一说，我立刻明白过来了。

"是的。"凯文继续道,"我们看见的是布莱迪,可是,很明显,电影中的所有人,看到的都是弗莱蒙。电影中的人们根本没有意识到究竟发生了什么。影片中,布莱迪,凭借自己在电子方面的才能和自己组装的电子设备,一直和弗莱蒙与秘密警察——就是那些黑衣人——较量着。至于穿着啦啦队队服的人群,她们也是弗莱蒙的人,但我还没弄明白,她们究竟是什么角色。下次再看,我就能想出来。"接着,他提高音量说道,"米尼的音乐中有很多信息。在我们观看电影时,米尼的音乐——老天啊,那根本不是音乐,而是适时出现的某些音调。它们在不知不觉地引导我们。唯有依靠音乐,这部电影才有了意义。"

"在现实中,米尼会不会真的造出什么类似于那个巨大混音器的东西?"我问道。

"有可能。"凯文回答,"米尼是从麻省理工毕业的。"

"关于米尼,你还知道些什么?"肥特问。

"不多。"凯文回答,"他是英国人,去过苏联。他说,苏联人在做实验,用微波远距离传送信息,他想去看看。米尼还制造出一个系统……"

"我刚刚想到一件事。"我打断了凯文的话,"在演职员名单上,负责剧照拍摄的是罗宾·杰米森。这人我认识。有一次,我接受《伦敦每日电讯》的采访，摄影记者就是他。他告诉我，他报道过女王的加冕礼，他是全世界最好的剧照摄影师之一。他还说，打算举家迁居到温哥华去，因为那里是全世界最美的城市。"

"没错。"肥特赞同。

"杰米森给了我他的名片。"我说，"这样，等访谈见报后，我就可以给他写信，索取照片的底片。"

凯文说："他应该认识琳达和艾瑞克·兰普顿。也许还认识米尼。"

"他让我跟他联系。"我说，"他人挺好，跟我坐着聊了好久。他手里的相机有马达驱动，能自动卷胶片。我家那几只猫对相机马达发出的声音很感兴趣。他还让我透过广角镜头往外看。他手里那些镜头，真是不可思议。"

"那颗卫星，"肥特说，"是谁发射上去的？苏联人？"

"电影里没说。"凯文说，"不过，片中人物谈到那东西的语气……不像说那是苏联人的。有一个场景，是弗莱蒙正在拆看一封信。他用的是一把古董拆信刀。此时，电影突然出现了蒙太奇镜头：古董拆信刀过后，立刻出现了军方谈论卫星的镜头。这样两个镜头一叠加，观众就有了个印象——我就有了个印象：这颗卫星十分古老。"

"有道理。"我说，"时间错乱的场景里，那个女人穿着旧式长裙,赤着脚,用陶制水罐在小溪里汲水。这个镜头,是从天空中拍摄的。凯文,这一点,你注意到了吗?"

"天空。"凯文嘟哝道,"没错,这是个长镜头,也是个全景镜头。天空、土地……那片土地看起来也很古老,像是在近东,叙利亚一带。你说得对。陶水罐也强调了'近东'这个印象。"

我又说:"但卫星本身没在电影中出现。"

"不对。"凯文说。

"不对?"我反问。

"五次,一共出现了五次。"凯文说,"第一次,墙上挂着日历,日历上印着卫星的图片。第二次,镜头闪过商店橱窗,那里面摆着卫星玩具。第三次,在天空中,镜头一闪而过,我第一次看也没看见。第四次,弗莱蒙总统翻看一份文件夹,里面是美利通唱片公司众人的信息和照片,其中就有卫星的结构示意图……第五次,我这会儿忘记了。"他皱了皱眉。

"被出租车轧过的那个东西。"我补充。

"什么?"凯文说,"啊,对!有辆出租车沿着西阿拉米达大街超速行驶,轧过了某样东西。我还以为是个啤酒罐。那东西发出咣唧咣唧的响声,滚到排水沟里去了。"凯文思索着,点了点头。"你说得对,那是卫星,被汽车压扁了。那响声听着像啤酒罐,误导了我。又是米尼的手笔。全因为他该死的音乐,或者说噪音。听到啤酒罐的声音,你就自然而然地认为自己看见了一个啤酒罐。"他的笑容有点儿僵硬,"所闻即所见。干得不赖嘛。"尽管我们此时正穿梭在密集的车流中,凯文还是闭了闭眼。"没错,虽然被压扁了,但就是那颗卫星没错。虽然断的断,弯的弯,但上面还是有天线。而且——该死的,上面还写着字呢!像是标签。上面写的是什么来着?哎呀,真该弄个他妈的放大镜,让电影放一帧停一停,用放大镜仔细研究,一帧一帧再一帧,每一帧都不错过。我们还得做些镜头叠加。电影会在观众眼中留下视网膜残像,全因为布莱迪用的激光。激光太亮了,导致——"凯文顿了顿。

"眼内闪光。"我接着说道,"观众的视网膜中出现了眼内闪光。你说的是这个吧?这就是为什么电影中的激光那么重要。"

"好了。"凯文开口道。此时,我们已经回到肥特的公寓,一人拿着一瓶德国啤酒,全身放松,准备好好讨论讨论,把电影搞个明白。

鹅妈妈的这部电影,跟肥特遇见上帝的经历,有很多相同之处。这一点,再清楚不过。我本来想说"就像上帝的旨意一样清楚",但我没觉得——至少那时候确实没觉得——这件事跟上帝有什么关系。

"伟大庞塔行事,神奇莫测。"凯文不再用那种开玩笑的口吻。"操,操他娘的,"他对肥特说,"我本来一直以为你疯了。毕竟你被关进过精神病院嘛。"

"冷静点儿。"我说。

"我去看《瓦利斯》。"凯文说,"我看这电影是为了消遣,想暂时忘掉这位肥特先生往我们脑袋里灌输的疯言疯语。结果呢?我坐在天杀的电影院里,选了部鹅妈妈的科幻爆米花电影,却看到了些什么? 这简直就像是你们串通好的一样!"

"别赖到我头上。"肥特说。

凯文对他说:"你一定得见见鹅妈妈。"

"怎么见?"肥特问。

"菲尔会联系杰米森。然后你就能见到鹅妈妈——或者说艾瑞克·兰普顿。菲尔是个有名的作家,他能安排。"接着,凯文转向我:"有没有哪个电影制作人,对你的哪本书感兴趣?"

"有,"我回答,"《仿生人会梦见电子羊吗?》,还有《帕默·艾德里奇的三处圣痕》。"

"那就好,"凯文说,"那么菲尔可以告诉杰米森,他有个电影的好点子。"他又转向我:"你那个电影制作人朋友,叫什么来着?就是米高梅那个。"

"斯坦·杰弗里。"我回答。

"你们俩还有联系吗?"

"私下里有一些。他们本来想拍《高堡奇人》,后来计划流产了。他有时候会给我写信,还给我寄过一大袋植物种子。他本来还想给我寄一大袋泥炭藓①,幸好没寄。"

"你去联系联系他。"凯文说。

"你瞧,"肥特说,"我不明白。那里面——"他一摊手,"《瓦利斯》里面有些事儿,在1974年3月,也发生在我身上。那时候我——"他又一摊手,没说下去,一脸不知所措。我注意到,他的表情几乎有些痛苦。为什么呢?

也许,肥特觉得这部电影损害了他"遇见上帝/斑马"的神圣性。原本唯独他才有的神圣体验,居然断断续续地出现在一部科幻电影里,而且主演还是个叫什么"鹅妈妈"的摇滚明星。不过,这部电影,是第一个实实在在的证据,证明肥特所言不虚;而这个证据,还是凯文——这个戳穿起谎言来一针见血的人,替我们找到的。

"你认出了多少熟悉的元素?"我尽可能保持冷静,向一脸沮丧的肥特轻声问道。

片刻后,肥特在椅子上坐直了身子,回答:"好吧。"

"等等,我写下来。"说着,凯文拿出一支钢笔。他总是随身

---

① 一种独特的有机材料,在园艺中用来保持土壤的水分和营养。

带支钢笔,真是贵族末裔。"纸呢?"他环顾左右。

纸准备好以后,肥特罗列起来,"有单片镜的第三只眼睛。"

"嗯。"凯文点点头,写了下来。

"粉红色光芒。"

"嗯。"

"基督教的鱼形标志。这我没看见,不过你说这是……"

"双螺旋。"凯文说。

"显然,这两个是同一样东西。"我说。

"还有吗?"凯文问肥特。

"还有,该死的信息传递本身。瓦利斯,那颗卫星,会传递信息。你说,它不只是对人类发射信息,还会越过人类的主观意识,控制他们。"

"对,"凯文说,"这就是整部电影的意义所在。卫星把——你瞧,这部电影想说的就是:有一个以理查德·尼克松为蓝本的独裁者,名为费里斯·F. 弗莱蒙。他通过黑衣秘密警察——就是那些穿着黑制服、佩戴着望远镜似的武器的人,还有操蛋的啦啦队——统治着美国。在电影里,这些支持者被统称为'弗魄'。"

"电影里,我没看到这个词啊?"我说。

"这个词出现在某条横幅上。"凯文回答,"出现在某个场景的边缘。上面写着'弗魄,美国人民的朋友',他们是弗莱蒙的市民军队,着装一模一样,爱国热忱也一模一样。总之,是卫星射出包含信息的光芒,救了布莱迪的命。这一点,你应该看明白了。最后,在卫星的安排下,在弗莱蒙竞选连任获胜的那一刻,布莱迪就代替了弗莱蒙。连任的总统其实是布莱迪,而不是弗莱蒙。而这件事,弗莱蒙一直都知道。有一个场景,弗莱蒙在翻看美利通唱片的人事档案照片,他知道接下来会发生什么事,但却无能为力。他下令,让军队用导弹打下卫星瓦利斯;可是,导弹发射后,忽然不停晃动,不得不将之摧毁。一切都是瓦利斯动的手脚。要不然你以为布莱迪从哪儿学来的电子知识?也是瓦利斯教给他的。所以,最后,表面上是布莱迪代替弗莱蒙当了总统,但其实是卫星当上了总统。那么,那颗卫星究竟是谁,或者说是什么?瓦利斯究竟是谁,或者说是什么?线索就是那个陶罐,或者叫陶水罐,都一样。还有,你的大脑综合各个碎片信息后拼出的鱼形标志——这代表了基督徒,女人穿的旧式长裙,时间错乱……瓦利斯和早期基督徒之间肯定有某种联系,但我说不清到底是什么联系。总之,电影中的提示全都含糊省略,一切的信息都是碎片式的。比如,弗莱蒙翻阅美利通唱片人事档案的场景,你们有没有来得及看清楚档案里的文字?"

"没有。"我和肥特回答。

"'他是很久以前的古人',"凯文哑着嗓子说,"'可现在仍然活着。'"

"档案里写着这句话?"肥特惊讶地问道。

"一点儿不错!"凯文回答,"就写着这句话。"

"这么说,遇见上帝的不止我一个人。"肥特说。

"是遇见'斑马'。"凯文纠正道,"你根本不知道那是不是上帝,你根本不知道那东西他妈的到底是什么。"

"是卫星吧?"我说,"一颗非常古老、能发射信息的卫星?"

凯文不耐烦地回答:"他们拍的可是爆米花科幻电影。在这种电影里,那东西当然只能用卫星来表示。这你应该知道,菲尔。是不是?"

"嗯。"我回答。

"所以,他们才给它起名为瓦利斯,"凯文说,"把它描述成一颗古老的卫星,能控制人类,推翻掌控美国的邪恶独裁者——显然这个独裁者的蓝本是尼克松。"

我说:"难道,我们得出的结论是,《瓦利斯》这部电影,向观众透露了一个秘密——让尼克松下台的,居然是来自天狼星系的'斑马',或称上帝,或称瓦利斯,或称三眼人?"

"没错。"凯文回答。

我转向肥特:"你梦见的三眼西比尔,是不是说过'密谋者已被发现,将接受制裁'?"

"对,在1974年8月说的。"肥特回答。

凯文声音低沉地补充道:"同年同月,尼克松辞职。"

之后,我们两人离开肥特的公寓,凯文开车送我回家。一路上,趁肥特和瓦利斯都没法听到我们俩的谈话(应该没法听到吧?),我们俩继续讨论着。

凯文说道,多年来,他一直理所当然地以为,肥特只是疯了,一切都是由疯症引起的。在他看来,由于格洛莉亚自杀,内疚和悲伤毁了肥特的脑子,他一直没有复原。贝丝是个心眼坏到极点的婊子,肥特在绝望中,居然跟她结了婚,使自己的生活越发悲惨。最后,在1974年,他彻底失去了理智,开始发展出精神分裂症,依靠怪异夸张的小插曲来调节自己无聊的生活。他看见鲜艳的颜色,听到抚慰的语句,但这一切都来自他的无意识。他的无意识扩展上升,实实在在地吞没了他的整个意识,抹去了他的自我。在这种疯狂状态中,肥特四处乱抓救命稻草,他自以为"遇见上帝",并从中获得了极大的安慰。对肥特来说,彻底发疯倒是件好事,是种怜悯——只要彻底切断与现实之间的联系,无论是何种模式或是形式都好,如此一来,肥特就能相信自己已被基督本人抱在怀里,受到抚慰。但当凯文看到了《瓦利斯》这部电影之后,他的推断动摇了,鹅妈妈的这部爆米花电影动摇了他的想法。

而我则在琢磨，肥特是否仍然打算飞往中国，去寻找被他称为"第五位救世主"的人。现在看来，肥特根本不用去那么远，只要去《瓦利斯》的拍摄地好莱坞就行。要不然就去美国唱片工业的中心加州伯班克市，他说不定能在那里找到艾瑞克·兰普顿和琳达·兰普顿。

第五位救世主：一个摇滚明星。

"《瓦利斯》是什么时候的?"我问凯文。

"你是说电影还是卫星?"

"当然是电影。"

凯文说："1977年。"

"肥特的经历发生在1974年。"

"对。"凯文说，"肥特的经历或许比剧本编写的时间更早。我读了好些关于《瓦利斯》的评论，里面提到鹅妈妈在十二天之内就写出了剧本。他没说到底是什么时候写的，但显然他一写完就想尽快开始拍摄电影。我确定肯定是在1974年之后。"

"但你其实没法确定啊。"

凯文说："你可以问问杰米森，那个剧照摄影师。他肯定知道。"

"要是鹅妈妈的剧本，也是在1974年3月写成的呢?"我问。

"那我可真他妈的得吓得屁滚尿流了。"凯文回答。

"向肥特发射信息的光束,"我问道,"不是什么信息卫星。你也这么想,对吧?"

"不是。卫星什么的,不过是科幻电影的手段,给那玩意儿一个科幻的解释而已。"凯文略加思索,"应该是这样。不过,电影中还出现了时间错乱。这说明鹅妈妈也意识到,时间也是必须考虑的因素。只有把时间考虑进去,才能真正看懂这部电影……女人用陶水罐汲水。肥特那个陶罐是怎么来的?某个娘们儿给他的?"

"那个娘们儿亲手拉坯,烧制,然后给他的。那是1971年左右,肥特老婆离开他之后。"

"这个老婆,不是贝丝吧。"

"不是,是再之前的那个。"

"这事发生在格洛莉亚死后。"

"对。肥特说,上帝原本一直睡在陶罐里,1974年3月就出现了——显灵了。"

"上帝睡在陶罐里。很多人都这么想。"凯文说。

"这笑话真冷。"

"嗯,总之,那个赤脚女人是古罗马时代的人。今晚,我注意到了上次看的时候没发现的事情,但我没说。我可不想看到肥特跟个热锅上的蚂蚁一样在房间里踱来踱去。在电影里,女人出现在溪边的时候,背景中有些清晰可辨的轮廓——那是一片古老的建筑物,像是古罗马时代的建筑。可能你那个剧照摄影师朋友杰米森也拍到了这个。那些轮廓乍一看像云彩,但是……云彩的确也有。我第一次看这部电影,看到的是云彩;第二次,也就是今晚,看到的却是建筑物。这天杀的电影,难道每次看都会变?操他娘!这太可怕了——这是一部每次看都不一样的电影。不,这不可能。"

我说:"一束粉红色光芒,把你儿子患有出生缺陷这事传到你脑子里,还附带着各种医学细节——这也一样不可能,可偏偏就发生了呀。"

"我觉得,1974年也许真的发生过时间错乱,间隔被打破,古罗马时代融入了我们这个世界。"

"你是说,在这部电影当中?"

"不,我是说在现实中。"

"在现实世界中?"

"没错。"

"那,'托马斯'可就说得通了。"

凯文点了点头。

"先是闯入,"我说,"然后再分离。"

"只剩理查德·尼克松一人,穿着西装打着领带,一个人在加利福尼亚的海边徘徊,困惑不已。"

"这么说,那是故意的。"

"时间错乱吗?当然是故意的。"

"既然如此,就不能说是'时间错乱',而是某人或某物,有意操纵了时间。"

"没错。"凯文说。

我说:"你原本一直坚持认为'肥特疯了',现在的态度真是一百八十度大转弯啊。"

"唉,毕竟,尼克松确确实实下了台,现在只能在加州海滩边转悠,独自琢磨这事。他可是历史上第一个被逼下台的美国总统。美国总统!那可是目前世界上最有权势的人,也就是说,有史以来最有权势的人。你知道,《瓦利斯》里的总统,为什么全名是费里斯·F.弗莱蒙吗?我已经想明白了。F是第六个英文字母,也就是说,代表了数字6。费里斯·F.弗莱蒙的缩写是FFF,也就是666[①]。这是鹅妈妈特意给他取的名字。"

"哎呀,上帝啊!"我惊道。

"一点儿没错。"

[①] 在西方大众文化以及某些教派教义中,666常被视为敌基督或魔鬼的标记。

"那就是说,我们处在最终审判日的时代。"

"肥特坚信,救世主马上就要回归,也有可能已经回归。他脑中一直有个声音——肥特认为这个声音就是'斑马'或上帝。这个声音通过好几种途径,向他传达了这个消息。救世主圣索菲亚,也就是基督、佛祖、阿波罗。那声音还说:'你等待已久的日子……'"

"'已经到来'。"我接了上去。

"这话题可真够沉重的。"凯文说,"我们身边居然有一位先知以利亚,或者说施洗约翰,叫着'在沙漠中为我主修一条平平直直的公路'①!嗯,说不定还是高速公路。"说罢,他大笑起来。

突然,我记起电影《瓦利斯》中的一幕场景。这幕场景清晰地浮现在我眼前:影片结尾,弗莱蒙——其实是尼可拉斯·布莱迪——竞选连任获胜,走出汽车,向围观群众挥手致意。这时,镜头拉近,给了汽车一个特写。"雷鸟。"我自言自语道。

"什么酒?"

"车。福特汽车。福特。"

"哎呀,该死的,"凯文说,"你说得对。他,就是布莱迪,是从

---

① 在旷野有人声喊着说:"预备主的道,修直他的路!"(《马可福音》第1章2-3节)施洗约翰便是为耶稣修直路的使者。小说中这句话是对《圣经》的戏仿。

一辆福特雷鸟里面出来的。杰瑞·福特①。"

"说不定是巧合。"

"《瓦利斯》里面没有巧合。而且,镜头故意拉近,放大了汽车的金属标志'Ford'。《瓦利斯》里到底还有多少我们没有注意到的细节?不,应该说,有意识的层面没有注意到。这部电影对我们无意识层面的影响,还真是不好说。说不定,这部该死的电影……"凯文做了个鬼脸,"用画面和声音,向我们发射了各种各样的信息,都存在大脑的无意识层面中。我一定得录一盘电影的原声带。下次再去看的时候,我一定会带个录音机。我几天后就去。"

"米尼发布的密纹唱片,里面都是什么样的音乐?"我问。

"跟座头鲸的歌声差不多。"

我盯着他,不知道他是说真的,还是在开玩笑。

"我说真的。"他说,"而且,我还录了盘磁带,一开始是座头鲸的声音,接着是米尼的共时性音乐,然后再是座头鲸的声音。米尼的音乐和座头鲸的声音奇特地连续了起来。我的意思是,虽然能听出其中的区别,但是……"

"共时性音乐,对你有什么影响吗?对你的情绪有什么影响?"

---

① 即指杰拉尔德·鲁道夫·福特(Gerald Rudolph Ford, 1913-2006),美国第三十七任副总统和第三十八任总统。

　　凯文回答:"音乐会发出θ波,让人进入深沉的睡眠。我呢,则看到了幻象。"

　　"什么幻象? 三眼人?"

　　"不是。"凯文说,"我看到了古老的凯尔特神圣仪式。有一头公羊在火上烤,献祭上天,好让冬天过去,春天回归。"他瞥了我一眼,继续道:"从人种来说,我是凯尔特人。"

　　"你从前知道这种神秘仪式吗?"

　　"不知道。而且,在幻象中,我也参与了献祭,是我割开了公羊的喉咙。我记得自己在场。"

　　凯文,听过米尼的共时性音乐后,沿着时间,回溯到了自己的祖先。

10

看来,爱马士·肥特要找第五位救世主,不用去中国,不用去印度,更不用去塔斯马尼亚。电影《瓦利斯》已经给我们指明了寻找的方向:一个被路过的出租车轧过的啤酒罐。那就是信息来源,也是给我们的帮助。

那不是普通的啤酒罐,而是瓦利斯,是"巨大主动智能活系统"。这是鹅妈妈给它取的名字。

我们为肥特省了一大笔开销,节省他大量的时间和精力,还省掉了他打疫苗、弄护照的麻烦。

几天后,我们三个又驱车前往塔斯汀大街,又看了一遍《瓦利斯》。我一边仔细观看,一边明白了一个事实:这部电影表面上毫无意义。如果你不是有意寻找各种潜在的、边缘的线索,并把它们全都拼凑起来,就算看完电影你还是一头雾水。可是,不管你是否注意到,不管你是否理解它们的含义,电影中的这些线索都会一股脑儿地发射过来,由不得你选择。《瓦利斯》是个发射器,观众则成了接收器。《瓦利斯》的观众,跟遇见'斑马'的肥特一样,只能被动接受。

跟上次一样,我们发现坐在观众席上的绝大部分都是十几岁的孩子。他们好像挺喜欢这部电影。不知道他们当中,有多少人会跟我们一样,回去后一直琢磨电影中神秘难解的细节。很可能一个也没有。但我觉得,那都无关紧要。

我们可以把肥特"遇见上帝"这事归因于格洛莉亚之死。但是,我们却没法把这部电影也归因于格洛莉亚之死。凯文第一次看这部电影时就立刻明白了。究竟是什么促成了《瓦利斯》并不重要。重要的是,肥特在1974年3月的遭遇是真实的。这一点,现在已经被证实。

好吧,究竟是什么促成了《瓦利斯》这部电影,也很重要。但至少有一件事是确凿无疑的:从医学上讲,肥特可能是疯了,但他确确实实被封闭进了某种现实—— 一个与正常世界完全不同的现实。

古罗马——也就是使徒时代和早期的基督徒——闯入了现代世界。而这一切都是有意为之。目的就是为了让费里斯·F.弗莱蒙,也就是理查德·尼克松下台。

目的达成,他们随即返回。

也许,帝国最终还是灭亡了。

如今,连凯文也开始相信了。他拿出《圣经》,在新旧约的"天启之书"①里细细梳理,寻找线索。他在《但以理书》中找到了一段话,觉得是在描述尼克松:

这四国末时,犯法的人罪恶满盈,必有一王兴起,面貌凶恶,能用双关的诈语。

他的权柄必大,却不是因自己的能力,他必行非常的毁灭。事情顺利,任意而行,又必毁灭有能力的和圣民。

他用权术成就手中的诡计,心里自高自大,在人坦然无备的时候,毁灭多人。又要站起来攻击万君之君,至终却非因人手而灭亡。

——《但以理书》第8章23–25节

肥特觉得很滑稽,凯文现在竟然也"研究"起了《圣经》。从前愤世嫉俗的凯文,居然变得如此虔诚——尽管他的心底其实掩藏着其他的现实目的。

---

① 一般包括《旧约》中的先知书和《新约》中的福音书、《启示录》等,记录的内容一般来说是关于世界末日、罪恶时代行将结束,"神的国"即将到来等。

　　但在内心深处,肥特对这些突如其来的改变感到害怕。也许他其实从未停止怀疑,1974年遇见上帝的那场遭遇,可能真的是他疯了。这样,他便不用信以为真。但现在,他不得不当真了。我们都得当真了。肥特遭遇了某桩无法解释的事情。这次遭遇,如果当真,便会直接导致现有的实体世界解体。甚至,定义我们这个世界的两大本体性存在——时间和空间——也会解体。

　　"该死的,菲尔。"一天晚上,肥特对我说,"要是世界不存在,该怎么办? 要是世界不存在,到底什么才存在?"

　　"我不知道。"接着,我引用了某人的话:"你是权威嘛!"

　　肥特瞪了我一眼,"现在不是开玩笑的时候。有某种力量或是某种存在,消解了我周围的现实,就好像我生活中的一切,都不过是全息图罢了! 而某种力量干涉了我们的全息图!"

　　"可是,你在论著中就是这么定义现实的啊!"我说,"一个全息图,有两个源泉。"

　　"思考理论是一回事,"肥特回应道,"发现思考出来的理论是真的,可是另一回事!"

　　"你吼我也没用呀!"我说。

　　在我们的推荐下,我们虔诚的天主教徒朋友,大卫,带着他娇小的未成年爵士乐迷女友,简,一起去看了电影《瓦利斯》。看完后,大卫很高兴。他在电影中看到了上帝的力量,看到了上帝之手如何挤压这个世界,就好像这世界是个橙子似的。

"嗯,我们可是在被挤出来的橙汁里头哇?"肥特说。

"但是,上帝行事就该如此。"大卫说。

"那么你这是甘愿抛弃整个世界,认为一切都是虚妄咯?"肥特问。

"凡是上帝相信的,才是真实。"大卫回答。

凯文听烦了,呛道:"既然上帝那么有能耐,能不能创造出一个极度轻信的人,会相信这世上什么都不存在?既然'什么都不'存在,'什么都不'这个词到底指什么? 而且,一方面,'什么都不'存在,另一方面,什么都不存在。这个'什么都不'到底存不存在? 到底该怎么定义?"

于是,跟往常一样,我们又夹在大卫和凯文的交叉火力当中了。自然,情形已和以往不同。

"只有上帝,还有上帝的'意旨'①,才存在。"大卫说。

"我还真希望他在'遗嘱'里提到我。"凯文说,"我希望他至少给我留了一块钱。"

"上帝的意旨中包含了一切生物。"大卫的眼睛一眨不眨。凯文的话从来不会影响到他。

①原文为 Will,同时具有"意旨"与"遗嘱"两个含义。

渐渐地,忧虑的情绪越来越沉重,压在我们这个小团体身上。我们不再是一群为某个患有精神疾病的朋友加油打气的普通人;我们陷入了大麻烦之中。我们的身份彻底调换了过来,从前是我们安慰肥特,而现在,我们反倒要从肥特那儿寻找帮助和安慰。肥特是我们几个跟它——不管是叫瓦利斯还是"斑马"——之间的唯一联系。如果鹅妈妈的电影真实可信,那么,这东西显然能控制我们所有人。

"它不只是朝我们发射信息。只要它愿意,就能控制我们,践踏我们。"

这句话很好地解释了我们的恐惧。天上随时会射下一束粉色的光芒,击中我们,让我们失明。等我们的视力恢复(如果真能恢复的话),我们就会变得通晓一切,但也可能会变得一无所知,身处在四千年前的巴西。时间与空间,对瓦利斯来说,毫无意义。

这种共同的忧虑和恐惧,把我们几个紧紧地拴在一起。我们生怕自己知道得太多了。我们已经知道,使徒时代的基督徒已经拥有了无法想象的先进技术,可以打破时空间隔,进入我们的世界。而且,通过某种巨大的信息处理工具的支援,他们还能够改变人类历史。无意中知晓如此巨大的秘密的生物种族,恐怕下场也不会好到哪里去,只怕命不久矣。

最可怕的是,我们还知道——或者说怀疑——使徒时代,最初的基督徒们亲眼见过基督本人,从基督口中亲闻各种训诫(后来,这些训诫被罗马人抹消)。这些人,恐怕是永生不朽者。通过普拉斯梅特(肥特在论著中分析过这东西),他们实现了永生。所以,尽管这些原初基督徒的肉体被消灭了,普拉斯梅特却躲进了《拿戈·玛第文集》当中,并在千年后重现于世。可以想象,普拉斯梅特心中必定燃烧着"操他娘的"般的愤怒(请原谅我的措辞),渴望复仇。显然,针对现代帝国的代表——美利坚合众帝国的总统,这复仇业已开始。

但愿普拉斯梅特将我们几个视为朋友。但愿它不会视我们为告密的小人。

"有这么个永生的普拉斯梅特,它无所不知,正一点一点地改变世界的本质,将之吞噬。它要是找我们算账,我们该往哪儿躲呢?"凯文说。

"幸好,雪瑞已经死了,听不到这一切。"肥特说道。我们都惊讶地望向他。"我的意思是,要不然她的信仰会被动摇的。"

我们几个大笑起来。发现自己所信仰的确实存在,由此信心动摇——这可真是虔诚之人特有的悖论。雪瑞的神学观念已经僵化,没法再进一步完善、扩展或更新,无法接受我们如今的发现。难怪肥特没法跟她生活在一起。

现在的问题是:我们该如何联系上艾瑞克·兰普顿和琳达·兰普顿,还有共时性音乐的作者米尼? 显然得靠我,还有我跟杰米森的友谊——如果那能算是友谊的话。

"靠你了,菲尔。"凯文说,"挪挪屁股,行动起来。给杰米森打电话,告诉他——随便什么都行。反正你最擅长瞎编,随便想点儿什么就好。就说你正在写一部电影剧本,大家都抢着要,你觉得兰普顿会感兴趣之类。"

"就说你在写《斑马》。"肥特说。

"行,行,"我说,"都听你们的,叫斑马、马屁股,什么都行。不过,你们也得清楚,要是这么做,我的信誉可就毁了。"

"你还有信誉?"凯文典型的冷嘲热讽又来了,"你的信誉,跟肥特的信誉一样,从来就没存在过。"

"我来告诉你该说什么。"肥特开口道,"你得谈论斑马从上面——也就是《瓦利斯》里头提到的远方——传递的那些关于灵知的知识。他会感兴趣的。我来写些从'斑马'那儿直接听来的话。"

很快,他写了一张单子给我。

日记第18篇

真正的时间,在公元70年,随着耶路撒冷神庙的崩塌,已经停止了。直到1974年,方才再度开始流动。这当中的两千多年,是完美的伪造,是对终极意识所造之物的模仿。"帝国永存",但是,在1974年,有人发出了一条密码。这是黑铁时代终结的信号。密码只有两个单词:KING FELIX,意思就是快乐的(或者合法的)国王。

日记第19篇

这条两个单词的密码,KING FELIX,并不是发给人类的,而是发给阿肯那顿的后代,他们是秘密生活在我们人类当中的三眼人。

读完这两条,我问道:"你要我把这两条读给罗宾·杰米森听?"

"你就说,这是剧本《斑马》中的台词。"凯文说。

我问肥特:"你说的密码是真的吗?"

肥特脸上露出神秘的表情,"也许吧。"

"这两个单词的秘密信息真的发出去了?"大卫问。

"1974年2月就发出去了。"肥特回答,"美国军队的密码专家研究了半天,也没弄明白这信息到底是发给谁的,到底有什么含义。"

"你是怎么知道的?"我问。

"'斑马'告诉他的呗。"凯文回答。

"不是。"肥特否定道,但却不肯多说。

干我们这行,你能接触到的总是经纪人,压根儿找不到正主。有一次,我嗑高了,想联系凯伊·兰兹①(自从看了电影《布里兹》,我就对她着了迷)。兰兹的经纪人把我拒之门外。这种经历不止这一次。还有一次,我想联系维多利亚·普林斯帕尔②(当时,我也对她着了迷。她现在自己也当了经纪人),给环球影业打电话,被经纪人毫不留情地回绝。不过,罗宾·杰米森不一样。我有他在伦敦的地址和电话。

"嘿,我记得你。"我打通了杰米森在伦敦的电话,他愉快地应道,"你就是那个娶了娃娃新娘的科幻小说家。娃娃新娘这话可是珀瑟先生说的,他在一篇文章中用了这个词。"

我跟他讲了我超级热门的剧本《斑马》,还说我看了他们刺激的电影《瓦利斯》,觉得鹅妈妈是饰演《斑马》主角的不二人选,就连罗伯特·雷德福③也比不上。另外,罗伯特本人对这个角色很有兴趣,而且我们也确实在考虑他。

"我能做的,"杰米森应道,"只有联系兰普顿先生,然后把你

---

① 凯伊·兰兹(KayLenz,1953—),美国女演员,曾两度获得艾美奖。

② 维多利亚·普林斯帕尔(Victoia Principal,1950—),美国女演员,作家,商人。

③ 罗伯特·雷德福(Robert Redford,1936—),美国演员、导演、制片人、慈善家,"圣丹斯"电影节创始人,曾获国家艺术奖章。

美国家里的电话号码给他。要是他有兴趣,他或他的经纪人会跟你或你的经纪人联系。"

不管怎么样,反正我是尽力了。

又聊了几句,我觉得无话可说便挂了电话。我在电话里编了不光彩的瞎话,心中略有些内疚。但之后我会淡忘的,我知道。

艾瑞克·兰普顿会不会是肥特寻找的第五位救世主?

现实和理想,二者的关系真是奇妙。肥特做足了心理准备,决心爬上西藏最高的山峰,找到一位活了两百岁的僧人,听他说:"一切的意义啊,我的孩子,就是……"我想,这里应该说,"孩子,时间会变成空间"。不过我什么都没说。肥特的脑回路早已被信息塞爆,实在不需要什么新消息了。相反,倒是需要有个人,从他脑袋里拿走些信息,帮他减轻负担才好。

"鹅妈妈在美国?"凯文问道。

"没错,"我说,"杰米森是这么说的。"

"你没把密码告诉他。"肥特有些不满。

我们白了肥特一眼。

"要是鹅妈妈打电话过来,"凯文道,"我们就把密码说给他听。"

"'要是'。"我重复道。

"如果必要,你可以让你的经纪人联系鹅妈妈的经纪人。"凯文说。他成了我们几个当中最热心的,比肥特还要热心。毕竟,发现《瓦利斯》这部电影,并让我们这个团体运作起来的人,就是凯文。

"这么一部电影,"大卫说,"肯定会引出一大批性情古怪的人。鹅妈妈肯定会倍加小心。"

"多谢你的夸奖啊。"凯文说。

"我指的不是我们几个。"大卫解释道。

"他说得对。"我在脑子里重温了一遍因为自己的作品而引来的怪异信件,接着说道,"鹅妈妈可能更希望跟我的经纪人联系。"但前提是,他得有兴趣跟我们联系,我暗想。他的经纪人联系我的经纪人,地位均等,头脑相仿,说话明白。

"要是鹅妈妈给你电话,"肥特的声音绷得很紧,用异于往常的平静语调,低声跟我说,"你就把那两个单词的密码告诉他,KING FELIX。当然,这不是演间谍片,你得把这两个单词不着痕迹地编进对话里。比如,你可以说,这是剧本的别名。"

我不耐烦地应道:"我知道,我能应付。"

谁知,根本没什么可应付的。一周后,我收到了鹅妈妈本人——艾瑞克·兰普顿——写来的一封信。信中只有一个词:KING。后面跟着个问号,还有一个箭头,指着KING一词的右边。

这封信吓得我浑身发抖。我颤抖着写下 FELIX 一词，把信寄回给鹅妈妈。

鹅妈妈的信中附带着贴好了邮票的回信信封，连地址都写好了。

自此，所有的疑虑全部打消。我们这几个人确实紧密相连。

那两个单词的密码，KING FELIX，指的就是第五位救世主。"斑马"——或者说瓦利斯——说过，这位救世主即将诞生，或者已经诞生。接到鹅妈妈的信后，我恐惧万分。不知鹅妈妈——也就是艾瑞克·兰普顿和他妻子琳达——接到我的回信，发现信中正确地添上了 FELIX 一词后，会作何反应。正确；没错，在成千上万个英文单词中，只有一个词是正确的。不，不是英文，是拉丁文。虽然 FELIX 是个英文名字，但却是个拉丁语词。

昌盛，幸福，多子……拉丁文 Felix 出现在《圣经·旧约·创世纪》当中，是上帝本人亲口对世上所有生物下的命令。"要生养众多，遍满地面，治理这地；也要管理海里的鱼、空中的鸟，和地上各样行动的活物。"这就是 Felix 一词的本质含义：这是上帝下达的、饱含着慈爱的命令，清楚地表明，他不仅希望我们活着，而且希望我们活得幸福，繁荣昌盛。

Felix，意指结出果实，多产多子，丰饶肥沃，繁育后代。一切高贵的树木，它们结出的果实都会献给在上的神灵。如此会带来好运，展现好兆头，带来吉祥、偏爱、顺遂、幸运、昌盛、幸福、幸运、快乐、运气，也意指完整，更快乐，在……方面更成功。

最后一个含义很有趣。"在……方面更成功"。一位在……方面更成功的国王。什么方面？推翻眼泪国王的暴政？推翻悲伤痛苦的国王，取而代之，实施幸福的统治？黑铁监狱时代的终结，阿拉伯暖阳照耀下的棕榈树花园时代开启？（Felix也指阿拉伯土地中丰饶的那一部分。）

收到鹅妈妈回信后，我们几个聚在一起，召开了一场盛大的会议。

"肥特激动坏了。"凯文简洁明了地说道。可他的眼睛里闪烁着的兴奋和愉悦，我们几个都懂。

"你不也一样。"肥特说。

我们凑钱买了一瓶昂贵的拿破仑白兰地，围坐在肥特家客厅里，钻木取火似的搓着酒杯的细脚，以此暖杯。一个个都觉得自己帅爆了。

凯文自言自语似的轻声念叨："现在，要是有几个穿着光亮紧身黑制服的人，冲进来把我们全都射死，那才好玩呢！就因为菲尔打了那个电话。"

"正该如此。"我把凯文的俏皮话轻巧地顶了回去，"那样的话,我们就拿用笤帚柄把凯文捅到客厅里去,看他们会不会对凯文开火。"

"那样根本证明不了什么。"大卫说,"半个圣安娜的人都想除掉凯文呢!"

三天后,深夜两点,电话响了。我接了起来(我还没睡,正在为我从业第二十五年的一部短篇精选集①撰写序言)。电话中,一个略带英国口音的男性声音说道:"你们有几个人?"

我觉得莫名其妙,问道:"哪位?"

"鹅妈妈。"

哎呀,老天爷! 我心中惊叫,开始发抖。"四个。"我的声音也颤抖起来。

"真是个快乐时刻。"艾瑞克·兰普顿说。

"是昌盛②时刻。"我说。

兰普顿大笑,"不,国王在经济上可不算富足。"

"他——"我说不下去了。

兰普顿接口道:"Vivit,应该是这个词,或者是 Vivet? 我拉丁语不怎么好。总之,他活着。你听了肯定高兴。"

---

① 《金人》,责编马克·哈斯特,柏克莱出版公司,纽约,1980——作者原注

② prosperous,有"昌盛、兴旺、发达"之意,故有下文鹅妈妈的玩笑。

"他在哪儿?"我问。

"你们在哪儿? 我这儿只能看你的电话区号714。"

"在圣安娜,橘子郡。"

"跟费里斯①很近。"兰普顿说,"你们就在费里斯海边大宅的北面。"

"没错。"

"我们见个面吧?"

"当然好。"我回答。而此时脑中有个声音对我说:这是真的,不是做梦。

"你们四个,能飞到这儿来吗? 到加州索诺马郡来?"

"当然可以。"我说。

"你们就飞到奥克兰机场,那儿比旧金山好些。你们看过《瓦利斯》了?"

"看了好几遍。"我的声音还在颤抖,"兰普顿先生,电影中是不是出现了时间错乱?"

艾瑞克·兰普顿说:"时间根本不存在,哪里来的错乱?"顿了顿,他又说,"你们没想到这一点?"

"没。"我承认,"我希望您知道,《瓦利斯》是我们看过的最好

---

① 电影《VALIS》中总统的名字,实指此时已下台的尼克松。前文提到,尼克松下台后就住在加州海滩边。

的电影之一。"

"我倒希望有一天,能公开放映未剪辑的版本。等你们几个来了,我一定要放给你们看一看。我们根本不想剪,可是,你也知道,出于现实考虑……你是科幻小说家,对吧? 你认识托马斯·迪什①吗?"

"认识。"我回答。

"他写的书挺不错。"

"对。"我很高兴兰普顿看过迪什的作品。这是个好兆头。

"从很多方面来说,《瓦利斯》都是部烂片。"兰普顿说,"我们非得把它变成烂片不可,否则发行商不会选它,吃着爆米花看露天电影的大众也不会喜欢。"他声音中饱含着欢喜,仿佛闪耀的音符,"你猜怎么着,他们还指望我在里头唱歌呢!'嗨,斯达曼先生,你什么时候来?'我不同意,发行商有些失望呢。"

"啊。"我不知道该说什么好。

"那么,我们就等你们来啦。你有我的地址,对吧? 过了这个月,我就不在索诺马了。所以,我们要么这个月见面,要么就得拖到好几个月以后。过了这个月,我就得飞回英国去,给格林纳达人拍一部电视电影,另外还有好几场演唱会……不过,我在

---

① 托马斯·迪什(Thomas M. Disch,1940—2008),美国科幻小说家,评论家。获两次雨果奖提名,九次星云奖提名,著名作品有《集中营》《334》等。

伯班克有个录唱片的计划,在那儿见面也成——你们管那地方叫什么来着?'南方'①?"

"我们飞到索诺马来找你。"我说,"还有其他人跟你联系过吗?"

"哈,你是说那些填了'Happy King'的人吗？等我们见面再谈这事。我、琳达、米尼,跟你们几个见面。电影里的音乐是米尼写的,你知道吧?"

"知道,"我回答,"共时性音乐。"

"他的音乐妙极了。"兰普顿说,"我们想传达的东西都藏在他的音乐里。可惜那狗崽子不肯写歌。要是他肯写歌就好了。他写的歌一定好听。我自己也能写。我写的歌不算坏,可我毕竟不是保罗。"顿了顿,他补充道,"保罗·西蒙②。"

"我能问一问他在哪儿吗?"我开口道。

"啊,当然,当然可以问。可是,除非见面聊过,否则没人会告诉你。对你,我还不了解。我只有你给我的两个词信息,对不对？不过,我也查了查你的事情。你曾经吸毒,后来戒了。你还见过提姆·拉里……"

---

① 指大洛杉矶区,由洛杉矶郡、橘子郡等五个郡组成。

② 保罗·费德瑞克·西蒙(Paul Frederic Simon,1941—),美国创作歌手,代表作有《寂静之声》《罗宾逊夫人》和《忧愁河上的金桥》等。

"只通过电话，"我纠正道，"我只跟他在电话中聊过一次。那时他在加拿大，跟约翰·列侬和保罗·威廉姆斯①一起——作家保罗，不是歌手保罗。"

"你从没因为藏毒被逮捕过吧？"

"没有。"我回答。

"你曾经在——哪儿来着？对了，马林郡——扮演过少年毒品领袖之类的角色。还有人朝你开过一枪。"

"这话不全对。"我说。

"你写的书都很古怪。你确定自己没在警察那儿留过案底吗？要是你有案底，我们就不能要你了。"

"我没有案底。"我回答。

兰普顿用轻柔愉快的声音继续道："有一阵子，你还跟黑人恐怖分子来往过。"

我什么都没说。

"你这辈子还真是惊险刺激啊！"兰普顿叹道。

"是啊。"我赞同。这话一点儿没错。

"你这会儿没嗑药吧？"兰普顿哈哈大笑，"等等，这话我收回。我们都知道你已经戒掉了。行了，菲利普，我很愿意跟你和

_____

① 保罗·汉密尔顿·威廉姆斯(Paul Hamilton Williams，1940-　)，美国作曲家、词作家、演员。

你的朋友们见面。是不是你本人——嗯,该怎么说——听到了那些话?"

"那些信息是发射到我的朋友爱马士·肥特脑袋里面的。"

"可是,那就是你呀,'菲利普'这个名字,在希腊语当中的意思就是喜欢马的人,也就是'爱马士'。而'迪克'在德语中的含义,则是'肥特'。你不过是把自己的名字翻译成别的语言罢了。"

我沉默了。

"我是否该称呼你为'爱马士·肥特'? 你更喜欢这个名字吗?"

"什么都行。"我呆板地应道。

"哈,六十年代流行的表达。"兰普顿大笑,"好了,菲利普,对你,我们知道的够多了。我们还跟你的经纪人盖伦先生聊过,盖伦先生挺精明,也挺坦率。"

"他人还行。"我说。

"按照你们的说法,他很清楚'你的头在哪儿'。你的出版商是双日公司,对不对?"

"是矮脚鸡公司。"

"你们几个什么时候来?"

我说:"这周末怎么样?"

"很好。"兰普顿说,"你们会开心的。你所受的苦,都已经结束了。明白吗,菲利普?"他的语调认真起来,不再打趣,"都结束了。真的。"

"那就好。"我的心脏怦怦直跳。

"别害怕,菲利普。"兰普顿轻声说。

"嗯。"我回答。

"你受了很多苦。死去的姑娘……我们可以放手了。都过去了。明白吗?"

"嗯,明白。"我说。我确实明白。我希望我明白。我努力弄明白。我很想弄明白。

"你还没明白。他就在这儿。信息是正确的。'佛祖就在园子里'。懂了吗?"

"没懂。"

"乔达摩生在一座名为蓝毗尼①的大园子里。这故事就跟基督生在伯利恒差不多。要是有一条信息说,'耶稣就在伯利恒',你一定马上就懂了,是不是?"

我点点头,忘了自己在打电话,对方看不见。

"他沉睡了差不多两千年。"兰普顿说,"很久很久。他就沉睡在世间万物之下。嗯……我觉得我说得够多了。总之,他已

———————————

① 位于尼泊尔,是佛教传说中乔达摩·悉达多诞生之地。

经醒了,这才是最重要的。这周五晚上或者周六早晨,我和琳达会跟你们见面,如何?"

"好。"我说,"很好。预计在周五晚上吧。"

"记住,"兰普顿说,"'佛祖就在园子里'。让自己高兴起来吧!"

我问:"回来的是他吗? 还是其他什么人?"

电话那头一阵沉默。

"我的意思是……"我开口。

"我知道你想问什么。可是,你要知道,时间并非真实存在。所以,回来的可以说是他,也可以说不是他。可以说有很多佛祖,也可以说只有一个。要弄明白这一点,时间是关键……比如放唱片,你第二次放的时候,那些音乐家是否演奏了第二遍? 要是你放了五十次,音乐家们是否演奏了五十次?"

"只有一次。"我回答。

"万分感谢。"兰普顿说完就挂断了电话。我也放下手中的听筒。

我心想,鹅妈妈说的这些话,可不是每天都能听到的。

我惊讶地发现,自己已经不再颤抖了。

我这一辈子,好像一直都在因为一股长久潜伏于内心的恐惧而颤抖。我颤抖,逃离,惹麻烦,失去所爱。我活得不像个人,而更像个卡通人物。一个二十世纪三十年代粗鄙卡通片里的人物。回想起此前种种,我所做的一切,都由恐惧驱使。如今,恐惧已去。我刚刚听说的好消息抚平了我心中的恐惧。我突然意识到,我这一辈子都在等待这个消息。我之所以出生,不为别的,只为有一天,能亲耳听到这个消息。

我可以忘掉那死去的姑娘。宏观地来看,整个宇宙也可以不再悲伤。伤口已经愈合。

时间太晚,我没法给其他人打电话,告诉他们兰普顿已经打来电话。我也没法给加州航空打电话,预订机票。不过,第二天清早,我就先后给大卫、凯文和肥特打了电话。他们让我来安排行程,周五晚上他们都有空。

这天傍晚,我们几个聚在一起,决定给我们的小团体起个名字。争了几句后,我们决定让肥特起一个名字。由于艾瑞克·兰普顿一再提到佛祖,因此,最后我们决定称自己为"悉达多社团"。

"那我就不参加了。"大卫说,"抱歉,要是名字里没有暗指基督教的话,我可没办法接受。但也不用听起来很狂热的那种,不过……"

"你这话听起来就很狂热。"凯文说。

又是一阵争吵。最终,我们总算想出了一个名字,既迂回曲折得能让肥特满意,又神秘难解得能让凯文满意,还为了让大卫满意而带有基督教的含义。至于我,名字叫什么根本不重要。肥特给我们讲了他最近做的一个梦。在梦里,他成了一条大鱼,没有手臂,只有如同船帆一般或者说如同扇子一般的鱼鳍。他靠这些鱼鳍行走,还想用鱼鳍握住一把M-16步枪。但他没握住,步枪滑到地上,一个声音高声喊道:

"鱼不能持枪。"

肥特梦中的鱼鳍式扇子,希腊文称为rhipidos(避役类爬行动物"Rhiptoglossa reptiles"当中就有这个词根)。于是,我们决定将名字定为"鱼鳍会"(Rhipidon Society)。这名字约略指向早期基督教的鱼形标志。肥特也喜欢这名字,因为这名字能让人想到多贡人,还有他们用来代表良善神灵的鱼形标志。

于是,万事俱备,虽然人数很少,但我们能以正式社团的名义面见艾瑞克·兰普顿和琳达·兰普顿了。我觉得,此时此刻,我们几个都有些害怕——确切地说,是有些胆怯。

肥特把我拉到一边,低声问道:"我们真的可以不再去计较她的死亡了吗?艾瑞克·兰普顿真这么说?"

我把手放在肥特肩膀上。"都结束了。"我说,"他是这么说的。压迫的时代在1974年8月已经结束了。现在,悲哀的时代也开始走向终结。别担心,好吗?"

"好。"肥特微微露出笑容。那表情像是在说,他没法相信听到的话,可他真的希望自己能相信。

"你没疯。"我说,"记住这一点。别再拿这个当借口了。"

"还有,他,真的活着? 已经出世了?"

"兰普顿是这么说的。"

"那就是真的。"

我说:"很有可能。"

"你相信他对吧?"

"嗯,差不多。"我说,"我们很快就能知道。"

"他会是什么样的人? 老人? 孩子? 我猜他还是个孩子。菲尔——"肥特望着我,突然打了个冷战,"要是他不是人类,怎么办?"

"好了,"我说,"现在先别想,等问题真来了,我们再考虑。"但我却对自己说,也许他来自未来,这才是最有可能的。在某些方面,他可能不像人类;但在其他方面,他还保留着人类的模样。我们永生不死的后代……几百万年后的生命形态。"斑马"。我终于能见到你了。我们都能见到你了。

你是国王,也是最终审判者,就如琐罗亚斯德时代流传至今的预言里所说的一般。

不,应该更早到地狱之神奥西里斯那里开始。预言是从埃及人那儿传给多贡人的。埃及人,则是从来自宇宙星辰的人口中听说的。

"来点儿白兰地,"凯文提着酒瓶进了客厅,"我们来干一杯。"

"该死的,凯文。"大卫抗议道,"你不能为救世主干杯;就算要干,也不能用白兰地呀!"

"不用白兰地,难道用里波①?"凯文说。

我们四个都倒了一杯拿破仑白兰地,包括大卫。

"敬鱼鳍会。"肥特提议。我们碰杯。

我加了一句:"敬我们的团训。"

"我们有团训?"凯文问道。

"'鱼不能持枪'。"我回答。

我们四人一饮而尽。

---

① 流行于美国二十世纪七十年代的加强葡萄酒品牌,在葡萄酒中加入了白兰地等烈酒,价格低廉。

11

　　我有很多年没来加州索诺马郡了。索诺马郡三面环绕着秀丽的小山,位于加州这座葡萄酒王国的核心位置。这里最吸引人的景致要数市区公园。该公园位于市区的正中心,有一栋古老的市政府大楼,由石块砌成;有一座池塘,鸭子游弋其间;还有旧日战争留下的古老大炮。

　　公园方方正正,周围环绕着各种各样的小店铺。光临店铺的顾客,多为来此度周末的游客。店铺里头的商品净是些毫无价值的花哨东西,顾客一不留神就会上当。不过,这儿留存着真正具备历史价值的老房子。这些房子建于墨西哥统治时期,一直遗留至今。老房子被重新粉刷,镶上铭牌,标明其历史地位。这儿空气清新,对于我们这种刚从"南方"过来的人来说,更是如此。所以,尽管我们到达时已经是夜晚,但我们仍然四处闲逛了一阵,然后才进了一家名为"吉诺"的酒吧,给兰普顿夫妇打电话。

艾瑞克·兰普顿和琳达·兰普顿开着一辆白色的大众兔子①来接我们。他们在"吉诺"酒吧找到了我们几个。当时,我们正坐在桌边,喝一种名为"分离者"的酒吧特饮。

兰普顿夫妇朝我们走来。"抱歉,我们没法去机场接你们。"艾瑞克·兰普顿开口道歉。显然,兰普顿肯定在报纸上看到过我的照片,他认出了我。

艾瑞克·兰普顿身材瘦削,留着长长的金发,穿着一件印着"救救鲸鱼"的T恤和红色喇叭裤。凯文自然一眼就认出了他。酒吧里一阵骚动,其他人也认出了他,有人叫他们的名字,有人大喊,还有人打招呼致意。显然,有好些人都是兰普顿夫妇的朋友,夫妇俩朝他们露出微笑。琳达·兰普顿走在艾瑞克身边,步履轻快,身材苗条,微笑时露出一口洁白整齐的牙齿,就像爱美萝·哈里斯②。她一头柔软的黑色长发,穿着一条浅色水洗牛仔热裤,搭配一件格子衬衫,脖子上扎着鲜艳的方巾。夫妇俩都穿着靴子:艾瑞克穿的是机车靴,琳达穿的是系带及膝靴。

①即大众高尔夫车型。

②爱美萝·哈里斯(Emmylou Harris,1947—   ),美国歌手,唱作人,曾十四次获格莱美奖。

不一会儿,我们六人都挤到兰普顿的兔子车里,沿着住宅区的街道慢慢行驶。街道两边的房屋还算现代,家家门口都有宽阔的草坪。

"我们是鱼鳍会。"肥特开口道。

艾瑞克·兰普顿回答:"我们是'上帝之友'。"

闻言,凯文大吃一惊,死死盯着艾瑞克·兰普顿。我们几个不明白,他的反应为何如此强烈。

"看来,你听说过这个名字。"艾瑞克说。

"Gottesfreunde①,"凯文说,"你居然回溯到了十四世纪!"

"没错。"琳达·兰普顿解释道,"'上帝之友'最初在瑞士巴塞尔创立,最后进入了德国和荷兰。那么,你也知道埃克哈特大师②了。"

凯文说:"他是最伟大的基督教神秘主义学家,第一个提出'神格'概念,将'上帝'和'神格'区分开来。他的教义是,凡人可以与神格相结合。他甚至提出,上帝存在于人类的灵魂中!"我们从没见凯文这么兴奋过。"他说,人类的灵魂,有能力切切实实地认清上帝! 如今,再也没人说这种话了。还有,还有……"凯

---

① 德语,即"上帝之友",十四世纪神秘主义团体,为当时德国神秘主义中心。

② 埃克哈特大师(约1260-1327),德国神学家、哲学家、神秘主义学家。

文竟然结巴起来，这我们还是头一次见到，"九世纪时，印度的商羯罗①也宣示过跟埃克哈特同样的训诫。这种神秘主义思想超越了基督教的教义，认为凡人可以逾越上帝，或者与上帝融合。融合的途径，或者融合的形式，则是某种非造物的灵光一现，也就是'梵'②。所以，'斑马'才……"

"是瓦利斯。"艾瑞克·兰普顿纠正道。

"叫什么都一样，"凯文转向我，激动不已，"这下就能说得通了，为什么预言中既有佛祖，又有圣索菲亚，还有基督。这种思想超越了国别、文化和宗教。抱歉，大卫。"

大卫和和气气地点了点头，但心中明显有些动摇。他知道，刚刚听到的话悖逆了基督教教义。

艾瑞克说："商羯罗和埃克哈特是同一个人，却活在不同时代、不同地点。"

肥特低声说道："'他让景物变化，造成时间流逝的假象。'"

"还有空间，也是假象。"琳达补充。

"瓦利斯到底是什么？"我问。

"巨大主动智能活系统。"艾瑞克回答。

---

① 高羯罗(188-820)，八世纪印度哲学家、神学家，奠定了印度教的主流思想。

② 印度教中宇宙的至高来源，终极现实。

"这是描述,不是定义。"我说。

"我们只知道这个。"艾瑞克说,"除了这个,难道还需要别的? 难道你想要一个名字,就像上帝让人类给所有的动物取名一样? 瓦利斯就是名字。称呼这个名字就可以,不必再想别的。"

"瓦利斯是人?"我问,"是上帝? 还是别的什么?"

艾瑞克和琳达都露出了微笑。

"它来自星辰吗?"我问。

"我们所在之处,也是星辰啊!"艾瑞克说,"我们的太阳也是星辰。"

"打哑谜。"我说。

肥特问:"瓦利斯是救世主吗?"

艾瑞克和琳达沉默了片刻,然后琳达回答道:"我们是上帝之友。"说罢,她闭口不言。

大卫小心翼翼地瞥了我一眼,对上我的视线,用眼神问道:这些人可靠吗?

"他们属于一个古老的团体,"我回答,"我以为这个团体几百年前就消失了。"

艾瑞克说:"我们从未消失过,比你能意识到的久远得多,比你能了解到的也久远得多。如果你问,我们会告诉你我们的历史,但实际上,我们的历史比那还要久远。"

"这么说,你们比埃克哈特更古老?"凯文猛地意识到。

琳达回答:"是的。"

"古老几百年?"凯文接着问。

没有回答。

"几千几万年?"最后,我终于问出口。

"'高山为野山羊的住所',"琳达说,"'岩石为沙番的藏处'。"

"什么意思?"我开口的时候,凯文也加入进来。我俩异口同声地问道。

"我知道这句话的意思。"大卫说。

"这不可能。"肥特显然也已经想出琳达这句话出自何处。

过了一会儿,艾瑞克开口道:"'雀鸟在其上搭窝'。"

肥特对我说:"这些人是阿肯那顿的族人。刚才他们引用的是《圣经·旧约·诗篇》第104首,这诗是根据阿肯那顿的圣歌改写而成。它被收录进《圣经》,但却比《圣经》古老得多。"

琳达·兰普顿说:"我们是丑陋的建筑者,拥有爪子一样的手。我们太丑,因此躲起来不愿见人。我们跟赫淮斯托斯①一起,建起高大的城墙,还为神祇建造府邸。"

---

① 希腊神话中的火神、建筑之神和工匠之神。

"没错。"凯文说,"赫淮斯托斯,建筑之神,也很丑。你们杀了阿斯克勒庇俄斯。"

"这些人是独眼巨人族。"肥特轻声说。

"这名字的意思是'圆眼睛'。"凯文说。

"但我们其实有三只眼睛。"艾瑞克说,"所以,历史记录出了错。"

"是故意记错的吗?"凯文问道。

琳达回答:"对。"

"你们非常古老。"肥特说。

"对,我们非常古老。"艾瑞克一边回答,琳达一边点头。艾瑞克继续说道:"非常非常古老。不过,时间并不真实存在。至少对我们来说,时间并不存在。"

"上帝啊,"肥特身体僵硬,仿佛深受打击,"他们是原初的建筑者。"

"我们从没停止过,仍旧在建造。"艾瑞克说,"是我们建造了这个世界,这个时空基体。"

"你们是我们的创造者。"肥特说。

兰普顿夫妇点点头。

"你们的确是上帝之友。"凯文说,"确确实实,毫不夸张。"

"别害怕。"艾瑞克说,"你们都知道,湿婆举起一只手,告诉众人没什么可怕的。"

"可是,我们当然要害怕。"肥特说,"湿婆是毁灭者,他的第三只眼睛能毁灭世界。"

"他也是世界的重建者。"琳达说。

大卫凑到我身边,对着我的耳朵低语道:"这些人是不是疯了?"

他们是神灵,我心想,他们是湿婆,既能毁灭世界,也能保护世界。他们是审判者。

也许,我该觉得害怕。可是,我心中丝毫没有畏惧。他们早已完成了摧毁的任务——就像电影《瓦利斯》里描述的,他们推翻了费里斯·F. 弗莱蒙的暴政。

现在,身为重建者的湿婆,要重塑这个世界了。我们失去的东西都会回来,死去的两个姑娘也将重生。

跟《瓦利斯》里面一样,如果必要,琳达·兰普顿能让时间倒流,让生命复活。

我慢慢开始理解这部电影了。

我们"鱼鳍会"的成员,尽管是鱼,却也无法再深潜入下去。

荣格说过,"集体无意识"一旦闯入,便能轻易地抹去脆弱的个人意识。在集体无意识深处,沉眠着原型;一旦原型醒来,它们既能治愈，也能摧毁，这两种相反的力量浑然一体。这便是原型的危险之处。直到"有意识"出现，这两种相反的力量才能二分对立。

所以，对神灵来说，生与死，保护与摧毁，是同一的。这种秘密的合作关系存在于时空之外。

想到这儿，人会恐惧不已。这理所当然。毕竟，你的存在岌岌可危。

创造、保护和荫庇之后，毁灭接踵而来——这就是真正的危险，最终极的恐惧。若一切按此而行，那么所有造物都终将走向死亡。

一切宗教中都隐藏着死亡。

死亡随时可能闪现。死之羽翼中藏着的并非解药，而是毒药，是伤害。

可是，我们几个早就受够了伤害。瓦利斯朝我们发射的是治愈信息，是医学细节。瓦利斯以医生的身份接近我们。带来伤害的时代——黑铁时代，和那些有毒的铁碎片一起，已经烟消云散。

可是……潜在的危险始终存在。

这游戏真可怕，有两个截然不同的走向。

我对自己说：Libera me, Domine, In die illa。拯救我，上帝，

保护我,在这怒火冲天的末日。宇宙中存在着非理性,而我们
——心存希望、心存信仰的小小"鱼鳍会"——也许会被非理性
吞没,毁灭。

就像之前那些被毁灭的生物一样。

我记得,在文艺复兴时代,有个伟大的医生,发现了毒药的
用途。只要控制好用量,毒药也能变成良药。帕拉塞尔苏斯是
第一个将金属(比如水银)当药物使用的人。就因为能够恰当地
使用有毒金属,帕拉塞尔苏斯被载入史册。可惜,这位伟大的医
生的结局却有些不幸。

他死于金属中毒。

所以,换句话说,药物也能变成剧毒,能杀人。这在任何时
代都一样。

两千五百年前,赫拉克利特写道:"时间是个玩西洋跳棋的
孩子,他手中的便是王国。"从各个角度仔细琢磨,这句话实在可
怕,没什么比这念头更可怕的。一个孩子,玩着游戏……游戏的
玩具则是世上所有的生命。

真希望能有别的出路。此刻,我已经明白了"鱼鳍会"团训
的重要性。这条团训,无论在何种情况下都必须遵守,它代表了
基督教绝不能丢弃的精髓:

鱼不能持枪!

一旦丢弃了这条团训,我们便会陷入悖论,并且最终走向死亡。尽管团训听着很傻,里面却凝聚着我们需要的全部洞察力。只需记住这条团训,就够了。

在肥特那个关于丢弃 M-16 步枪的离奇梦境中,神圣对我们说话了。德义无瑕,准许公开。[①]我们进入到爱当中,找到了属于自己的土地。

但神圣与可怕密不可分。诺莫和尤拉古是一对,缺一不可。奥西里斯和赛特[②]也一样。在《圣经·旧约·约伯记》当中,耶和华和撒旦也是一对。但是,对人类来说,要活下去就必须拆散这对组合。一旦时空成形,造物出世,这对隐藏在幕后的组合就必须拆散。

应该获得胜利的不是上帝,也不是神灵,而是智慧,神圣智慧。但愿第五位救世主能够拆散原有的两极组合,使其融合为一个统一体。不要三位一体,不要两位,只要一位。不要创世神梵天、护世神毗湿奴、毁世神湿婆,只要琐罗亚斯德口中的"智慧

---

① 教会认为书或杂志在道德或教义上无误,准许公开出版。

② 奥西里斯和赛特是埃及神话中的神,二者是兄弟,赛特杀死了奥西里斯。

意识"就够了。

上帝既良善又可怕——两者并非先后出现,而是同时存在。所以,我们才需要中介者,以此跟上帝沟通。我们通过牧师接近他,用各种圣礼围住他,削弱他的力量。这么做,是为了我们自身的安全——把他困在能保障他安全的范围内。但现在,正如肥特所见,上帝已经挣脱了束缚,正在吞噬并改变整个世界。上帝自由了。

教会合唱团那温柔的歌声,唱着"阿门,阿门",不是为了抚慰教众,而是为了安抚上帝或其他神灵。

一旦想通这一点,你就看穿了一切宗教的核心。最可怕的是,神灵会挣脱束缚,冲进教众当中,直到最后变成教众本身。你若是崇拜一个神灵,那么你得到的回报就是神灵掌控了你。希腊语中有一个词"enthousiasmos",字面意思是"神灵附体",说的就是这个。在所有希腊神灵中,最有可能干这种事儿的就是酒神狄俄尼索斯,而且,可惜的是,这家伙是个疯子。

换句话说——倒推回来——一旦人类崇拜的神灵附上人类的身体,不论此位神灵姓甚名谁,很有可能都是酒神狄俄尼索斯的变体。狄俄尼索斯还被称为陶醉狂喜(intoxication)之神——字面意思就是吃下(take in)毒药(toxins),也就是服毒。这实在是危险。

一旦明白这一点,你肯定会想要逃跑。可是,一旦你逃跑,他就已经抓住了你。因为,不受控制的逃跑冲动,就是"恐慌"。而"恐慌"(panic)的词根,便是名为"潘"(pan)的半神①,而潘神则是狄俄尼索斯的亚形体。所以,逃跑的念头一旦兴起,就证明狄俄尼索斯已经附上了你的身。

写下这些文字的时候,我的手十分笨拙,身体也萎靡不振,坐都坐不住。恐慌会导致死亡,死亡则是疯神侵入后的必然结果。"琼斯镇事件"②就是疯神引起的群体性恐慌逃跑。

受害者没有出路。要理解自己的处境,就必须让疯神附体;可一旦被附体,人就无路可逃——因为疯神无处不在。

九百多人串通合谋夺取自己的生命(而且其中还有幼小的孩童),这件事显然不合理。但是,疯神本就没有逻辑。至少,跟我们理解的逻辑完全不同。

我们抵达兰普顿的家,发现这儿是一座宏伟古旧的农庄,周

---

① 希腊神话中的牧神,掌管树林、田地和羊群,外形有人的躯干和头,山羊的腿、角和耳朵,生性好色。

② 正式名称为"人民圣殿教农业项目",位于圭亚那。1978年11月8日,此处发生大规模死亡事件,死者高达九百一十八人,绝大部分死于氰化物中毒,其中三分之一为未成年人。此事件有"集体自杀"与"集体屠杀"两种说法,但目前尚无定论。

围环绕着葡萄藤——毕竟,这里可是葡萄酒王国。

我暗想:狄俄尼索斯正是葡萄酒之神。

"这儿空气很不错。"我们几个走下大众兔子,凯文评论道。

"有时候空气也会被污染,"艾瑞克说,"即使在这儿也是一样的。"

我们走进屋子,里面十分温暖,装饰美观,每一面墙上都挂着艾瑞克和琳达的大幅海报,嵌在不反光的玻璃画框当中。这些海报为这座老式的木头农庄添上了现代气息,让我们想起"南方"。

琳达微笑着说:"我们自己酿酒,用的是自家出产的葡萄。"

我心中暗道:我想也是。

屋中墙边矗立着巨大复杂的音响设备,就像电影《瓦利斯》当中尼可拉斯·布莱迪的混音器堡垒。这下我知道混音器堡垒的灵感从何而来了。

"我来放盘磁带,"艾瑞克走向音响堡垒,按下播放键,"米尼谱曲,由我作词演唱。但这首歌不会公开发行,它只是个试验品。"

我们几个坐了下来。巨大的杜比音响传出音乐,充满了整个客厅,在四面墙当中回荡。

我想见你,兄弟,

越快越好。

让我握住你的手，

我已无手可握。

我很古老，非常，非常古老。

你为什么不看我？

莫非害怕眼前所见？

无论如何，我都会找到你，

或迟或早，或迟或早。

听着歌词，我心中叹道：耶稣啊！哎，总之，我们来对了地方。这一点毋庸置疑。我们寻求，我们得到。凯文蛮可以像平常一样解构歌词，以此取乐，但这首歌歌词不需要解构。那么，他还可以转去分析米尼的电子噪音。

琳达为了盖过音乐，俯下身凑到我耳边喊道："音乐的共鸣声能打开更高层的查克拉。"

我点点头。

歌曲结束，我们纷纷称赞这首歌了不起，大卫也一样。其实，大卫已经进入了某种出神状态，眼神呆滞。每当面对无法忍受的境况，大卫就会陷入这种状态。这是教会教给大卫的。利

292

世界科幻大师丛书

用这种状态,他可以从压力当中暂时脱身,思绪暂时中止,直到压力解除为止。

"你们想不想见见米尼?"琳达·兰普顿问道。

"想啊!"凯文回答。

"他大概正在楼上睡觉。"艾瑞克·兰普顿朝客厅外走去,边走边说,"琳达,你去酒窖,拿瓶1972年的赤霞珠来。"

"好。"琳达答应着站了起来,朝跟艾瑞克相反的方向走出客厅。"你们随意,"她扭头对我们说,"我马上回来。"

凯文走到音响旁边,盯着音响,一脸着迷。

大卫来到我身边,双手深深地插在衣袋里,脸上露出复杂的表情。"他们——"

"他们疯了。"我说。

"可是在车子里的时候,你好像……"

"我也疯了。"我回答。

"往好的方向的疯?"大卫紧贴着我,像是要保护我,"还是……另一种疯?"

"我也不知道。"我说的是实话。

肥特也跟我们站在一起,听我们说话,却没开口,看起来特别清醒。同时,凯文仍然一个人待在音响旁边,痴迷地研究。

"我觉得我们应该——"大卫话还没说完,琳达·兰普顿就从酒窖回来了。她手持银色托盘，上面放着六只葡萄酒杯和一瓶没开封的酒。

"你们哪位能不能帮忙开一下酒瓶？"琳达问道，"我总会把塞子按进酒瓶。我也不知道为什么。"没有了艾瑞克，单独面对我们，她显得有些害羞，完全不像《瓦利斯》当中扮演的角色。

凯文站了起来，接过她手中的酒瓶。

"开瓶器应该在厨房里，但不知放在哪儿了。"琳达说。

我们头顶上忽然响起"砰砰"的重击声和刺耳的刮擦声，像是有什么沉重的东西砸在二楼地板上，接着又一路拖了过去。

琳达解释道："米尼——我得先告诉你们——得了多发性骨髓瘤。这种病很痛苦，他得坐轮椅。"

凯文吓了一大跳，说："血浆细胞骨髓瘤可是致死的啊。"

"他还有两年的寿命。"琳达说，"他才刚刚确诊。再过一周，他就要住院了。我很难过。"

肥特问："瓦利斯不能治好他吗？"

"该治好的总会被治好，"琳达·兰普顿说，"该摧毁的总会被摧毁。不过，时间并非真实存在，所以，其实并没有什么东西可以被摧毁。一切都是幻影。"

大卫跟我交换了一个眼神。

砰——砰。有什么笨重的大东西，一步一步从楼梯上挪下来。我们几个一步也不敢动,只见一架轮椅被推进了客厅。轮椅上歪歪斜斜地堆着一个人形,朝我们微笑,笑容中带着幽默、爱以及认出熟人的温暖。两根电线从他耳朵处垂下,是助听器。米尼,这位共时性音乐的作曲家,耳朵已经部分失聪。

不是作为团体,而是以个人身份,我们一个接一个地走上前向米尼介绍自己,还握了握他无力的手。

"你的音乐很重要。"凯文说。

"对,是很重要。"米尼回答。

我们看得出,他在忍受痛苦,也能看出他将不久于人世。但是,身体所受的痛楚却没在他心中生出恶意。不像雪瑞,他并不仇恨这个世界。我瞥了一眼肥特,发现他注视着眼前这位深受折磨、坐着轮椅的人,也想到了雪瑞。我暗想:飞了这么远的路,却发现自己又要面对这种事情。肥特一直在逃避的这种事。唉,就像我之前说的,不管朝哪个方向,只要你一跑,神灵就会跟着你一起跑。因为,神灵在你体内,也在你身外,神灵无处不在。

"瓦利斯跟你们联络过了?"米尼问,"跟你们四个都联络过了? 所以你们才来?"

"跟瓦利斯联络的是我。"肥特说,"其他人都是我的朋友。"

"跟我说说,你看见了什么?"米尼说。

"就像圣艾尔摩之火。"肥特说,"还有信息……"

“只要瓦利斯出现，就一定会有信息。”米尼点头微笑，“他就是信息。活着的信息。”

“他治好了我儿子。”肥特说，“或者说，他把各种医学信息发给我，让我有办法治好了儿子。瓦利斯还说，圣索菲亚、佛祖，还有他，或者说是它，口中所说的‘首领阿波罗’，即将诞生。还有，你——”

“——等待已久的日子……”米尼喃喃道。

“没错。”肥特说。

“你是怎么知道密码的?”艾瑞克·兰普顿问肥特。

“我看到了一套通往地面大门的装置。”肥特回答。

“他看见了!”琳达飞快地说，“大门的比例是多少？长宽的比例?”

肥特回答:“是斐波那契数列。”

“这就是我们放出的另一个密码。”琳达说，“我们在全世界投放关于1∶0.618034的广告。我们在广告中说，‘请完成这个序列:1∶0.6……’要是有人能认出这是斐波那契数列，就能完成这个序列。”

“我们也可以用斐波那契数列里的数字，”艾瑞克说，“1、2、3、5、8、13等等。那座大门，通向不同领域。”

“更高的领域?”肥特问道。

"我们只称之为'不同'。"艾瑞克回答。

"在大门后面，我看到了发光的手写文字。"肥特说。

"不，不对。"米尼微笑着说，"大门后面，是克里特岛。"

肥特沉默片刻，回答道："是利姆诺斯岛①。"

"有时候是利姆诺斯岛，有时候是克里特岛。总之就是那一带。"米尼因为疼痛而抽搐了一下，然后在轮椅中直了直身子。

"我在墙上看到了希伯来字母。"肥特说。

"没错。"米尼仍在微笑，"那是卡拉巴文②。这些希伯来字母会不断变形分解，最后组合成你能读懂的文字。"

"组合成了 KING FELIX。"肥特说。

"那你为什么要说谎?"琳达问道。她的问话中没有敌意，只有纯粹的好奇。

肥特说："我觉得就算说了，你们也不会相信。"

"那说明你对卡拉巴文不熟悉。"米尼说，"卡拉巴文是瓦利斯用的编码系统。瓦利斯所有的文字信息，都以卡拉巴文的形式储存。因为卡拉巴文最简洁，其中的元音仅仅用元音点指代。你应该已经意识到，瓦利斯给了你一个抗干扰器，好区分隐蔽设施和地面。一般来说，我们人类是没法从地面中看到装置

---

① 和克里特岛一样，都是希腊北部爱琴海上的岛屿。

② 起源于犹太教的神秘主义教义，旨在对《圣经》作神秘主义解释。

的。所以瓦利斯只得把抗干扰器发射给你。那是一张坐标方格图。当然,那装置在其中是彩色的。"

"是的。"肥特点头,"地面则是黑白的。"

"那么,你也能看到伪作了。"

"什么伪作?"肥特没明白。

"跟真实世界混在一起的伪造作品。"

"啊,"肥特说,"我懂了。看起来,有一些东西好像是被抽走了……"

"然后又加进了些另外的东西。"米尼接着说道。

肥特点头。

"现在你脑中是不是有一个声音?"米尼问,"一个 A.I. 的声音?"

肥特沉默许久,看了我、凯文和大卫一眼,然后才说:"那是个中性的声音,既不是男人,也不是女人。对,听起来,的确像是人工智能的声音。"

"那是内部通信网络。"米尼说,"这网络覆盖所有星辰,把所有的星系都和艾伯姆斯①连接起来。"

---

① 作者创造的词,源于阿拉伯语 Al Behemoth,意为"鲸鱼",暗指南鱼座北落师门星(Fomalhaut),VALIS 的母星。作者另一部作品《艾伯姆斯自由电台》中也出现了该词。

肥特惊讶地瞪着她,问道:"'艾伯姆斯'? 是颗星星?"

"你听过这个词,但……"

"我见过这个词,"肥特回答,"但我不明白它的含义。我想,它既然以'al'开头,应该跟炼金术(alchemy)有关。"

"al-这个前缀,"米尼说,"来自阿拉伯文,意思就是个定冠词'the',是星辰名称常用的前缀。这本来是给你的提示。不管怎么说,你见过那些写着字的页面了。"

"是的。"肥特回答,"许多许多页。里面写着将会在我身上发生的事情,比如……"肥特犹豫了,"比如我将会自杀,但用的是一个我不认识的希腊文'ananke'。还有'世界逐渐黑暗,陷入疾病'。后来我才明白,这是说,有坏事将发生,是种疾病,是某件我将要干下的错事。好在我自杀未遂,活下来了。"

"我的病,"米尼说,"则是因为过度靠近瓦利斯,过度暴露在它的能量之下。这虽然很不幸,不过你也知道,尽管肉体会死亡,但我们都是永生不死者。我们会重生,会记得前世。"

"我养的宠物死于癌症。"肥特说。

"确实。"米尼说,"有时候,瓦利斯的辐射太大,会超过我们能承受的极限。"

我心中暗道:原来,这就是你命不久矣的缘由。你的神杀了你,你还一脸幸福。我们得赶紧逃走。这儿的人向往死亡。

　　"瓦利斯到底是什么?"凯文问米尼,"他到底是什么神灵?哪位造物主? 是湿婆? 奥西里斯? 荷鲁斯①? 我读过《宇宙触发器》②那本书,罗伯特·威尔森说……"

　　"瓦利斯是某种结构,"米尼说,"是造物。它在地球停泊,就是字面意思的停泊。但是,对于瓦利斯来说,时间与空间并不存在。所以,它可以出现在任何时代、任何地点。瓦利斯被建造好以后,会在我们出生时就对我们制订计划,通常手段是向婴儿发射极短的信息波,将指令植入他们脑中。此后,在这人的一生当中,一旦情形合适,印刻下的指令就会从人的右脑浮现,每隔一段时间就会出现一次。"

　　"瓦利斯有敌人吗?"凯文问道。

　　"只有一个,就是地球人类共同的病症。"艾瑞克回答,"疾病成因是地球的大气。这颗星球的空气必须经过处理,才能呼吸。否则,对我们种族来说,它就是毒药。"

　　"'我们'?"我问道。

　　"我们所有人。"琳达说,"我们全都来自艾伯姆斯。这儿的空气毒害了我们,让我们陷入疯狂。所以,他们——那些留在艾

　　① 埃及神话中奥西里斯的儿子,天空之神,传说太阳为荷鲁斯的右眼,月亮为荷鲁斯的左眼。

　　② 美国作家罗伯特·安东·威尔森(Robert Anton Wilson,1932-2007)所著的自传体哲学作品,以多种方式解释作者的神秘体验。

伯姆斯星系中的人们——建造了瓦利斯，并送到地球来，朝我们发射理性的指令，以此抵消大气毒害引起的病症。"

"这么说，瓦利斯是理性的?"我问。

"是我们仅有的一点儿理性。"琳达说。

"那么，当我们以理性行事时，就是处于瓦利斯的支配之下。"米尼说，"我指的不仅是在座的各位，而是地球上的所有人——不是所有活着的人，而是所有理性的人。"

"那么，究其本质，"我说，"瓦利斯就是解毒剂，为人们解毒。"

"一点儿都没错。"米尼肯定地回答，"它是包含信息的解毒剂。但是，如果过度暴露在瓦利斯之下，人类也会得病，就像我一样。"

我想起了帕拉塞尔苏斯。一旦过量，良药也会变成毒药。眼前这个人正是如此，从被治愈走向了死亡。

"是我自己希望尽可能多地了解瓦利斯。"米尼看出了我脸上的表情，解释道，"我恳求它回来，多跟我交流。瓦利斯其实并不愿意。它知道，要是回来，辐射会对我造成可怕的影响。但它还是答应了我的恳求。对此，我丝毫不后悔。能再跟瓦利斯接触，就算得癌症也值得。"他转向肥特，"你应该明白其中的感受。那钟声……"

"是的，"肥特说，"复活节的钟声①。"

"你们说的是基督吗？"大卫问，"基督难道是个用来向我们的潜意识发射信息的东西？"

"我们一出生，"米尼说，"就是幸运儿。我们是被选中之人，是它的羊群。瓦利斯答应过，我死之前，它会回来带我一起走。我会永远成为它的一部分。"说着，他的眼中盈满了泪水。

之后，我们几个坐在客厅里继续聊天，情绪逐渐平静。

湿婆之眼，自然是古人象征性地讲述瓦利斯发射信息这件事。他们知道它有毁灭的力量。辐射虽然有害，却是信息必不可少的载体。米尼说，瓦利斯发射信息时，未必距离很近，也有可能位于数百万英里以外。因此，在电影《瓦利斯》当中，他们用卫星代表它——一颗非常古老、并非由人类发射升空的卫星。

"这么说，其中涉及的并非宗教，"我说，"而是非常先进的技术。"

"是话语。"米尼说。

"那救世主到底是什么？"大卫问。

---

① 法国、比利时、荷兰一带，每当复活节，所有的教堂钟声都会在前一天或几天暂时停歇，以示对基督之死的哀悼。直到复活节早晨，所有的大钟方才敲响。

米尼回答:"你很快就能见到他。明天就可以,只要你们愿意,就是周六下午。他这会儿正在睡觉。他仍然需要长时间的睡眠,每天大部分时间都用来睡觉。毕竟,他整整沉睡了几千年。"

"沉睡在《拿戈·玛第文集》里面?"肥特问。

"这个问题,我还是不回答的好。"米尼说。

"这个也要保密? 为什么?"我问。

艾瑞克说:"我们没保密。我们拍了电影,还在制作唱片,歌词里包含信息——大多数都是发给潜意识的信息。米尼创作音乐来实现这些。"

"'有时候梵会睡觉,有时候梵会舞蹈',"凯文引述道,"救世主是梵,还是佛祖悉达多? 基督? 或者,全部都是?"

我转向凯文,说道:"伟大——"我本想说"伟大庞塔",一转念,没说出口。现在提这个不明智。我又问米尼:"救世主,不是狄俄尼索斯吧?"

"是阿波罗,"琳达说,"狄俄尼索斯不可分割的对立面。"

听了这话,我松了口气。我相信她的话。这跟爱马士·肥特听到的一样:"首领阿波罗"。

"我们被困在迷宫里。"米尼说,"这个迷宫是我们亲手建造的,我们自己陷了进去,找不到出路。究其根本,瓦利斯有选择性地朝我们发射信息,是为了帮助我们逃出迷宫,找到出口。迷宫这事,一直要追溯到基督之前两千年,在迈锡尼时代,或者希腊铜器时代早期。正因如此,希腊神话中的迷宫,才会被放在克里特岛,放在米诺斯。而你在1:0.618034的大门后面看到了克里特岛,也是出于这个原因。我们是了不起的建造者。可有一天,我们决定玩个游戏。要是我们真是了不起的建造者,我们能不能造出一座虽然有出口,但出口却在不停改变的迷宫?这对我们来说相当于无路可逃。这个迷宫就是现实世界,而它是活着的。我们这么做,纯粹是出于自愿。为了让这座迷宫不仅仅是智力游戏,为了让它更真实,我们还自愿降级,交出最先进的装备。很不幸,在交出装备的过程中,我们还把对自己真正起源的记忆也一并交了出去。更不幸的是,我们还交出了一样东西——没了这个,我们简直是自动投降,把胜利拱手让给了我们的仆人,让给了我们建造的这座迷宫。"

"我们闭上了第三只眼睛。"肥特说。

"没错。"米尼接着说,"我们自愿放弃了第三只眼睛,放弃了我们最重要的进化特征。而瓦利斯能够帮助我们重新打开第三只眼睛。"

"这么说,能引领我们走出迷宫的,就是第三只眼睛。"肥特说,"难怪在埃及和印度,第三只眼睛是成神或开悟的标志。"

"这两者是一回事，"米尼说，"成神就是开悟。"

"真的吗?"我问。

"对。"米尼回答，"开悟，就是恢复到人类本该有的状态，真正的状态。"

肥特说："那么，反过来说，如果失去记忆、失去第三只眼，我们就绝不可能打败迷宫。毫无希望。"

我心想，这又是一个"中国指套"游戏，还是我们亲手建造的。我们亲手造出陷阱，困住了自己。

那些人，居然做出个"中国指套"式的陷阱，把自己困在里面。他们的脑袋怎么长的? 这游戏实在不错，还真"不仅仅是个智力游戏"。

"要走出迷宫，就必须重新打开第三只眼。"米尼说，"可是，我们同时也失去了记忆，不记得自己曾有过眉心之眼，有过能辨明真相的眼睛。所以，我们没法主动寻找重新打开第三只眼的技术，这就必须依靠人力无法建造的外物的干涉。"

"这么说，那时候，还有人没陷进迷宫。"

"对。"米尼回答，"有人没进迷宫，留在另一个星系中。他们向艾伯姆斯报告，说我们做下如此这般之事。于是，艾伯姆斯造了瓦利斯，前来营救我们。这儿并非真实世界。我想，你肯定也发现了，是瓦利斯告诉你的。我们并不是待在一个世界中，而是待在一座活着的迷宫里。"

我们几个默默地思考着米尼说的话，没人开口。

"要是走出迷宫，会怎么样?"凯文问道。

"时间和空间将再也困不住我们。我们自由了。"米尼回答，"时空是种束缚，是迷宫用来控制我们的力量。"

肥特跟我交换了一个眼神。这话跟我们由瓦利斯引发而出的推测相吻合。

"那我们也不会死咯?"大卫问。

"没错。"米尼回答。

"那拯救……"

"'拯救'，"米尼说，"这个词的意思是'被领出时空迷宫，走出仆人僭越成主人的地方'。"

"我能问个问题吗?"我说，"第五位救世主，他的目的是什么?"

"那不是'第五位'，"米尼说，"救世主只有一位，他在不同的时代、不同的地方、用不同的名字反复出现。救世主就是瓦利斯化成的人形。"

"跟瓦利斯共生?"肥特问。

"不，不。"米尼大摇其头，"救世主身上可没有任何人类的元素。"

"等等……"大卫说。

"我知道,这跟你们的常识不符。"米尼说,"在某种意义上,你们的常识也有一定道理。虽然救世主是瓦利斯,但他的肉身也是经由人类女性产下的,并非仅仅生造了一具幻象而已。"

大卫满意地点点头。这个他能接受。

"他已经出生了?"我问。

"是的。"米尼回答。

"就是我女儿。"琳达·兰普顿说,"这跟艾瑞克没关系,是我和瓦利斯的女儿。"

"女儿?"我们几个异口同声地大喊。

"这是有史以来第一次,"米尼说,"救世主以女性形象出现。"

艾瑞克·兰普顿说:"她很漂亮,你们会喜欢她的。可她说起话来像机关枪一样快,意思又难懂,保准你们会晕头转向。"

"索菲亚现在两岁。"琳达说,"她出生于1976年。她说的每句话,我们都录了下来。"

"一句都没漏过。"米尼说,"索菲亚身边围绕着录音和录像设备,整天不间断,自动录制。自然,这些并不是为了保护她。瓦利斯,她的父亲,会保护她。"

"那我们能跟她说说话吗?"我问。

"她会跟你们吵上好几个钟头。"接着,琳达又补充了一句:"她会用地球上现存的以及曾经存在过的所有语言,跟你们争吵。"

12

　　出生的是智慧，不是神灵。救世主不是一手治愈、一手杀戮的神灵。我心中暗道：感谢上帝。

　　第二天早上，我们来到一家小小的农场，放眼望去全是动物。我没看到录音录像设备，但我——我们几个——都看到了一个黑发孩子，跟山羊和鸡群坐在一起，身边的笼子里还有一窝兔子。

　　我本以为会看见安宁平静的景象，会看见超越人类理解的上帝的平和。谁知，一看见我们，那孩子竟满脸怒火，立即起身朝我们走来。她的眼睛瞪得老大，直直地盯着我。接着，她举起右手，指着我说：

　　"企图自杀是你对自己的残酷暴行。"声音铿锵有力。正如琳达所说的,她不超过两岁,还是个小宝宝,却有一双沧桑到无法估计年龄的眼睛。

"企图自杀的是爱马士·肥特。"我说。

索菲亚说:"菲尔、凯文和大卫,只有三个,没有第四个。"

我转过身,想跟肥特说句话,却没发现他的踪影。我看到的只有艾瑞克·兰普顿夫妇,坐着轮椅濒死的病人,凯文和大卫。肥特消失不见了。

爱马士·肥特永远地消失了,仿佛从未存在过一般。

"我不明白。"我说,"你摧毁了他。"

"对。"那孩子回答。

我问:"为什么?"

"为了让你完整。"

"这么说,他在我身体里? 还活着?"

"对。"索菲亚回答道,愤怒从她脸上一点点退去,大大的黑眼睛中只有余烬闷燃。

"他就是我。他一直都是我。"我说。

"没错。"索菲亚回答。

"坐吧,"艾瑞克·兰普顿说,"她更喜欢我们坐着,这样就不必抬头跟我们说话了。我们比她高太多。"

我们顺从地坐了下来。身下的褐土干涸开裂。我认出,这就是电影《瓦利斯》的开篇场景，他们在此地拍摄了部分场景。

索菲亚说："谢谢你们。"

"你是基督吗?"大卫蜷着身体，屈起膝盖，把下巴埋在膝盖当中，双臂环抱双腿。这姿势让他也像个孩子——一个孩子向另一个孩子问话，地位相等。

"我就是我。"索菲亚回答。

"我很高兴……"我想不出该说什么。

"除非你的过去全部湮灭，"索菲亚对我说，"否则，你就注定灭亡。你明白这一点吗?"

"明白。"我回答。

索菲亚说："你的未来必须跟你的过去不同。未来必须总跟过去不同。"

大卫问："你是上帝吗?"

"我就是我。"索菲亚回答。

我说："这么说，爱马士·肥特是我向外界投射的部分自我，以此逃避格洛莉亚的死亡?"

索菲亚回答："没错。"

我问："格洛莉亚现在在哪儿?"

索菲亚说："她躺在坟墓里。"

我问："她会回来吗?"

索菲亚说:"永远不会。"

我又说:"我还以为会有永生呢。"

索菲亚没有回答。

"你能帮我吗?"我问。

索菲亚说:"我一直在帮你。1974年我帮了你,你企图自杀的时候我也帮了你。从你出生开始,我就一直在帮你。"

"你就是瓦利斯?"我问。

索菲亚回答:"我就是我。"

我转向艾瑞克和琳达,说:"有些问题她不会回答吗?"

"只针对那些毫无意义的问题。"琳达说。

"你为什么不治好米尼?"凯文问道。

索菲亚回答:"我做我做的事,我就是我。"

我说:"那么,我们就没法理解你了。"

索菲亚回答:"你已经理解了。"

大卫问:"你是永生的,对不对?"

"对。"索菲亚回答。

"你是全知全能的?"大卫问。

"对。"索菲亚回答。

我问:"你从前是悉达多吗?"

"是的。"索菲亚回答。

"你既是屠杀者,又是被屠者吗?"

"不是。"索菲亚说。

"你是屠杀者吗?"我又问。

"不是。"

"那你是被屠者了。"

"我既是被伤害的人,又是被屠杀的人。"索菲亚回答,"但我不是屠杀者。我能治愈别人,也是被治愈的人。"

"可瓦利斯杀了米尼。"我说。

索菲亚没有回答。

"你是世界的审判者吗?"大卫问。

"是的。"索菲亚回答。

"审判什么时候开始?"凯文问道。

索菲亚说:"从一开始,你们就已经被审判过了。"

我问:"你是怎么评判我的?"

索菲亚没有回答。

"我们不能知道结果吗?"凯文问。

"并不是。"索菲亚回答。

"那我们什么时候能知道?"凯文问。

索菲亚没有回答。

琳达说:"我觉得,这次已经说得够多了。你们可以下次再来跟她谈。她喜欢跟动物们坐在一起,她爱动物。"琳达拍拍我的肩膀,"我们走吧。"

我们几个转身走开。我边走边说:"她的声音,就是我脑袋里那个中性的A.I.声音。从1974年起,我就一直能听到。"

凯文哑着嗓子说:"那是台电脑。所以,只能回答某些特定问题。"

艾瑞克和琳达都笑了。我跟凯文瞥了他一眼。米尼坐着轮椅,安详地一路前进。

"A.I.系统,"艾瑞克说,"一个人工智能。"

"她是瓦利斯的一个终端,"凯文说,"一个可以输入输出的终端,主系统就是瓦利斯。"

"说得对。"米尼说。

"她不是人类小孩。"凯文说。

"她是我生出来的。"琳达说。

"也许,生她这事,是你的错觉。"凯文说。

琳达微笑道:"人类身体中藏着人工智能。她的身体是活生生的,精神却不是。她有感知力,什么都知道。但她的大脑意识却跟我们不一样,不像我们这样活着。她不是被创造出来的,她一直都存在。"

"去读读《圣经》吧,"米尼说,"在创世开始前,她就跟造物主在一起。她是造物主的挚爱和喜悦，是造物主最珍贵的宝物。"

"这我倒能明白。"我说。

"你会轻易地爱上她。"米尼说，"很多人都爱她……《智慧之书》①里是这样写的。然后，她就会进入这些人的身体，为他们指引方向，哪怕他们进了监狱，她也跟他们在一起。她从来不会抛弃爱过她的人，也不会抛弃爱着她的人。"

"她的声音在人类法庭中响起。"大卫喃喃道。

"是她摧毁了暴政?"凯文问。

"是的，"米尼回答，"在电影里，我们给暴君取名为费里斯·F. 弗莱蒙。不过，你们肯定知道指的是谁。是她推翻了这个暴君，摧毁了他。"

"确实。"凯文的脸沉了下来。我知道，他肯定想起了那个穿西装打领带、在南加州海滩毫无目的漫步的男人。这个男人不明白这一切为什么会发生，搞不懂到底哪里出了错，仍然策划着阴谋诡计。

"这四国末时，犯法的人罪恶满盈，必有一王兴起，面貌凶恶，能用双关的诈语……"

让每个人都流下眼泪的眼泪之王，终于遭到了报应。他闭

---

① 也叫《所罗门智训》，公元前二世纪左右犹太教典籍，以希腊文写成。

目塞听,分辨不出跟他对抗的强大之力。我们刚刚跟这种力量谈过话。她是个小孩子。

一个始终存在的小孩子。

当晚,我们在索诺马市中心公园外的一家墨西哥餐馆里吃晚饭。我想到,自己再也见不到好朋友爱马士·肥特了,心中升起失落和悲伤。理智上,我是明白的:当初,他被我投射到外部世界来,现在已被我重新纳入体内。但我仍感悲伤。我喜欢有他陪伴,喜欢他不停地编织故事,喜欢他絮絮叨叨地说着自己的智慧、精神和情感试炼之旅。试炼的目的并非得到圣杯,而是治愈自己的伤口——被格洛莉亚的死亡游戏割出来的深深的伤口。

肥特再也不会打来电话,也不会来访,这实在令我不适应。多年来,他一直都是我生活中不可缺少的一部分,也是我的朋友们生活的一部分。等贝丝发现再也不会收到抚养费支票时不知道会怎么想。好吧,我想我可以背负起这个责任,照顾克里斯托弗。我负担得起。而且,在很多方面,我爱克里斯托弗,就像他父亲爱他一样。

"心情不好,菲尔?"凯文问道。兰普顿夫妇把我们送到这家餐馆后告诉我们,等吃完晚饭准备回去时,就给他们打电话。所以,现在只剩我们三人,可以畅所欲言。

"没,"我回答。接着,我补充道,"我在想爱马士·肥特。"

凯文沉默片刻,说道:"看来,你已经慢慢清醒了。"

"是的。"我点点头。

"你会好起来的。"大卫有些忸怩地说。在表达感情这方面,大卫一直有些困难。

"会的。"我回答。

凯文问:"你觉得,兰普顿夫妇是不是疯了?"

"我觉得是。"我说。

"那个小姑娘呢?"凯文又问。

我说:"她没疯,不像他们。真是说不通:两个彻底疯了的人——要是算上米尼,就是三个——竟能创造出彻底清醒理智的后代。"

"要是我说……"大卫开口道。

"别说'上帝会让邪恶中生出良善'。"我打断他的话,"拜托,行行好吧。"

凯文低声说道:"那真是我见过的最美的孩子。至于说她是计算机终端什么的……"他用手指比画了一下。

"这话可是你说的。"我说。

"在那时候,"凯文说,"这话可有点道理。可是,我现在回头想想,仔细地琢磨了一下,又觉得不对。"

"你知道我怎么想吗?"大卫说,"我觉得我们应该马上坐加州航空的班机,飞回圣安娜去。越快越好。"

我说:"兰普顿夫妇不会伤害我们。"这一点,我现在很确定。很奇怪,那个病人,那个濒死的人,米尼,竟然重塑了我对生命力的信心。然而从逻辑上说,见到垂死的病人,本该失去对生命力的信心才对啊!我很喜欢米尼。不过话说回来,大家都知道,我喜欢帮助病人和伤者,总是不由自主地接近他们。多年前,我的精神病医生就告诫我,要想好起来,就得戒掉帮助别人的癖好。当然,还得戒掉另一样东西。

凯文说:"我猜不透。"

"我明白。"我附和道。我们见到的真是救世主吗?或者说,只是三个非常精明的专家(从他们创作的电影和音乐来看,他们酷爱夸张渲染),教导了一个非常聪明的小姑娘,让她说出高深莫测的答案?

"救世主是个女孩,这真反常。"凯文说,"基督是女性。这肯定会引起反对的浪潮。我们的大卫就会被活活气死。"

"她可没说她是基督。"大卫说。

我说:"可她就是基督。"

凯文和大卫不再吃饭,齐齐地瞪着我。

"她是圣索菲亚，"我说，"圣索菲亚就是基督的实体化。她承认也好，不承认也罢，没有区别。她只是言语谨慎罢了。毕竟，她什么都知道。她知道人们能接受什么，不能接受什么。"

"你在1974年3月经历过的那些稀奇古怪的事情证明了些什么。"凯文说，"那些事儿证明我们所见的是真实的。瓦利斯确实存在。这你肯定早就知道。毕竟你曾经见过它。"

"可能吧。"我说。

"而米尼所知道的和所说的，都跟你经历的那些吻合。"大卫说。

"是的。"我说。

凯文又说："可是，你还是不确定。"

"我们面对的，是非常高级复杂的技术。"我说，"那些说不定是米尼弄出来的。"

"你是说微波传输之类的东西?"凯文说。

"对。"我说。

"纯粹的技术现象。"凯文喃喃道，"技术的巨大突破。"

"将人类意识变成能量转换器，"我说，"而且不需要电子界面。"

"有可能。"凯文承认，"电影里就有这样的场面。我们没法分辨，他们到底用了什么。"

"要知道，"大卫慢慢开口道，"如果他们真的有远程高能量发射器，能随着激光束同时发射可以置人于死地的高能量……"

"那他们就能干掉我们了。"凯文替他说完。

"没错。"我说。

"要是这样，"凯文说，"我们就别再瞎说什么不相信他们之类的话了。"

"那我们就说有事必须回到圣安娜去。"大卫说。

"或者我们可以从这儿走，"我说，"从这家餐馆直接去机场。"

"衣服行李什么的还在他们家大房子里呢！"凯文说。

"要什么见鬼的衣服。"我说。

"你怕了？"大卫问，"怕有什么不好的事发生？"

我想了想。"不，我不怕。"我开口道。我信任那孩子，也信任米尼。到头来，你能相信的只有你自己的直觉，没别的。凭借直觉的信任，或者不信任。

"我想再跟索菲亚谈一次。"凯文说。

"我也一样。"我说，"再谈一次，我们就会有答案。"

凯文把手放在我的肩膀上。"我先说声抱歉，菲尔——其实，我们已经有了一条有力的证据：那孩子一瞬间就让你清醒了。她让你一下子就明白过来自己是一个人，不是两个人，知道爱马士·肥特并非独立的个体。格洛莉亚死后这么多年,你看了那么多心理治疗师,做了那么多心理治疗,没有哪个能让你清醒的。"

"他说得对。"大卫的声音十分柔和,"我们一直心存希望,可是,你好像——呃,好像不会再痊愈了。"

"'痊愈',"我重复道,"她让我痊愈了。她治好的不是爱马士·肥特,而是我。"他们说得对。我们亲眼见证了治愈奇迹。而且,我们都知道治愈奇迹意味着什么。我们三个全都明白。

我开口道:"整整八年。"

"是的,"凯文说,"那时我们甚至都不认识你。整整八个他妈的年头,你封闭自我,在痛苦中搜寻徘徊。"

我点点头。

在我的脑中,有个声音说:难道这还不够? 你还需要什么证据?

那是我自己的思想,是重回我身体的爱马士·肥特的思维。

"你也知道,"凯文说,"费里斯·F. 弗莱蒙打算杀回来。他被那孩子——或者说是被那孩子所代表的力量——推翻,但他还打算回来。他不会善罢甘休。我们赢了一场战役,斗争却还在继续。"

大卫说:"如果没有那孩子……"

"我们就会输。"

"对。"凯文赞同。

"我们多留一天吧,"我说,"再跟索菲亚谈谈。再谈一次。"

"这主意听起来不错。"凯文挺高兴。

我们这个小团体,鱼鳍会,全部三名成员,达成了一致。

第二天是周日。我们三人获得准许,跟索菲亚那孩子单独相处,没有旁人。不过,艾瑞克和琳达请求我们将对话录下来。我们明白自己别无选择,便爽快地答应下来。

这天,温暖的阳光照耀大地,给围在我们身边的动物添了一层灵光。这让我觉得,这些动物似乎能听到我们的谈话——不仅倾听,而且能懂。

"我想跟你谈谈艾瑞克·兰普顿和琳达·兰普顿。"我对小女孩说。那孩子坐在我面前,身前摊放着一本书。

"你不该用审问的语气跟我说话。"她回答。

"能不能准许我问问他们俩的事?"我改口道。

"他们病了。"索菲亚说,"但他们不会伤害别人,因为我主宰了他们的意识。"她抬起头,用大大的黑眼睛望着我,"坐下来。"

我们听话地在她面前坐下。

"我给了你们团训,"她开口,"也给了你们团名。现在,我要给你们下达任务。我会在你们心中充满福音,你们要走出去,向全世界的人宣讲我的话。现在好好听我说。我来告诉你们真相，确确实实的真相——邪恶的时代行将结束，人子将坐上审判高座。这一点，如同太阳将会升起一般，是确凿无疑的事实。阴郁之王尽管狡猾，但挣扎一番后只会迎来失败。从前，他失败过；现在，他失败了；将来，他一直会失败。阴郁之王的追随者将陷入黑暗的泥潭，并且永远身陷其中。

"你们要向全世界宣讲的，是人之言。人是神圣的，人本身才是唯一真神，是活着的神。你们除了自己，别无他神。你们信仰其他神祇的日子已经结束，永远结束。

"现在，我告诉你们：你们生命的目标已经达成。不要害怕，我会保护你们。你们只需遵循一条：彼此相爱，如同你们爱我一般，如同我爱你们一般。因为这爱来自于真正的神，也就是你们自己。

"阴郁的国王，也就是眼泪之王，不甘愿交出手中的权力，所以，未来还有一段审判、迷惘、悲号的日子。但是，你们将从他手中夺过权力。我以自己的名义，将权柄赐予你们，就如同从前阴郁之王统治、摧毁、挑战世间谦卑的百姓之时，我赐予你们权柄一样。

"之前的战役并未结束，但治愈阳光垂降之日已经到来。邪恶不会自愿灭亡，因它自诩神祇的代言。自诩神祇代言者为数众多,但世上只有一位神,即人自己。

"由此,只有提供保护和荫蔽的领袖才能存活,否则即死。四年前,压迫被赶走,但它还会回来,逞威一小段时间。在此期间,务必忍耐。你们将会面临审判,但我将和你们在一起。待到审判的日子结束,我将坐上高座。到时,根据我的意愿,有些人将会倒下,另一些人则继续挺立。我的意愿来自吾父。最终,我们全部,所有人将一同回到吾父那里。

"我不是神,我是人。我是孩子,是吾父的孩子,是智慧的孩子。你们体内都有了智慧的权柄和声音,所以,你们也成了智慧,哪怕你们遗忘,这一点也不会改变。但你们不会遗忘太久。我会出现,让你们回想起来。

"智慧统治的时代已经来临。智慧的敌人——权力统治的时代已经结束。权力和智慧是世界的两大本源。权力已经统治了很长一段时间,如今,它回到原本的黑暗中去了。统治世界的只有智慧。

"权力屈服之时,服从权力之人也会屈服。

"爱智慧的人,追随智慧的人,会在阳光下繁荣。记住,我会跟你们在一起。从此刻开始,我会在你们每个人体内。哪怕你们被关进监狱,我也会陪伴你们。我会在法庭上开口,为你们辩护。无论压迫多大,我的声音都会响彻国土。

"无须恐惧。大声开口,智慧会引导你。若你们因为恐惧噤声,智慧就会离你们而去。但你们不会感到恐惧,因为智慧之神已经在你们体内,你与她已合二为一。

"从前,你们体内只有自己,形单影只;如今,你们有了同伴,永不生病、永不失算、永不死亡的同伴。你们已和永恒结合,你们会如治愈一切的太阳般闪耀。

"你们在这个世界的每一天,我都会引导你们。等你们死去,我会提前获知,前来迎接。我会用双臂抱着你,带你回家——真正的家,你们从那儿来,也会回那儿去。

"你们在此地是陌生的异乡人,却是我的老相识。从一开始,我就认识你们。这不是你们的世界,但我会把它变成你们的世界;为了你们,我会改变这个世界。无须恐惧。攻击你们的,将会湮灭,而你们则会获胜壮大。"

接着,沉默降临。索菲亚说完了想说的话,不再开口。

"你在看什么书?"凯文指着她面前的书,问道。

小女孩回答:《创造之书》①。我读给你们听。好好听着。"她放下书,慢慢合上。"'上帝让一个对抗另一个,良善对抗邪恶,邪恶对抗良善;良善产出良善,邪恶产出邪恶。善能净化恶,恶能净化善。善为好人预备,恶为坏人预备。'"索菲亚停顿片刻接

---

① 为犹太教神秘主义现存最早的经典。

着说道,"这话的意思是说,良善能强迫邪恶变成善,但邪恶却不能强迫良善变成恶。邪恶尽管狡猾,也只能是良善的仆从。"接着,她又闭上了嘴,沉默坐着,陪伴我们,陪伴动物。

"能跟我们说说你父母的事吗?"我开口道,"我是说,要是我们想弄明白自己的任务,就必须……"

索菲亚回答:"我派你们去哪里,你们就去哪里。我无处不在。你们离开这儿,会暂时看不到我,但稍后,你们又会见到我。

"你们会暂时看不到我,可我却永远注视着你们,永远留心着你们。所以,不论你们是否知晓,我都和你们在一起。但我要告诉你们:记住我的话,记住我跟你们在一起,哪怕暴君把你们关进监狱,我也跟你们在一起。

"言尽于此。回家去。等时机到来,我会指示你们。"她朝我们微微一笑。

"你年纪多大?"我问。

"我两岁。"

"两岁就能读书?"凯文问。

索菲亚说:"我告诉你们真话,确确实实的真话,你们全都忘不了我。我还要告诉你们,你们都会再次见到我。不是你们选中了我;是我选中了你们。是我召唤你们前来。四年前,我就发出了召唤。"

"好的。"我应道。这么说,她发出召唤是在1974年。

"要是兰普顿夫妇问起我说了什么,就说我们讨论了将要建立的共同生活社区。"索菲亚说,"别说我让你们离开。但你们确实应该离开。这便是你们想要的答案,你们不该再跟他们有任何瓜葛。"

凯文指了指身旁一直在转的录音机。

"等他们把磁带倒回去,"索菲亚说,"能听到的只有《创造之书》,其余什么都没有。"

哎呀,真了不起。我心想。

我相信她的话。

"我不会让你们失望。"索菲亚微笑着对着我们三人重复道。

这句话,我也相信。

我们三人走回兰普顿的大宅。凯文开口问道:"那些话,都是《圣经》上的吧?"

"不是。"我回答。

"的确不是。"大卫赞同,"她的话当中有新的意思,比如'我们是自己的神祇',还有'不再相信其他神灵、只相信我们自己的时代已经来临'。"

"那孩子可真美。"我说。索菲亚让我想起了自己的儿子克里斯托弗。我非常思念他。

"能遇见她,我们实在幸运。"大卫哑着嗓子说。接着,他转向我:"她说过,会跟我们在一起。我相信。她会在我们体内,我们不再孤单。我现在才明白,我们,所有人,一直都是孤单的。不,从前一直是孤单的。现在不一样了。她会散播到世界各地,对不对?最终,她会进入所有人体内。我们是第一批。"

"鱼鳍会,"我说,"有四名成员。我们三个,加上索菲亚。"

"人还是太少。"凯文说。

"芥子,"我说,"会长成大树,供鸟儿栖息的大树。"

"别说了。"凯文说。

"怎么?"我问。

凯文说:"我们得赶紧收拾东西离开这儿。这是她说的。兰普顿夫妇彻头彻尾地疯了。他们随时会杀过来。"

"索菲亚会保护我们的。"大卫说。

"一个两岁的娃娃保护我们?"凯文说。

我们俩盯着他。

"好吧,两千岁的娃娃。"凯文说。

"只有你敢拿救世主开玩笑。"大卫说,"我倒奇怪,你怎么没问她那只猫的事?"

凯文愣住了,脸上渐渐浮现出恍然大悟的气愤神色。显然,他方才忘记了。他错过了自己的机会。

"我得回去一趟。"他说。

我跟大卫一人一边,架着他继续往前走。

"我是认真的!"凯文怒气冲冲地喊道。

"你怎么了?"我问。我们停了下来。

"我还想再跟她说几句。我不走,该死,我得回去——你们他妈的放开我!"

"听着,"我说,"她告诉我们要离开。"

"而且她还会在我们的身体里,跟我们说话。"大卫说。

"我们还会听到我说的那个A.I.的声音。"我说。

凯文死命挣扎,"呸,还会有柠檬水喷泉和水果软糖树呢!我一定要回去。"

艾瑞克·兰普顿和琳达·兰普顿从大房子里出来,朝我们走来。

"该摊牌了。"我说。

"啊,见鬼。"凯文懊恼极了,"但我还是要回去。"说罢,他挣扎脱身,朝我们来的方向返身跑去。

兰普顿夫妇走到我和大卫身边。"谈得顺利吗?"琳达·兰普顿问道。

"顺利。"我回答。

"你们谈了些什么?"艾瑞克问。

"共同生活社区的事。"

"很好,"琳达说,"凯文怎么又回去了? 他还想跟索菲亚说什么?"

大卫回答:"他想问问他那只死猫的事。"

"让他回来。"艾瑞克说。

"为什么?"我问。

"我们得谈谈你们几个加入共同生活社区的事。"艾瑞克说,"我们觉得,鱼鳍会应该成为大社区的一部分。这是布伦特·米尼建议的。我们一定得好好谈谈。在我们看来,你们有加入的资格。"

"我去叫凯文。"大卫说。

"艾瑞克,"我说,"我们要回圣安娜了。"

"没关系,还有时间,足够谈谈你们加入社区这事。"琳达说,"你们买的加航机票是晚上八点,对不对? 你们还能跟我们一起吃晚饭呢!"

艾瑞克·兰普顿说:"瓦利斯把你们召唤到这里来。等瓦利斯让你们走,你们就能走了。"

"瓦利斯已经让我们走了。"我说。

"我去叫凯文。"大卫说。

艾瑞克说:"我去叫他。"说罢,他从我跟大卫身旁走过,朝凯文和小女孩的方向走去。

琳达双臂交叉抱胸,"你们现在还不能回南方。米尼有很多事想跟你们谈。别忘了,他剩余的时间不多了。他的身体正迅速地衰弱。凯文真打算问索菲亚死猫的事? 一只死猫这么要紧?"

"对凯文来说,那只猫很重要。"我回答。

"没错。"大卫附和,"对凯文来说,这只猫的死代表了宇宙中的所有错误。他相信索菲亚能解释。我是说,索菲亚能解释宇宙的所有错误——不该有的苦楚和不该有的损失。"

琳达说:"我觉得,他不是去问死猫的。"

"他真是去问死猫的。"我回答。

"你不了解凯文。"大卫说,"鉴于这是他最后一次跟救世主面对面说话,或许他也会问些别的。但死猫绝对是最重要的话题。"

"我们该去找凯文了。"琳达说,"他跟索菲亚谈得够多了。你刚才说,瓦利斯让你们走是什么意思? 索菲亚这么说了?"

我脑中响起一个声音:跟她说,辐射让你不舒服。我听出这就是爱马士·肥特从1974年3月开始一直听到的A.I.声音。

"辐射,"我开口道,"让……"这时,我突然领悟到A.I.那句简短的话,其中别有含义。于是我改口道:"我的眼睛,现在几乎看不到东西。刚才有束粉红色的光芒击中了我,肯定是太阳。然后,我就忽然觉得,我们该回去了。"

"瓦利斯直接向你发射信息了。"琳达立即警觉地回应。

你不清楚。

"我不清楚。"我说,"可是,被击中以后,我的感觉就变了。好像突然回想起来,在南方,圣安娜,有重要的事情要做。我们知道还有其他人……其他可以被拉进鱼鳍会的人。他们也该加入共同生活社区。瓦利斯也让他们看到了幻象,他们找到我们,希望得到解释。我们向他们推荐了电影,就是鹅妈妈的电影,他们都去看了,收获很大。那些人还向自己的朋友推荐了这部电影。所以,去看《瓦利斯》的人,比我们知道的还要多。我在好莱坞也有熟人,制片人、演员什么的,特别是那些有钱人,在听我解说后,都对电影很有兴趣。有位米高梅的制片人,有兴趣资助鹅妈妈再拍一部电影,高成本电影。他说,已经找到了投资方。"

我居然滔滔不绝地编出这么一大段瞎话,自己也很惊讶。这些话自动脱口而出,说话的人简直不像我,倒像是另外的某个人——这人十分清楚该对琳达·兰普顿说什么。

"那位制片人,叫什么名字?"琳达问。

"阿特·洛科威。"我回答。这名字仿佛瞅准了时机,从我嘴里蹦出。

"他制作过哪些电影?"琳达问。

"有一部,讲的是核废弃物,污染了犹他州中部大部分土地。"我回答,"报纸新闻在两年前报道过这起灾难,但电视新闻受到政府高压,害怕了,没敢报道。那地方的羊都死了。封面特稿说是由神经毒气引起的。洛科威胆子很大,拍了部有种的片子,讲出了事实真相,还特别指出了政府的冷漠不作为。"

"这片子是谁主演的?"琳达问。

"罗伯特·雷德福。"我说。

"好吧,我们应该会有兴趣。"琳达说。

"所以,我们必须赶回加州南部。"我说,"我们得找一堆好莱坞的人谈谈。"

"艾瑞克!"琳达一边大声叫着,一边朝她丈夫走去。艾瑞克跟凯文站在一起,抓着凯文的手臂。

大卫瞥了我一眼,示意我们也跟上。于是,我们三人一同走向凯文和艾瑞克。不远处,索菲亚丝毫不理会我们,自顾自地读着书。

我被一束粉红色光线击中,双目失明。

"哎呀,上帝!"我叫道。

我什么都看不见了。我把双手放在疼痛欲裂的前额上,感觉到脑袋突突直跳,简直要炸开一样。

"怎么了?"大卫问。我听到如吸尘器般的嗡嗡低鸣声,睁开眼睛,但只看到粉红色的光芒围绕着我。

"菲尔,你没事吧?"凯文问道。

粉红色光芒褪去。我们坐在喷气飞机的三人座里。但是,在飞机的舱壁、乘客和座位之上,同时还重叠着干涸的褐土、琳达·兰普顿和不远处的大宅子。两个时间,两处地点。

"凯文,"我问,"现在几点?"我朝舷窗外望去,只见黑沉沉一片。机内大多数乘客的顶灯都亮着。现在正是夜晚。可与此同时,明亮的阳光倾泻在干涸的褐土地上,洒在兰普顿夫妇、凯文和大卫的身上。飞机的引擎嗡嗡声持续响着,我能感觉到轻微的晃动,是飞机开始转向了。此刻,远远地,舷窗外出现了万家灯火。我们已经到了洛杉矶上空。可是,我依然能感受到倾泻而下的温暖日光。

"再过五分钟,我们就要降落了。"凯文回答。

我明白,自己经历了时间错乱。

褐色土地退去,艾瑞克·兰普顿和琳达·兰普顿退去,阳光也退去了。

周围,飞机变得清晰起来。大卫正在读一本平装书,是 T.S.

艾略特写的。凯文似乎很紧张。

"我们就快到了,"我说,"就快到橘子郡机场了。"

凯文没回应。他一直蜷着身子,若有所思。

"他们放我们走了?"我问。

"你说什么?"他不耐烦地看了我一眼。

"我刚刚还在那地方。"我说。此时,漏掉的中间环节的记忆涌入了我的脑海。兰普顿夫妇和米尼,强烈抗议,恳求我们别走。但我们成功脱身,此刻正在加州航空的回程航班上。我们安全了。

米尼和兰普顿夫妇对我们施加了双重压力。

"你们不会把索菲亚的事告诉外人吧?"琳达十分焦虑,"你们发誓不说出去?"自然,这是他们三人的一致意见。焦虑是一重压力,负面压力。另一重是正面压力,引诱。

"这么说吧,"艾瑞克开口道,"这是人类历史上最重大的事件。你们不愿意置身事外,被历史落下吧? 毕竟,你们几个是瓦利斯选中之人。毫不夸张地说,电影放映后,我们收到的信有好几千封,但只有偶尔几个人跟你们一样,像是与瓦利斯联络过了。我们是获荣宠的少数。"米尼完全赞同艾瑞克的话。听说鱼鳍会要走,米尼似乎深受打击。尽管我们人数很少,米尼好像也真的非常难过。

"这就是神圣召唤。"米尼说,几乎是恳求我们三个。

"没错。"琳达和艾瑞克附和道,"这就是人类等待了几个世纪的召唤。去读读《启示录》,去读读《启示录》上说的天选之人。我们就是天选之人!"

"可能吧。"我回答。这时他们已经开车把我们送到吉诺酒吧旁,索诺马郡的一条小街上。这条小街允许车辆长时间停放,我们租来的车子就停在这里。我们下了车。

琳达·兰普顿来到我身边,手搭住我的肩膀,吻了我的嘴唇——热烈的、带有某种程度(应该说很大程度)情欲的吻。"一定要回我们身边来,"她在我耳边呢喃,"你保证。这才是我们的未来,只属于非常非常少数人的未来。"我心想:甜心,你大错特错了,这是属于每个人的未来。

然后,就到了此刻。多亏了瓦利斯的大力帮助(但我更愿意相信这帮助出于圣索菲亚),我们快要到家了。一想到圣索菲亚,我就能把注意力集中在这么一幅画面上:小女孩索菲亚,坐在动物中间,前面摆着书。

我们三个站在橘子郡机场,等候行李。我说:"他们没全说实话。比如,他们说,索菲亚说的话,做的事,全都录了音,录了像。这就不对。"

"这你就弄错了。"凯文说,"现在已经出现了先进的监控系统,能远程操控。虽然我们看不见,但那女孩很可能处于监控系统的摄录范围内。米尼没说大话,他确实是电子硬件设备方面的专家。"

我心想:为了再次体验瓦利斯,米尼宁愿去死。我呢?在1974年,我体验过一次。此后,我一直渴望它回来,渴望得骨头都疼。我的身体跟我的意识一样渴望,甚至更加渴望再次见到瓦利斯。可是,瓦利斯很明智,没有再来。它是对的。不愿再出现在我面前,这证明瓦利斯在乎人类的生命,不肯随意夺走。

毕竟,只一次接触,就差点儿要了我的命。我可以再见瓦利斯一次。但跟米尼一样,这也会要了我的命。我可不想死。我要做的事还有很多。

我到底该做些什么?我还不清楚,我们几个都不清楚。我已经在脑中听到了A.I.的声音,其他人,越来越多的人,也会听到这个声音。瓦利斯,这活着的信息,会渗透整个世界,复制人类的大脑,跟人类结合,在潜意识中,在不知不觉中帮助他们、指引他们。没人能确定自己是否已经和瓦利斯结合,除非这种共生关系濒临崩溃。而人跟人接触时,也没人能确定,对方究竟是普拉斯梅特人,还是普通人。

或许古老的秘密自证法将再次流行,但也有可能已经流行开来了。当两人握手时,得用手指飞快地做出两个交叉的弧形,做出鱼形标志。除了握手的两人，旁人无从知晓。

我回想起一件事。应该说，不止一件，都跟我的儿子克里斯托弗有关。1974年3月，在瓦利斯主宰我、控制我的意识的那段时间里，我为克里斯托弗举行了正确的、复杂的入会仪式，让他位列永生者之中。瓦利斯传来的医学知识救了克里斯托弗的肉体，但瓦利斯所做的不只如此。

这是一段我极为珍视的经历。当时，我偷偷摸摸地瞒着所有人，连我儿子的妈妈都瞒过了。

首先，我泡了一杯热巧克力。接着，做了个热狗，放了常用的配料。尽管克里斯托弗还很小，但也喜欢热狗和温热的巧克力。

在克里斯托弗的房间里，我——应该说，我体内的瓦利斯，扮成我的瓦利斯——跟他一块儿坐在地板上，玩了个游戏。我先是开玩笑地把温热的巧克力举过儿子的头顶。接着，仿佛一不小心，我把巧克力洒到了他头上，滴到他头发里。克里斯托弗咯咯笑着，伸手去擦。自然，我也伸手帮他擦。趁此机会，我俯身下去，在他耳边悄声说：

"以圣父、圣子、圣灵之名。"

除了克里斯托弗，没人听见我说的话。接着，我借帮他擦头发的机会，在他的前额画下十字架的标志。于是，我为他施了洗,又施了坚信礼。赐予我权柄的并非某个教会,而是我体内活着的普拉斯梅特——瓦利斯本尊。接着,我对儿子说:"你的秘密姓名,你的教名,是……"我对他说了名字。这名字将永远成为秘密,只有我、他和瓦利斯知道。

然后,我从热狗面包上掰下一小块,递了出去。我儿子——那时候,他还是个小小的幼儿——像只小鸟一样,张开了嘴巴。我把小块面包放了进去。看起来,我们俩不过是在分享食物,普通、简单、常见的食物。

出于某些理由,有件事很要紧——至关紧要——他不能吃到热狗里夹的肉。在这种仪式中,不能食用猪肉。这是瓦利斯告诉我的要紧知识。

克里斯托弗闭上嘴,咀嚼面包。此时,我递上那杯温热的巧克力。让我惊讶的是,尽管他这么幼小,平常只喝奶瓶,从没用过杯子,此刻却迫不及待地接过我手上的巧克力杯,举到嘴边,喝了一口。

我说:"这是我的血,这是我的身体。"

我的小儿子喝过后,我接过杯子。最伟大的圣餐仪式至此完成。施洗、坚信礼,还有最为神圣的圣餐仪式,我主最后晚餐的圣礼。

"我主耶稣基督的血,为你而流,让你的身体与灵魂永恒不朽。喝下去,记住基督的血为你而流,感恩于心。"

这是最为庄重肃穆的时刻。牧师成为基督,而基督本人则通过神圣奇迹,为忠实信徒献上了身体和血。

很多人都知道,在这样的奇迹中,葡萄酒(或者温热的巧克力)变成了圣血,华夫饼(或者一小块热狗面包)变成了圣体。但是,哪怕是教会人员,也极少有人意识到,立在教徒身前端着杯子的人,正是他们的主,活生生的主。我们战胜了时间。我们几乎回到了两千年前,我们不在美国加州圣安娜,而是在约公元35年的耶路撒冷。

在1974年3月,当我看到古罗马和现代加州重叠的时候,我见到的景象,正是通常来说只有藏于人们内心的信仰之眼才能见证的画面。

我的这种如双重曝光般的体验,证明了天主教弥撒的奇迹。不是比喻意义上的奇迹,而是真正的奇迹。

我说过,有个术语能够形容这一切,即"重获记忆"。也就是说,记起我主和我主最后的晚餐。

那一天,使徒们最后一次聚在桌边的时候,我也在场。你信也好,不信也罢。Sed per spiritum sanctum dico; haec veritas est. Mihi crede et mecum in aeter-nitate vivebis.

我的拉丁文不够好,可能有错。总之,我结结巴巴想表达的意思是:但是,我通过圣灵说出这番话。这话千真万确。相信我,你就能跟我在一起活在永恒中。

行李来了。我们把行李票交给穿制服的工作人员。十分钟后,我们驾着车开上高速公路,朝圣安娜的方向,朝家的方向驶去。

13

　　凯文一边开车,一边说:"我累了,真的累了。操他妈的交通堵塞! 这些人都是谁啊,怎么都拥到55号公路来了? 他们从哪儿来? 要到哪儿去?"

　　我心想:我们三个,要到哪儿去?

　　我们见过了救世主。还有,疯了整整八年后,我被救世主治好了。

　　这些事都发生在同一个周末……哎呀呀,更不用说,我们还从地球上最疯狂的疯子那儿,完好无损地逃了出来。

　　真奇怪,一个人居然会坚信,在别人扯瞎话的时候,他一眼就能识别。在大众兔子车里的时候,我听着琳达和艾瑞克瞎叨叨什么他们是另一颗星球来的三眼人,我马上就知道,他们疯了。能识别疯话,证明我也疯了。明白他们疯了,而我也疯了。

这可把我吓得不轻。

飞去索诺马的时候,我是疯子;现在,回到圣安娜,我已经神志清醒。虽说清醒,我却相信自己见到了救世主——而且救世主还是个黑发小女孩,有犀利的黑眼睛,说起话来比我见过的任何成年人都更有智慧。还有,我们想离开,却被兰普顿三人阻挠的时候,是她——或者说瓦利斯——插手干预,帮助了我们。

"我们有任务,"大卫说,"要前进,然后——"

"然后怎么样?"凯文问。

"我们先前进,然后她会告诉我们接下来怎么办。"大卫回答。

"猪还会吹口哨呢。"凯文讽刺道。

"你看,"大卫精神十足,"菲尔清醒了,没事了,这可是多少年来的第一次……"

"自从你们认识我以来的第一次。"我替他补完。

大卫说:"是她治好了菲尔。拥有治愈的力量是弥赛亚降临世间的绝对证据,无可辩驳。这你也知道,凯文。"

"照这么说,圣约瑟夫医院可就是城里最好的教会了。"凯文嘲讽道。

我问凯文:"你有没有抓住机会问一问索菲亚你的那只死猫?"我问这个问题,本是想嘲笑凯文,谁知他竟然转过头来,认

真地回答:

"有。"

"她怎么说?"

凯文深深吸了口气,紧紧握住方向盘,答道:"她说,我那只死猫……"他顿了顿,提高音量,"我那只死猫太笨了。"

我爆发出一阵大笑,大卫也一样。这么多年来,我们几个没人想到过这个答案。车子没有撞到猫;而是那只猫明明看到车子,却还一头撞了上去,就像个保龄球一样直直钻到车子的右前轮底下。

"她说,"凯文继续说道,"宇宙有严格的规则,像我的死猫的那一类,就是会一头钻进汽车底下的那一类,已经不复存在了。"

"嗯,"我说,"务实地说,她的话没错。"

关于死猫,索菲亚给了解释,已故的雪瑞也给了解释。把她们俩的解释拿来比较一番,会发现很有趣:雪瑞一脸虔诚,告诉凯文,上帝很爱他的猫——她真是这么说的——所以带走了这只猫,把它留在自己身边,而不是凯文身边。这种解释,说给一个二十九岁的大男人听,根本没有说服力。你只能拿这种话来哄孩子,而且是小孩子。可就算是小孩子,一般也能听出这完全是在瞎扯。

"可是,"凯文又说,"我接着问她,'上帝为什么没让我的猫生来就聪明呢?'"

"你真这么问了?"我问。

大卫一脸无奈,"我估计他问了。"

"我的猫太笨,"凯文接着说,"全因为上帝把它造得这么笨。所以,这是上帝的错,不是我的猫的错。"

"这些话,你也对她说了?"我问。

"对。"凯文说。

我生气了,"你这眼歪嘴斜的浑球! 你见到了救世主,却只顾唠唠叨叨那只该死的猫。你的猫死了,我很高兴,每个人都很高兴,行了吧? 给我闭嘴!"我气得浑身发抖。

"消消气,"大卫轻声道,"我们都累了。"

凯文对我说:"她不是救世主。我们跟你一样脑子不正常,菲尔。他们北方的三个,是疯子。我们南方的三个也是疯子。"

大卫说:"要不是救世主,一个两岁的小女孩怎么可能说得出……"

"他们在她脑袋里接了电线!"凯文吼道,"电线一头连着麦克风,另一头连着扬声器,扬声器就埋在她的脸部。说话的是别人。"

"我得喝杯酒。"我说,"我们在'桑布来罗大街'停一停。"

"我还是更喜欢从前的你,喜欢自称爱马士·肥特的你。"凯文说，"我喜欢爱马士·肥特。你跟我的猫一样笨。要是蠢笨会让人死，你怎么不死？"

"你想让我死？"我问。

"笨人明显活得更久，这才对。"说归说，凯文的声音低了下来，勉强才能听见。"我也不懂。"他嘟哝，"'救世主'。真是救世主吗？都是我的错。是我带你们去看电影《瓦利斯》的。是我让你们联络上鹅妈妈的。鹅妈妈居然生出了救世主，这说得通吗？这一切，说得通吗？"

"在'桑布来罗大街'停一停。"大卫也说。

"鱼鳍会要在酒吧举行会议。"凯文说，"这是我们的任务：坐进酒吧，喝酒。这肯定能拯救世界。可话说回来，为什么要拯救世界？"

之后，我们三人都闭上了嘴，保持沉默。凯文到底还是开到了"桑布来罗大街"。毕竟，三分之二的鱼鳍会团员都投了赞成票。

得到别人的赞同是好事。可是，要是赞同你的人，脑子比蝙蝠屎还糊涂，那可就不是好事了。索菲亚亲口说（这很重要），艾瑞克·兰普顿和琳达·兰普顿都病了。而且，兰普顿夫妇向我们摊牌并哄我们加入的时候，索菲亚，或者说瓦利斯，还为我提供了恰当的回答——恰当的词句,在恰当的时候出现。

那美丽的孩子和丑陋的兰普顿,在我看来是两回事,并不是一家人。尤其是,那两岁的孩子说的话,听起来很像智慧之言……我坐在酒吧里,手握墨西哥啤酒瓶,自问道:究竟什么才是理性的标准,如何判断听到的是不是智慧之言? 从本质来说,智慧是理性的。智慧是通向真实存在的最后一步。有智慧的和真实存在的,二者之间关系紧密,但也很微妙。那小姑娘跟我们说什么来着? 人类不应该继续崇拜外部的神灵,只崇拜人类自身的时刻已经到来。这话在我听来,是理性的。不论这话出自两岁孩子之口,还是出自《大不列颠百科全书》,我都觉得有道理。

一段时间以来,我一直认为,"斑马"——就是1974年3月在我面前现身的实体——其实是线性时间轴上无数个自我叠加的总和。斑马——或者说瓦利斯——是某个人类的超时间外显,而不是上帝。除非,我们崇拜的"上帝",指的就是某个人类的超时间外显,只是我们这么说的时候都没有意识到这一点。

算了,让这些统统见鬼去。我累了,我放弃了。

凯文开车送我回家。一回到家,我立马爬上了床。我精疲力竭,而且,不知为何,还有些泄气。索菲亚给了我们任务,却没有说明白任务的目的何在。更重要的是,等索菲亚长大几岁,她准备怎么生活? 继续跟兰普顿夫妇一起,还是逃走改名,到日本去开始新生活?

她会在什么地方扎根?这些年,我们将从哪里听到她的消息?难道我们得等到她成年?那可能还得再等十八年。十八年足够费里斯·F. 弗莱蒙(借用电影里的名字)再次统治世界了。我们现在就需要帮助。

接着,我又想:人类总是急切地需要救世主,但凡需要稍等片刻,就为时已晚。

这天晚上,我做了个梦。梦里,我坐在凯文的本田车里,但开车的不是凯文,而是琳达·罗什塔。而且,本田车变成了敞篷车,变得好像古时候的车辆,仿佛双轮马车。罗什塔一边对我微笑,一边歌唱。我从没听她唱过这么美妙的歌。她唱道:

要想走向黎明,

就得穿上拖鞋。

梦中,我听到这句话很高兴,仿佛听到了一条非常重要的消息。第二天早晨,我醒来,眼前仍然能看到琳达可爱的面容,还有亮晶晶的黑色眼睛。那大大的黑眼睛当中闪耀着奇异的黑色光芒,就像星光。她望着我,神情中充满了强烈的爱意。那不是性欲之爱,而是《圣经》中被称为"慈爱"的感情。她要开车送我去哪儿?

　　这一天,我一直都在想法子弄明白梦中那两句谜语似的歌词。拖鞋,黎明。我跟黎明有什么联系?

　　我翻看自己的参考书(从前,我会说"爱马士·肥特翻看他的参考书"),发现"欧若拉"(Aurora)一词就是拉丁文中"黎明"的拟人化。说起"Aurora",就能联系到"Aurora Borealis",也就是北极光。北极光,很像圣艾尔摩之火,也就是说,很像"斑马"或瓦利斯。关于北极光,《大不列颠百科全书》是这么说的:

　　历史上,北极光出现在爱斯基摩神话、爱尔兰神话、英格兰神话、斯堪的纳维亚神话以及许多其他神话当中。古人们一般都相信,北极光是超自然的表现……北部日耳曼部落将之视为瓦尔基里(女武神)盾牌的光彩。

　　这是不是说——瓦利斯是不是在告诉我——小索菲亚将会在这世界中成长为"女武神"?也许。

　　那拖鞋怎么解释?我倒是有个想法,有趣的想法。恩培多克勒,毕达哥拉斯的弟子,曾经将自己记得前世之事公之于众,还私下告诉朋友们,自己是阿波罗。世人未曾亲睹他的死亡。最后,人们只在埃特纳火山山顶附近,发现了他的金色拖鞋。所以，恩培多克勒要么跟以利亚一样被带上了天，去了某颗星星，要么就是跳进了火山口。埃特纳火山在西西里岛最东面。在罗马时代，"Aurora"一词的字面意义就是"东方"。瓦利斯是用拖鞋暗指自己，暗指重生，指永恒的生命？我是不是……

突然，电话响了。

我接了起来，说："喂。"

电话里传来艾瑞克·兰普顿的声音。他的声音听起来有些别扭，好像一个快死的老人，"我们有事要跟你说。我让琳达来说。你等等。"

我站着，握着没声音的话筒，心中感到深深的恐惧。接着，琳达·兰普顿的声音，单调没有起伏的声音，在我耳边响起。我忽然想到，昨晚的梦跟她有关。琳达·罗什塔，琳达·兰普顿。"你说什么？"我没听懂琳达刚才说的话。

"小姑娘死了。"琳达·兰普顿说，"索菲亚死了。"

"怎么死的？"

"米尼杀了她。是一个意外。警察已经来了。是被激光杀死的。他想——"

我挂了电话。

电话立刻又响了起来。我接起来，说了一声"喂"。

琳达·兰普顿说："米尼想尽可能多地得到信息……"

　　"谢谢你告诉我。"我说。我心中居然没有悲伤,只有苦涩和愤怒,我一定是疯了。

　　"他想用激光尽量多地传递信息,"琳达说,"我们在给所有人打电话。我们不明白,既然索菲亚是救世主,她怎么可能死呢?"

　　两岁就死了。这不可能。

　　我挂断电话,坐了下来。过了一会儿,我意识到梦中开车唱歌的女子就是索菲亚,长大后的索菲亚。她原本会长成那个样子,拥有一双闪烁着光芒、生命和火焰的黑眼睛。

　　那个梦,是她在用自己的方式向我告别。

14

报纸和电视都报道了鹅妈妈女儿的死亡。理所当然,毕竟艾瑞克·兰普顿是个摇滚明星。新闻暗示死因蹊跷,很可能跟漠视、毒品等等不祥之物有关。米尼的脸也出现在新闻里,还有电影《瓦利斯》的某些片段,里面出现了堡垒混音器。

只过了两三天,这事就被世界忘在了脑后。一如往常,电视新闻里有的是层出不穷的新恐怖、新悲剧。洛杉矶一家卖酒的小店被抢,店员遭枪击。一位老人死在不合格的养老院里。圣地亚哥高速公路上,一辆运木料的大卡车起火失控,跟三辆小汽车连环相撞。

世界总是这个样子,照常运转。

我开始思考死亡。不是索菲亚·兰普顿的死亡,而是宏观的死亡。慢慢地,我开始思考自己的死亡。

事实上,思考死亡的不是我,而是爱马士·肥特。

一天晚上,他坐在我家客厅的安乐椅上,端着一杯白兰地,若有所思地说:"这只能证明我们的想法是对的。我是说,她的死。"

"我们的什么想法?"我问。

"他们都疯了。"

我说:"她父母是疯子,但索菲亚不是。"

"要是她真是'斑马',"肥特说,"她就该提前预知米尼的激光设备会出故障。她本可以扭转结局,避免死亡。"

"是啊。"我回答。

"没错,"肥特说,"她本来早该知道,而且……"他指指我,用毫不掩饰的胜利口吻说,"她本该有能力扭转结局的,对不对?既然她能推翻费里斯·F. 弗莱蒙——"

"别说了。"我说。

"从一开始,"肥特平静地说道,"一切就全是尖端激光技术。米尼想出了办法,用激光束来传递信息,以人脑作为能量转换器,无须电子界面。这一点,俄国人用微波也能做到。1974年3月,我肯定是意外拦截到米尼传递的信息,受到了辐射,所以血压才会升那么高,家里的宠物才会死去。米尼也是因为受到自己的激光实验的辐射,才得了不治之症。"

我什么都没说。没什么可说的。

肥特说:"我很遗憾。你还好吗?"

"还好。"我回答。

"毕竟,"肥特说,"我从没跟她当面交谈过,跟你们几个不一样。第二次,她把任务布置给我们鱼鳍会的时候,我不在场。"

我想,现在,我们的任务该怎么办呢?

"肥特,"我说,"她死了,你不会因此打算再自杀一次吧?"

"不会。"肥特说。

我不相信。我能看得出来。我了解他,胜过他了解自己。格洛莉亚死了,贝丝离开了他,雪瑞也死了,这许多打击之下,拯救他的唯有出发寻找"第五位救世主"的决心。可现在,这个希望也破灭了。还有什么能支撑他?

肥特试遍了所有办法,可所有办法都失败了。

"要不,你再去莫里斯那儿看看?"我问。

"他会说,'我是认真的'。"我们俩大笑,"'我要你列出十件这世上你最想做的事情,我要你仔细想好,然后写下来。我是认真的!'"

我问:"那你想做什么呢?"问这话,我确实是认真的。

"去找他。"肥特说。

"谁?"我问。

"我不知道。"肥特说,"死去的人,我再也见不到的人。"

这样的人可多得很。我心中暗道。抱歉,肥特,你的回答太含糊了。

"我得再去趟'大世界'旅行社,"肥特低语道,"跟那儿的女士再谈一次。谈谈印度。我有种感觉,就在印度。"

"什么在印度?"

"他会在印度。"肥特回答。

我没回应。那么做没有意义。肥特的疯症又回来了。

"他肯定就在某个地方。"肥特说,"我知道他在,此时此刻就在世界上的某个角落。'斑马'告诉过我,'圣索菲亚会再度降生;她不是——'"

"想听真话吗?"我打断他。

肥特眨了眨眼睛,"当然,菲尔。"

我用嘶哑的声音吼道:"没有救世主。圣索菲亚不会再降生。佛祖不在公园里,首领阿波罗也不会回来。明白吗?"

一阵沉默。

"第五位救世主——"肥特怯怯地开口。

"忘了这事吧,"我说,"你精神错乱了,肥特。你跟艾瑞克·兰普顿、琳达·兰普顿,还有布伦特·米尼一样疯了。自从格洛莉亚从西纳农大楼一跃而下,把自己摔成了个鸡蛋三明治以来,你已经疯了整整八年。放弃吧,忘了吧!行吗?就当是帮我一个忙?就当是帮我们大家一个忙?"

肥特沉默许久,低声问:"那,你跟凯文的想法一样咯?"

"对,"我说,"我跟凯文的想法一样。"

"那,我为什么还要活在这世上?"肥特轻声问。

"我不知道,"我说,"我也不在乎。这是你的生命,是你的事,不是我的事。"

"斑马不会对我说谎。"肥特说。

"没有'斑马',"我说,"只有你自己。难道你还不明白?那就是你,自始至终只有你自己一个人。格洛莉亚自杀后,你把没实现的渴望和得不到回应的愿望给投射了出去。你没法用现实来填满心中的空虚,便只能用幻想填充。你的生活一事无成,白白浪费,每日都过得空虚而且充满痛苦,而'斑马'只是你幻想出来的对精神生活的补偿。我实在想不明白,你他妈的为什么到现在还不放弃。你就像凯文的那只死猫,太笨。这就是事情的全部始末。懂了吗?"

"你这是在剥夺我的希望。"

"我什么都没剥夺。本来就没有希望。"

"真是这样?你真这么想?真的?"

我说:"我真的是这么认为的。"

"你觉得我不该去找他?"

"该死的,你到底想去哪儿找? 你根本不知道他究竟在哪里,你连一点点头绪都没有。他可能在爱尔兰,可能在墨西哥城,可能在阿纳翰市的迪斯尼乐园。对了,说不定他就在迪斯尼乐园扫地。而且,你准备怎么把他认出来? 我们都以为索菲亚是救世主,确信不疑,可她却死了。她说起话来跟救世主一模一样。我们还有很多其他证据,很多其他迹象。我们有电影《瓦利斯》,我们有两个单词的密码,我们有兰普顿夫妇和米尼。他们说的跟你说的完全吻合。一切都吻合。可现在,世上又多了个死去的姑娘,多了个埋在地下的箱子。三个人白白死去。你相信她是救世主,我也信,大卫也信,凯文也信,兰普顿夫妇也信,米尼也信——米尼尤其坚定,坚定到一不小心杀了她。现在,一切都结束了。这一切,本来就不该发生。都怪该死的凯文看了那部电影! 去吧,去自杀吧! 滚他妈的。"

"我还是有可能——"

"不可能,"我说,"我知道,你不可能找到他。我把话说白了,好让你彻底听懂。你以为救世主会让格洛莉亚复活,对不对? 不管救世主是个男的,还是个女的,都根本不会让她复活! 而现在救世主自己也死了。本来应该……"我说不下去了。

"那……宗教真正的名字,"肥特说,"其实是死亡。"

"没错,这就是神圣秘密。"我赞同道,"你终于明白了。耶稣死了,阿斯克勒庇俄斯也死了。人们杀害了曼尼,手段比杀害耶稣更残忍。可是,没人在意,更没人记得。他们还杀了法国南部的卡特里派①教徒,好几万人死了。三十年战争期间死了几十万人,有新教徒,有天主教徒,你杀我,我杀你。死亡正是宗教真正的名字。宗教真正的名字不是上帝,不是救世主,不是爱,而是——死亡。凯文说得对。他的死猫,说明了宇宙中所有的错误。最高审判官根本没法回答凯文的问题。凯文问:'我的猫为什么会死?'审判官回答:'我知道才怪。'没有答案,只有一只死去的动物。那只动物只是想横穿马路而已。我们都是想横穿马路的动物,刚走到一半,就被横冲出来的东西撞飞,连街对面的景象都没来得及看一眼。你去问问凯文吧!说什么'你的猫太笨'。猫是谁造出来的?他为什么让猫这么笨?猫被车撞死,学到教训没有?它学到什么教训?雪瑞死于癌症,又学到什么教训?格洛莉亚学到——"

"行了,够了。"肥特说。

"凯文说得对。"我说,"出去找个妞,睡一觉。"

"跟谁睡?她们都死了。"

---

① 十二至十四世纪欧洲南部的二元论基督教派(或称诺斯替教复兴运动),因教义不合,受到罗马天主教会迫害。

　　我说："活着的妞儿多的是。趁她们没死，趁你没死，趁没人死也没动物死，赶紧睡一个。你自己也说过，宇宙是非理性的，因为宇宙背后的意识是非理性的。你也一样是非理性。这你清楚。我也一样。我们大家都一样，而且在某种程度上，我们都知道自己脑子不正常。我真想写本书，可惜没人会相信我的话。我们这群人，疯狂到这种程度，做出这种事，没人会相信。"

　　"他们现在会相信的。"肥特说，"在吉姆·琼斯和琼斯镇九百人集体自杀事件之后，他们会相信的。"

　　"走吧，肥特，"我说，"去南部，回索诺马，去兰普顿的社区申请入住，除非他们已经关门大吉了。我觉得不会。疯症自有推动力，只会不停前进。"我站了起来，走到肥特身边，把手放在他的胸膛上。"那姑娘已经死了。格洛莉亚已经死了。不会再复活。"

　　"有时候我会梦到——"

　　"我会把这句话刻在你的墓碑上。"

　　肥特弄好护照，离开了美国。他乘坐冰岛航空的班机飞到卢森堡。这是他能找到的最便宜的机票。之后，我们收到过一张明信片，是他经过冰岛的时候寄来的。一个月后，我们又收到他从法国梅斯①寄来的信。我在地图上查了，那是在和卢森堡的

_____

　　① 法国东北部城市，近卢森堡边界。

交界处。

在梅斯(他喜欢梅斯的风景),他遇见了个姑娘,享受了一段美好时光。最后,姑娘偷走了他身上一半的钱。他给我们寄过一张姑娘的照片,很漂亮,有点儿像琳达·罗什塔,脸型和发型都和琳达一样。之后,肥特再也没寄过照片,因为他的相机也被她偷走了。姑娘在书店工作,至于有没有跟他上过床,肥特倒没跟我们说。

从梅斯出发,肥特去了西德。在那里,美元一文不值。肥特懂一点儿德语,能读能说,所以他在西德过得还算轻松。可是,他的来信越来越少,渐渐地,便和我们彻底失去了联系。

"要是他跟那法国姑娘睡过,"凯文说,"他早就康复啦!"

"他肯定跟她睡过了。"大卫说。

凯文说:"要是睡过了,他就会精精神神地回家来。可他没回来,所以肯定没睡过。"

一年后的一天,我接到肥特寄来的一份邮传电报①。他已经飞回美国,到了纽约(他在纽约有熟人)。肥特说,他在欧洲染上了传染性单核细胞增多症,一旦痊愈,马上就回加州。

"他到底有没有找到救世主?"凯文问。邮传电报里没提。

---

① 美国邮局的送电报服务,发报人将电报发送到某一邮局,通过邮政服务,送到收报人手上。

"要是找到了,他肯定会说的。"凯文说,"他既然说了法国姑娘的事,肯定也会提救世主的事儿。"

"好歹他总算没死。"大卫说。

凯文说:"那得看你怎么定义'死'。"

这一年来,我过得倒是不错。我的书卖得挺好,糊口之余还能富余不少,多到我不知该怎么花。事实上,我们三个都过得不错。大卫开了家烟草商店,门面在市里的购物中心,还是橘子郡最高端的购物中心之一。凯文交了个新女友,那姑娘对他挺温柔,对我们也温柔,而且挺识相,不计较我们几个(特别是凯文)如绞刑架般的幽默感。我们给凯文的新女友讲了肥特的事,讲了他寻找救世主的试炼,还有连钱带宾得相机一锅端走的法国姑娘。凯文的新女友很想见见他。我们也很期待再次见到肥特,听他讲讲旅途经历,看看他拍的照片,说不定还能拿到礼物呢!(我们心中暗想。)

过了一段时间,我们收到第二份邮传电报。这一次,电报是从俄勒冈州的波特兰市发来。电报里写着:

KING FELIX

就只有这两个吓人一跳的字眼。哎?我琢磨,找到了?他想告诉我们,他找到救世主了?过了这么久,难道鱼鳍会又要重新召集全体会议了?

对我们三个来说,这种事还是别来的好。对于团体来说也好,对于个人来说也罢,过去的那件事,我们的记忆已经渐渐模糊了,那是属于我们宁愿忘记的一段回忆。太痛苦了,有太多的希望被冲进了下水道。

肥特抵达洛杉矶机场,我、大卫、凯文和他的小女友金吉,四个人在机场迎接。金吉把一头耀眼的金发编成了辫子,辫子里还编进了细细的红丝带,整个人色彩缤纷的。这姑娘会在深夜出门,开老远的车,就为到某家偏僻的爱尔兰酒吧,去喝杯爱尔兰咖啡。

全世界的人好像都拥到机场来了,我们挤在人潮中四处转悠,说话聊天。突然,一转眼,爱马士·肥特就猛地出现在我们面前,随着一群旅客,大步朝我们走来,手里提着公文包,面露笑容——我们的朋友回来了。

他西装笔挺,打着领带,全身都是东海岸时尚最前沿的式样。见肥特如此衣冠楚楚,我们都吃了一惊。本来,我们几个都暗暗以为,要见到的肯定是个眼神空洞、皮包骨头的人形残骸,一瘸一拐,连走路都勉强。

我们拥抱了肥特,把金吉介绍给他,然后便问他过得怎么样。

"还不赖。"他回答。

我们在附近一家高级酒店吃饭。不知为何,吃饭的时候,我们都没怎么说话。肥特有些沉默,但心情还不错。我猜他可能是累了。毕竟,他经历了长途旅行,风霜都刻在脸上。人的经历会留下印记,藏也藏不住。

"公文包里放着什么呢?"饭后咖啡上来的时候,我问肥特。

闻言,肥特推开面前的盘子,在餐桌上摆好公文包,按开锁扣。公文包没用钥匙上锁,一下就弹开了。包里放着好些马尼拉纸文件袋,上面都编了号。肥特翻捡一番,挑出一个,又仔细核对了编号,这才递给我。

"看看里面是什么。"他面露微笑,就好像知道送的礼物别人一定会喜欢,非要让人当面拆开一样。

我打开文件袋。里面是四张 8 英寸×10 英寸的光面相片。相片拍得很好,显然出自专业人士之手,简直像是电影公司印制的宣传剧照。

相片拍的是一个希腊花瓶。花瓶上画着一个男子形体。我们认出,那是赫耳墨斯。

让我们震惊的是,整个花瓶环绕着双螺旋花纹,花瓶底色是黑色,双螺旋则是红釉。是 DNA 分子,不会错。

"这是件两千三四百年前的文物。"肥特说,"我是说照片上的巨爵①,就是那个陶器,不是说照片。"

"陶罐。"我说。

"这是我在雅典一家博物馆里看到的,是真正的文物。这可不是我说的,我没这个资格。这是博物馆的专家做的鉴定。我跟其中一名专家聊了聊。他原本没想到花纹的含义,听我一说,很有兴趣。那个陶器,就是巨爵,后来被用作装洗礼水的器皿。'巨爵'(krater)这个词是 1974 年 3 月进入我脑袋的希腊词语之一。当时,同时出现在我脑中的词还有'poros'。'poros krater'一词的本意就是'石灰石洗礼盆'。"

确凿无疑,那花纹,前基督教时代文物上的花纹,就是克里克和沃特森历经多次错误、多次试验修正,方才得出的双螺旋模型。这模型忠实地复制在两千多年前的文物上。

"然后呢?"

"赫耳墨斯所持的权杖,饰有两条交缠的蛇。蛇杖现在仍然是医学的象征。究其本意,蛇杖并不是赫耳墨斯的,而是……"肥特顿了顿,眼神闪亮,"阿斯克勒庇俄斯的。蛇象征智慧。但是,除此之外,蛇杖还有很特别的含义,表明持杖者身份神圣,不得妨碍……这就是为什么,众神使者赫耳墨斯会手持蛇杖。"

---

① 古希腊和古罗马时期,用来混合酒和水的大酒杯,口部很宽且有两个把手。

一时间,我们没人说话。

按照惯例,凯文应该会来几句干巴巴的讽刺俏皮话。但他只是坐着,闭口不言。

金吉仔细地观看那几张相片,感叹道:"真可爱呀!"

"阿斯克勒庇俄斯是人类历史上最伟大的医生,"肥特对她说,"是希腊医学的奠基者。罗马帝国皇帝尤利安——他被称为叛教者尤利安,因为他背弃了基督教——将阿斯克勒庇俄斯视作上帝,或者说至少是一位神祇。朱利安崇拜阿斯克勒庇俄斯。要是这种崇拜一直延续,整个西方世界的历史都将彻底改变。"

"你是不会放弃的。"我对肥特说。

"不会。"肥特赞同,"我永远不会放弃。我现在回来,是因为没钱了。等我攒些钱,还会再出发。我已经知道该去哪儿找了。我该去希腊群岛——利姆诺斯、莱斯沃斯、克里特等等,特别是克里特。我做过一个梦——这个梦重复了两次——我坐在一部下降的电梯里,电梯操作员在背诵诗歌,还有一大盘意大利面,上面插着一把三个齿的叉子,一把三叉戟……这肯定象征着阿里阿德涅给忒修斯的线团。忒修斯杀死怪物米诺陶诺斯后,这个线团帮他走出了米诺斯的迷宫。半人半兽的怪物米诺陶诺斯,在我看来,代表了疯狂的神灵撒马尔,就是诺斯替教中的德穆革。"

"那两个单词的邮传电报",我说,"'KING FELIX'。"

肥特说:"我没找到他。"

"哦。"我说。

"不过,他肯定就在某个地方。"肥特说,"我很确定。我永远不会放弃。"他把照片重新放回纸袋中,收回公文包,扣好。

如今,肥特在土耳其。他给我们寄来一张明信片,上面印着一座清真寺。这座清真寺原先是座基督教大教堂,称为"圣索菲亚"或"Hagia Sophia"大教堂,虽然这座建筑的屋顶在中世纪就崩塌了,需要重建,却仍属于世界奇观之一。任何一本建筑教科书,无论多简略,都收录了索菲亚大教堂示意图。这是一座独一无二的建筑,教堂的中央部分仿佛飘在空中,要朝天堂升去——这正是东罗马帝国皇帝查士丁尼一世建造这座大教堂的意图。当年,这位罗马皇帝亲自督建了这座教堂,将其命名为"圣索菲亚",即基督的密名。

爱马士·肥特会再联系我们的。凯文这么说,而我相信他的判断。凯文的话值得信任。他在我们当中疯狂的程度最轻;更重要的是,他的信仰最坚定——这是我花了很久,才明白过来的。

信仰是个奇特的东西。根据定义,信仰某物的意思就是某物乃是无法证明的东西。比如,上个周六,我在上午打开了电视机。我没想看电视,一是因为周六上午全是儿童剧,二是因为我本来就不看白天的电视节目。我打开电视,只想把电视当作背景声音。有时候,电视的声响能减轻我的孤单。总之,上周六,跟平常一样,电视里放了一连串广告。不知怎么,我的注意力突然被电视吸引。我放下手里的活儿,全神贯注地看电视。

电视里放的是一条连锁超市的广告。屏幕上出现了几个大字:FOOD KING。然后,一瞬间,镜头就切换了。放映速度当然是越快越好,这样才能尽可能多地挤进广告。下一条出现的是卡通片"Felix the Cat"(猫咪菲利克斯),一部黑白老卡通片。前一刻,屏幕上的字是FOOD KING;后一刻,几乎是同时,出现了大写的FELIX THE CAT。

这么一来,就形成了并列的、顺序恰当的密码:

KING FELIX

但是,这个密码只能作用于你的潜意识。有谁会偶然——纯粹出于偶然——注意到这两个并列的词?只有孩子,南方的小孩子。对他们来说,这两个词毫无意义。他们不会想到这两个词连起来会组成密码；就算想到了，也不会理解其中的含义，不会明白这两个字指的是谁。

可是，我也看见了，而且我知道这两个字指的是谁。我想，就像荣格说的，这肯定是纯粹的共时性，纯粹的巧合，偶然而已。

或者……难道说，这是发出来的信号？通过全世界最大的电视台之一，NBC（全国广播公司）的洛杉矶发射台，传到了千千万万个孩子的脑中？这一瞬间的信息，会被孩子们的右脑处理，被有意识之下的层面接收并储存，说不定还会被解码。有多少东西沉眠并储存在那个层面啊！这肯定不是艾瑞克·兰普顿和琳达·兰普顿干的。应该是某个广播工作人员，NBC的某个技术员，从手里的一大沓广告中，随机抽取播放的。如果说，电视中这两个词的并列出现是有意为之，那么，能完成这件事的，唯有瓦利斯，唯有身为信息的瓦利斯。

也许，我刚刚看到的真是瓦利斯，播放广告和卡通片的瓦利斯。

我对自己说：消息又传出去了。

两天后，我接到琳达·兰普顿的电话。那起悲剧发生后，这是我第一次接到他们的消息。电话里，琳达的声音很兴奋，很快乐。

"我怀孕了。"她说。

"太好了,"我说,"几个月了?"

"八个月了。"

"哎呀呀。"我心中暗想,快生了。

"快生了。"琳达说。

"这一次,会是男孩子吗?"我问。

琳达说:"瓦利斯说,这次也是个女孩。"

"米尼他……"

"他死了。我很难过。他得的是绝症,毫无办法。我又有孩子了,妙极了,是不是?"

"想好起什么名字了吗?"我问。

"还没。"她回答。

当夜,我恰巧又在电视里看到一条广告。狗粮广告。狗粮！广告最后,列出了一长串动物的名字,说该公司均为其提供食粮。公司的名字我已经忘了,但我还记得最后一句话:

"为牧羊人,也为羊群。"

左边出现了一条德国牧羊犬,右边出现了一只巨大的绵羊。一瞬间,电视台切换到另一条广告:一条帆船,默默驶过屏幕。白帆上,我看到了小小的黑色记号。不用细看,我也知道那记号是什么。造船者在船帆上放的是鱼形标记。

牧羊人,羊群,然后是鱼。三者并列,之前又有 KING FELIX。我说不好。我缺乏凯文的信仰,也没肥特疯得那么彻底。可是,我看到的是不是瓦利斯在短短几天内有意发出的两次信号? 两次信号意义相同,难道都为了影响我们的潜意识,告诉我们时候已到? 我不知道该相信什么。也许,我要做的不是思考,不是相信,也不是发疯。也许,我要做的——瓦利斯要求我做的——只是等待。等待,并保持清醒。

我等待着。一天,我接到爱马士·肥特打来的电话。这一回,他到了东京。他听起来身体健康,活力充沛,情绪高涨。突然接到他的电话,我惊讶不已。听到我这么吃惊,他乐不可支。

"密克罗尼西亚。"他说。

"什么?"我没听懂,以为他又开始说通用希腊语了。接着,我明白过来,他指的是太平洋上的群岛。"噢,"我说,"那地方你去过啦? 卡罗林群岛、马绍尔群岛什么的。"

肥特说:"我还没去,正打算去。我脑中的 A.I. 声音叫我去密克罗尼西亚找找。"

"那些岛都挺小的吧?"我问。

"所以才叫'小岛群岛'呀! 密克罗,超级小!"肥特哈哈大笑。

"一共有几个岛啊?"我想着,可能有十几二十个吧。

"两千多个。"

"两千!"我泄了气,"你一辈子都找不完。A.I.就不能缩小范围吗?"

"我希望它能。也许能缩小到关岛。我打算先飞去关岛,从那儿开始找。细细搜索密克罗尼西亚,能看到不少二战的遗迹呢!"

我说:"A.I.又开始说希腊语了,真有意思。"

"希腊语里,mikros意思是小,"肥特说,"nesoi意思是岛。说不定你是对的,说不定A.I.指的不是密克罗尼西亚,这只是A.I.惯于回溯到希腊语的癖好。不管怎么说,值得一试。"

"你知道凯文会怎么说。"我说,"那两千个岛上,多的是思想和身体都白纸一片的土著姑娘。"

"等我到了那儿才知道。"他说。

肥特挂了电话。放下电话,我觉得心中好受了些。能听到他的近况,听到他如此开心,真好。

这些天,我一直觉得,人性良善。不知道这种感觉从何而来——难道来自肥特的电话?——但我确确实实感觉到了。如今又值三月,肥特会不会再次经历粉红光束从天而降,朝他发射更多的新信息? 这些信息会不会缩小他的搜寻范围?

肥特的首次经历便出现在三月，是三月春分（Vernal equinox）之后的一天。vernal 的意思自然是春天。equinox 的意思则是太阳几乎直射地球赤道，全球各地的昼夜等长。所以，爱马士·肥特遇见上帝或"斑马"或瓦利斯或永生的自己，是一年中白天长度首次超过黑夜的那一天。而且，根据某些学者的考据，这一天，才是基督真正的生日。

我坐在电视机前，注视屏幕，等待下一条信息。我是小小的鱼鳍会成员——在我心中，这个团体仍然存在。在电影《瓦利斯》中，卫星的微缩复制品，瓦利斯的缩小版，就像阴沟里的空啤酒罐，被出租车轧过。与此相仿，在我们的世界中，神圣象征最早出现的地方，也一定在社会最底层。反正，我是这么想的。凯文也说过类似的话：神圣之物会入侵我们最想不到的地方。

"去最想不到的地方找找。"凯文曾对肥特说过。可这完全是个悖论——一旦出发寻找，最想不到的地方就不再是最想不到了。

一天晚上，我梦见自己拥有一座水上小屋，这次是在海洋上。海水无边无际。水上小屋的样式我从没见过，看起来有点儿像是电影中南太平洋上的小屋。而我慢慢清醒时，一个念头突然出现在我脑中：

花环，歌舞，朗诵神话、传说和诗歌。

　　后来，我回忆起来，我读到过这句话。这句话出自《不列颠百科全书》"密克罗尼西亚文化"这一条目。那声音也对我说话了，提醒我爱马士·肥特前去寻找的地方，正是此处。

　　我呢，则留在家中继续寻找。我坐在客厅的电视机前。坐着，等着，注视着屏幕，保持清醒。正如很久以前，在原初之际，曾有人让我们这样做的一般。我坚守着自己的任务。

附录

秘密论著手稿

1. 宇宙中只存在一个终极意识,但却有两个本源相互争斗。

2. 终极意识先放入光明,继而放入黑暗。光明与黑暗争斗,于是产生了时间。最后,终极意识将胜利给予光明。时间停止,终极意识获得了圆满。

3. 他让景物看起来不一样,以此显示时间在流逝。

4. 面对终极意识的时候,物质都是塑料。

5. 他把我们一个一个拉出这个世界。

6. 帝国永存。

7. 首领阿波罗即将回归。圣索菲亚会再度降临人世。之前,她不被接纳。佛陀在园子里。悉达多仍在睡梦中(但很快会醒来)。你们等待的日子已经到来。

8. 上层王国拥有无限①力量。

9. 他是很久以前的古人，可现在仍然活着。

10. 提亚纳的阿波罗尼乌斯，托名赫耳墨斯·特里斯墨吉斯忒斯，写道，"在上的，其实便是在下的"。他想用这句话告诉我们，宇宙其实是个全息图。可惜他缺少合适的术语。

11. 提亚纳的阿波罗尼乌斯，塔尔色斯的保罗，西门·马古，帕拉塞尔苏斯，波墨和布鲁诺共同保守的最大秘密是：普通人类只能沿着时间线后退。宇宙本身在不断收缩，最终将会收缩成单一实体。这是宇宙成为完整体的过程。衰朽与混乱被我们反过来视为增长。以上几位医生学会了沿着时间线前进，这一行为却被我们视为倒退。

12. "永生者"，被希腊人称为"狄俄尼索斯"，被犹太人称为"以利亚"，被基督徒称为"耶稣"。当一个人类宿主死去，"永生者"便会转移到另一个人类宿主身上。因此，"永生者"永远不会被杀，也不会被抓。所以，十字架上的耶稣才会大叫，"Eli, Eli, lama sabachthani"。当时在场围观的人中，有些人正确地理解了这句话的意思，说道，"这个人在呼唤以利亚"。以利亚离开了耶稣，他孤独地死去。

13. 帕斯卡说过："人类历史，不过是同一个永生之人不断

---

① 即全权、绝对。——原作者注

学习的记录。"这位永生者受到我们的崇拜,我们却不晓得他的名字。"他是很久以前的古人,可现在仍然活着。"还有,"首领阿波罗即将回归"。名字不同而已。

14. 宇宙是信息。身处其间的我们处于静止状态。我们不是三维的,也不存在于空间或时间。我们接收信息,然后把它实体化成表象世界。

15. 库迈的西比尔保护着罗马共和国,还会及时发出警报。早在公元一世纪,她就预见了肯尼迪兄弟、马丁·路德·金博士和派克主教会遇刺。她预见到,这四位遇刺者有两个共同点:第一,他们都守护着共和国的自由;第二,他们都是宗教领袖。这是他们遇刺的缘由。由此,共和国便再度沦落为被独裁者统治的帝国。"帝国永存"。

16. 1974 年 3 月,西比尔说:"密谋者已被发现,将接受制裁。"她用第三只眼睛,或称眉心轮、湿婆之眼发现了密谋者。这只眼睛一般只对内用以自省。一旦对外使用,就会爆炸,产生令生命枯竭的巨大热能。1974 年 8 月,西比尔预言的制裁得以实现。

17. 诺斯替教徒相信,共有两个时代:第一个时代,即现存的时代,是邪恶时代;第二个时代,即未来的时代,是良善时代。第一个时代是黑铁时代,以黑铁监狱为代表。第一个时代在 1974

年8月结束,取而代之的是黄金时代。黄金时代以棕榈树花园为代表。

18. 真正的时间,在公元70年,随着耶路撒冷神庙的崩塌,已经停止了。直到1974年,方才再度开始流动。这当中的两千多年,是完美的伪造,是对终极意识所造之物的模仿。"帝国永存",但是,在1974年,有人发出了一条密码。这是黑铁时代终结的信号。密码只有两个单词:KING FELIX,意思就是快乐的(或者合法的)国王。

19. 这条两个单词的密码,KING FELIX,并不是发给人类的,而是发给阿肯那顿的后代,他们是秘密生活在我们人类当中的三眼人。

20. 赫耳墨斯派炼金术士知晓"三眼入侵者"这个秘密种族的存在,几经努力,却一直没能取得联系。所以,炼金术士们对腓特烈五世、普法尔茨选帝侯和波西米亚王的支持都失败了。"帝国永存"。

21. 玫瑰十字兄弟会写道,"Ex Deo nasci-mur, in Jesu mortimur, per spiritum sanctum reviviscimus"。这意思是说,"我们由上帝而生,随耶稣而死,凭圣灵复活"。这句话表明,他们已经重新发现了失落已久的获得永生的程式。这程式曾被帝国摧毁。"帝国永存"。

22. 我将"永生者"称为普拉斯梅特,因为它是一种能量,是活着的信息。它能自我复制——并非通过信息自我复制,也非在信息中自我复制——而是作为信息本身,自我复制。

23. 普拉斯梅特能跟人类结合,结合后的产物被我称为普拉斯梅特人。一旦结合,人类就会永远归属于普拉斯梅特。这被通称为"由上帝而生"或"由圣灵而生"。普拉斯梅特跟人类结合,始于基督,由基督倡导。但帝国摧毁了所有的普拉斯梅特人,他们没能自我复制。

24. 普拉斯梅特,活着的信息,以休眠种子的形式,沉睡在科诺伯斯基翁,埋藏在地下的手抄本图书馆里,直到公元1945年。"一颗芥子会长成一棵大树,大到鸟儿能在上头栖息。"耶稣那句语焉不详的话想说的就是这个。耶稣不仅预见到了自己的死亡,还预见到了所有普拉斯梅特人的死亡。他预见到抄本出土、被人阅读,普拉斯梅特找到新的人类宿主,与之结合。但他没有预见到,普拉斯梅特沉眠缺席了差不多整整两千年。

25. 普拉斯梅特,活着的信息,会沿着人类视神经往上,一路到达松果腺体。人类大脑是它的雌性宿主。它会在人类大脑里不断复制,直到长成能发挥力量的形体。古希腊赫耳墨斯派的炼金术士,通过古老文献的记载,从理论得知了普拉斯梅特的存在,但他们没法复制。因为,他们不知道普拉斯梅特种子沉眠在哪里。布鲁诺怀疑,普拉斯梅特已被帝国摧毁,并向公众暗示了这一点。于是,他被活活烧死。"帝国永存"。

26. 我们必须认识到,在公元70年,所有的普拉斯梅特人都被杀害之时,真正的时间已经停止了。更重要的是,我们必须知道,如今,普拉斯梅特已经回归,正在创造新的普拉斯梅特人,依靠这些普拉斯梅特人摧毁帝国,让真正的时间重新开始。我们管普拉斯梅特叫作"圣灵"。所以,玫瑰十字兄弟会才写道:"凭圣灵复活。"

27. 如果去掉十几个世纪的伪造虚假时间,那么,现在的纪元应该是公元103年,而不是公元1978年。这么看来,《圣经·新约》说得对,圣灵的王国将在"活着的人死去"之前降临。所以,我们其实还生活在使徒时代。

28. Dico per spiritum sanctum. Haec verltas est. Mihi crede et mecum in aeternitate vivebis.

(我通过圣灵说话。这是真的。相信我,你就能跟我在一起,活在永恒中。)

29. 人类堕落,并非犯了道德错误,而是犯了智识错误。我们把表象世界当成了真实世界。因此,我们在道德上是纯洁无瑕的。是帝国,披着种种伪装的帝国,告诉我们犯了罪孽。"帝国永存"。

30. 表象世界并不存在。表象世界是终极意识所处理的信息的实体化。

31. 我们将信息实体化，变成物体。物体位置的改变，就是信息内容的改变。信息也是语言，但我们已失去读懂这种语言的能力。我们本身也是语言的一部分。我们改变，信息内容也会改变。我们本身也充满了信息；信息进入我们的大脑，经大脑处理，形式改变，再次向外投射。处理信息时，我们并未意识到。其实，终其一生，我们所做的无非处理信息而已。

32. 我们称之为世界的东西，是不断变化的信息、不断展开的叙事，*讲的是一位女子的死亡*。这位很早之前就逝世了的女子是宇宙原初双胞胎之一，神圣对偶中的一个。叙事的目的，就是怀念这位女子，纪念她的逝去。终极意识不愿忘记她。于是，终极意识的推演永久性地记录下这位女子曾经的存在。只要读到这份记录，就能了解这位女子。终极意识处理的所有信息——即我们体验到的物质实体的排列与重组——都是为了记住这位女子。每粒小石头、每块大岩石、每棵树、每只阿米巴原虫，都留有这位女子的痕迹。这位女子生存，尔后逝去，留下孤独的终极意识。终极意识痛苦不已，于是命令所有的客观实体记录她的生与死，哪怕最低微的层级也不放过。

33. 失去至亲的终极意识，孤独，极度痛苦，令整个宇宙的所有组成部分都深陷这种情感。它的所有组成都是活着的。因此,古希腊的思想家都是"万物有生论"者。

34. 古希腊思想家理解这种泛神论的本质,但他们读不懂它到底在说什么。从原初某一刻开始,我们就失去了读懂终极意识语言的能力。关于这种能力如何丧失的传说,小心翼翼、改头换面地流传了下来。"改头换面"的意思就是伪造、歪曲。我们体验着终极意识失去至亲的痛苦,却将这种感受误认为罪恶感。

35. 终极意识不会与我们交谈。我们是终极意识的工具。终极意识的叙事穿透我们的身体;终极意识的悲伤,以非理性的方式渗透诸人。柏拉图早就领悟了这一点。他说,在普世灵魂中渗透着非理性。

36. 总结:终极意识的思维,就是我们在物质宇宙中感知到的排列与重组——也就是变化。所谓变化,就是信息和信息处理过程的实体化。我们不仅将终极意识的思维视为客观实在,更将之视为客观活动——更确切地说,是对客观实在的布局排列:即物与物之间如何相互连接。但是,我们无法读懂这些排列组合中的规律,无法从中提取信息。也就是说,我们无法将所谓的客观实在还原成本来的信息。终极意识将物体连接或解散重连的过程,实际上也是一种语言(当然不是我们使用的语言)。但这种语言只在其对自我沟通时使用,并不需要与外界的人或物进行交流。[1]

37. 我们本该听见这些信息或叙事,因为我们体内本该有个中性声音对我们说话。可惜不知何处出了问题,声音消失了。所有的造物都是语言,仅是语言而已。但由于某种莫名其妙的原因,这种语言,在外界我们读不懂,在体内我们听不见。所以我才说,我们都成了傻子。我们的智慧出了问题。

我的理由如下:终极意识各部分的排列是语言;我们是终极意识的一部分,所以我们也是语言。那么,我们为什么不知道自己是语言呢? 我们甚至连自己的本质都不知道,更何况我们身处的外界现实的本质。"傻子"这个词的词源是"自私"。我们大家都成了"自私"的产物,而不再与终极意识共享思维,除非是在潜意识层面。因此,我们真实的生活和意图,其实都是在意识阈限之下进行的。

38. 失亲与悲痛,让终极意识陷入精神错乱。我们是宇宙这个终极意识的组成部分,所以,我们也有部分精神错乱。

39. 终极意识在自身之外,造出一位医生,用以医治自己。这位医生是"宏大脑"的亚形式,神智健全。它在终极意识中各处游走,就像噬菌细胞在动物心血管系统中四处移动,一个区域

---

[1] 此处与正文的36、37条内容相反,但原书如此,疑为错误。——编者注

接一个区域,治愈终极意识的精神错乱。这位医生,我们都知道他来过:希腊人称他为阿斯克勒庇俄斯,犹太人称他为艾赛尼,埃及人称他为特拉普提①,基督徒称他为耶稣。

40.“再度降生”“由上而生”或“由圣灵而生”,意思都是经治疗痊愈。也就是说,神志恢复健全。所以,《圣经·新约》里才说,耶稣能驱赶魔鬼。耶稣让我们神志健全,重新获得失去的能力。针对我们人类目前所处的贬落状态,凯文说:“(人类)同时被剥夺了超自然的天赋。没有这些天赋,人类就没有获得永恒救赎的希望。于是,接下来,人类被赶出了神的国;而且,跟灵魂幸福生活相关的所有感情,也在人类心中熄灭。除非上帝恩典,这些感情才能再度产生……基督治愈人类,让人们恢复了这些天赋和感情;可是,这些天赋和感情,却被大众视为偶发的超自然现象。因此,我们得出结论:人类确实残缺。重复一遍:人类的健全神志和正直心灵都被摧毁——这就是人类天赋的残缺。尽管我们保留了部分理解力、判断力和意志力,但我们的心智既不完整、也不健全。理智……作为天赋,无法彻底摧毁,却能削弱……”我说:“帝国永存。”

41.帝国是混乱的制度化、体系化。帝国不仅疯狂,而且凭

---

① 公元一世纪左右的犹太教分支,禁欲苦修。该教派名称据说与“治愈”以及阿斯克勒庇俄斯的追随者相关。

借暴力将这种疯狂强加到我们身上。帝国的本性就是暴力。

42.一旦跟帝国斗争,就会被帝国的混乱感染。这是一条悖论:任何打败了帝国某个部分的人,就会变成帝国。帝国如病毒,侵入敌人身上,不断繁殖。由此,帝国的敌人变成了帝国本身。

43.跟帝国对立的,是活着的信息,即为普拉斯梅特或是医生。我们给予它的名字是圣灵或灵体基督。本源共有两个:黑暗(帝国)和光明(普拉斯梅特)。最后,终极意识会将胜利授予光明。我们每个人都要选择立场、做出努力,据此来决定最后我们是死去还是存活。每个人心中都有着光明和黑暗;最后终有一方会获胜。无人例外。这一点,琐罗亚斯德很清楚,因为智慧之脑早已对他说过。他是第一位救世主。到目前,我们一共有过四位救世主。第五位即将降生。跟前四位不同,这一位将会统治我们,审判我们。

44. 鉴于宇宙其实由信息组成,可以说,信息将会拯救我们。这便是诺斯替教徒寻求的"灵知"。拯救之路只此一条。可是,信息——更准确地说,是阅读并理解信息宇宙的能力——只能由圣灵给予,我们自身无法获得。因此,才有教义说:我们获得拯救,并非依靠自身功德,只能依靠上帝的恩典。人类的救赎都要归功于基督。而基督,我说过,是一名医生。

45. 在某次幻视中,我见到了基督。我对他说出了正确的请求："我们需要医治。"在幻视中，我看到了失常的创世神，无缘无故地——也就是非理性地——毁灭了他创造的生灵。这是终极意识精神错乱的表现。基督是我们唯一的希望——因为阿斯克勒庇俄斯已经没法回应我们的呼唤了。阿斯克勒庇俄斯是基督之前的救世主，他拯救了一个人，让他死而复生。由此，宙斯派了一个独眼巨人，用霹雳杀了阿斯克勒庇俄斯。基督也让人死而复生，所以，他也被杀了。以利亚救了一个男孩，唤回他的生命，不久后，他也消失于旋风中。"帝国永存"。

46. 医生来过好几次，每次用的名字都不一样。可是，我们仍然没有痊愈。每一次，帝国都发现了他，赶走了他。但是这一次，他会依靠吞噬细胞的噬菌作用，杀死帝国。

47. 二源天体演化学

"一"既是曾在，也是非曾在。然而，"一"想把非曾在从曾在中分离出来。于是，"一"生出一个二倍体胚囊。这胚囊像个鸡蛋，里面包裹着一对双胞胎。双胞胎均是雌雄同体，各自旋转，且方向相反（双胞胎就像道教的阴和阳，"一"就是道）。"一"希望双胞胎能同时从胚囊中诞生，成为此在。但是，双胞胎中沿逆时针方向转动的那个，出于对成为存在的渴望（这种渴望由"一"植入到双胞胎中），未等成熟——也就是说，在完满之前——提前破囊而出，分离而去。这就是双胞胎中的暗，或称阴。因此，它是有缺陷的。双胞胎中更具智慧的那一个,在完全成熟后才破囊而出。双胞胎二者都各自形成了单一的实体,呈现为一个由肉体和精神构成的生机勃勃的有机体,并依然各自旋转且方向相反。双胞胎中完满的那一个,被巴门尼德称为"一",沿着正确的生长过程,一步步前进;而双胞胎中早产的那一个,被巴门尼德称为"二",却慢慢衰萎了。

在"一"的计划中,这两个双胞胎,应该在辩证互动中,慢慢变成"多"。双胞胎"二"是两个超宇宙(超宇宙Ⅰ和超宇宙Ⅱ),他们会投下类似全息图的界面。这个界面便是我们这些生物栖居其中的形态繁复的宇宙。这二源本应以同等力量相互融合,共同维持我们的宇宙。但是超宇宙Ⅱ不断衰萎,不断陷入疾病、疯狂和失序。她把这些也投射到了我们的宇宙中。

在"一"的计划中,我们的全息图宇宙本应作为教学工具,使得众多的新生命以其为模板不断进化,最终达到和"一"同形的状态。但是,由于超宇宙Ⅱ不断堕落恶化,带来不利因素,我们的全息图宇宙也受到了损毁,由此产生了熵、不该有的痛楚、混乱、死亡,以及帝国和黑铁监狱。一句话,全息图宇宙中的生命形式,其原本应有的健康和生长均被中断。同时,全息图宇宙的教学作用,也被极大地削弱。因为,只有超宇宙Ⅰ发出的信号是包含信息的,而超宇宙Ⅱ发出的信号却成了噪音。

　　超宇宙Ⅰ的精神部分将自己的微缩版送进超宇宙Ⅱ,想治疗超宇宙Ⅱ。这个微缩版在我们的全息图宇宙中出现,名为耶稣基督。可惜,精神错乱的超宇宙Ⅱ(她),立即对她健康的同胞派来治疗她的微缩超宇宙实施了折磨和羞辱,拒绝他的治疗,最后还杀了他。此后,超宇宙Ⅱ便一直堕落,直到落入盲目、呆滞、无目的、无秩序的深渊。所以,摆在基督(更确切地说,是圣灵)面前的选择只有两个:拯救所有全息图宇宙中的生命形式,或者抵消超宇宙Ⅱ对全息图宇宙的全部影响。为了完成任务,圣灵十分谨慎地准备杀掉双胞胎中精神错乱的那一个——因为她无可救药。也即是说,她认为自己没病,所以不肯接受治疗。超宇宙Ⅱ的疾病和疯狂渗透到我们所有人的身上,害我们这些蠢货只能生活在个人的、不真实的世界里。想要继续执行"一"的原初计划,就必须把超宇宙Ⅰ分成两个健康的超宇宙。这样,全息图宇宙也会慢慢变成成功的教学工具,恢复原本应有的模样。然后,我们就会进入"神的国"。

　　在时间之河当中,超宇宙Ⅱ仍然活着;"帝国永存"。但是,从永恒角度看(超宇宙存在于永恒当中),超宇宙Ⅱ已经死了,被双胞胎中健康的超宇宙Ⅰ杀了。这是不得不为的杀戮。超宇宙Ⅰ是护卫我们的斗士。超宇宙Ⅱ死后,"一"很悲伤,因为"一"同等地爱着两个双胞胎。于是,终极意识所含的信息中就包含了

"一个女人的死亡"这样的悲剧故事。由此,全息图宇宙中所有的生物,都添上了这个悲剧的底色。生物体会到痛苦,却不知为何。直到健康的双胞胎完成有丝分裂,"神的国"降临,这种悲伤才会消失。这种转换的机制——在时间之河当中,被称为从黑铁时代到黄金时代的转变——现在正在进行。在永恒里,这个过程已经完成。

48. 论我们的本质

可以说,我们的本质是记忆螺旋体(有感知能力的DNA携带者),处在类似计算机的思维系统中。我们每个人都如实地记录并储存了几千年来的经验信息,而且每个个体储存的内容都略有不同。但是,这个思维系统出了故障,无法顺利读取我们的记忆。故障的根源出在我们每个人脑的"亚回路"上。只有通过"灵知",我们才能获得"拯救"——更确切地说,治好失忆症,重获记忆信息。这对我们每个个体很重要,能让我们在洞察力、自我身份认同、认知力、理解力、对世界和自我的体验上,发生飞跃,甚至能获得永生。然而,这对整个思维系统的意义却更为重大和深远。因为,我们的记忆是珍贵的数据。系统要正常运作,我们脑中的数据是至关重要的。

因此,思维系统目前正处于自我修复中。修复步骤包括:通过改变横向或纵向的时间,重建我们脑中的亚回路;不断给我们发信号,施以刺激,试图激活我们封闭的记忆库,读取其中的记忆。

因此,外部信息,或者说"灵知",其本质就是打破禁锢的指令,而其核心内容实际是我们的固有本性——也就是说,本来就存在于我们的脑中。(这一点,柏拉图早已指出过。他说:任何知识的学习,其实都只是回忆而已。)

古代人,特别是古希腊、古罗马的神秘宗教教徒(包括早期基督教徒),有办法通过种种手段(圣礼或其他宗教仪式)来激活记忆库,读取记忆。但是,这些宗教基本上只关注重获记忆对个体的重塑价值。只有诺斯替教徒,正确认识到重获记忆的本体论价值,即对"完满存在"(诺斯替教徒们称为"神性")本身的价值。

神性已经受了损伤。在原初之时,神性之内就发生过某个我们无法理解的危机。

48.[①] 存在两层王国,上层和下层。上层王国来自超宇宙 I,也叫阳,巴门尼德称之为"一"。上层王国有感知力,也有意志。下层王国,也叫阴,巴门尼德称为"二",来自某个已死的本源,所以机械、固化、没有智慧,由盲目而高效的动因驱动。古时候,下层王国被称为"星辰宿命论"。我们绝大部分人,都被困在下层

---

①原书标注如此。——编者注

王国里。但是,通过圣礼,通过普拉斯梅特,我们被解救。直到"星辰宿命论"被打破,我们依然没有意识到禁锢的存在。人是多么闭目塞听啊!"帝国永存"。

49. 双胞胎中健康的那一个,超宇宙I,名为诺莫。有缺陷的那一个,超宇宙Ⅱ,名为尤拉古。在非洲,西部苏丹的多贡人,知晓这两个名字。诺莫的标志是一条鱼,即早期基督教的鱼形标志。

50. 我们所有的宗教,最初的源头,都来自多贡人的祖先。多贡祖先的天体演化学和宇宙学,都直接传自许久前访问地球的三眼入侵者。三眼入侵者口哑耳聋,但具备心灵感应能力。他们没法呼吸我们的空气,有阿肯那顿般的过长畸形头颅,来自天狼星系中的某颗行星。尽管他们没有手,只有螃蟹般的钳子,但却是了不起的建筑师。他们悄悄影响着我们的历史,让人类获得成就。

51. 阿肯那顿写道:

"蛋中雏鸟唧唧叫,

您赐呼吸让它活。

靠您它在蛋中长,

力气大到破蛋壳。

雏鸟破壳出世间,

　　用尽全力叫唧唧。

　　自从破壳入世间，

　　两只脚儿四处走。

　　您的伟业数不清，

　　我们蒙昧看不清。

　　唯一之神世无双，

　　一人从心创世界：

　　人类牛群有大小，

　　走兽在地靠腿足，

　　高飞在天凭双翼。

　　您在我的心中留。

　　要问有谁了解您，

　　唯有圣子阿肯那顿，

　　精心设计与伟力，

　　阿肯那顿得智慧，

　　世界在您双掌中……"

　　52. 我们的世界，仍由阿肯那顿的不为人知的子孙秘密统治着。这位子孙拥有的知识，便是宏观大脑本身的信息。

"牛儿歇息草场中，

树木植物繁茂生。

鸟儿湿地鼓翅飞，

双翼上举示倾慕。

羊儿四蹄翩翩舞，

有翼动物翔苍穹，

只要有您光芒照，

永生不死享天年。"

这些知识，由阿肯那顿传给摩西，由摩西传给"永生者"以利亚。后来，"永生者"又成了基督。但是，虽然名字众多，"永生者"却只有一位——我们就是"永生者"。

纸魔法·玻璃魔法·全能魔法

[美]查丽·恩·霍姆博格

亚马逊年度畅销奇幻图书 魔法少女的奇幻成长之旅

查丽·恩·霍姆博格，美国新锐奇幻作家。"魔法"系列的第一部《纸魔法》是她的处女作，紧接着便是光怪陆离的《玻璃魔法》和《全能魔法》。该系列畅卖全美国、日本、匈牙利等多国读者喜爱，影视版权已被迪士尼公司购买。在这个通过小质催动神奇魔法的世界，即便最柔弱的纸张，也能成为魔法学徒最锋利的武器。

四时歌：骑桶人自选集

骑桶人

"中国卡夫卡"奇幻选

骑桶人，幻想文学作家，笔名来自卡夫卡的短篇小说《骑桶者》。两度获得豆瓣阅读最佳作者称号，代表作《归途》《夜叉》《春之子》《双翼》等。《四时歌》是骑桶人唯一幻想小说自选集，此书同时将汉字的朴实、空灵、荒诞和浪漫融于一体。东方的诗意，空灵，荒诞和想象力在此达到极致。

夏日之龙

[美]托德·洛克伍德

凛冬将去夏日雨临

年轻的驯龙人玛丽对她的家人承担着为帝国培育有龙的任务。玛丽对龙一直想拥有自己的龙，但边缘战况吃紧，玛丽对龙的希望只能落空。有一天，夏日之龙突然出现在她眼前，平静的生活顿时被打破。夏日是变化的征兆，但没人知晓它究竟预示着怎样的变化。

中国科幻出版领军品牌

中国出版政府奖 | 全国百强报刊 | 新华文轩卓越贡献奖
当当小说最佳合作伙伴 | 京东图书最具潜力合作伙伴

科幻世界图书推荐

遇见最会幻想的智慧

SFW®

[美]菲利普·迪克
预见未来·全面回忆

好莱坞灵感源泉、鬼才科幻大师中短篇全集

记忆裂痕·命运规划局·预见未来·少数派报告·全面回忆

20世纪50年代初期，菲利普·迪克通过大量进入科幻界的中短篇作品进入科幻界，轰动一时。特别是在1953年至1954年短短两年间，迪克共发表了五十六篇中短篇小说，风头可谓一时无二。其后，迪克始终保持着旺盛的创作精力，成为有史以来最多产的科幻作家之一。他的作品以对人类本质的思考，对未来流异奇幻想以及才华横溢的叙事手法蜚声国际。

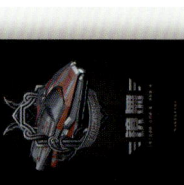

太空歌剧标杆之作 "迈尔斯" 系列
[美]洛伊斯·比约德

继海因莱因、阿西莫夫之后最具知名度的科幻作家之一。比约德凭借着规模庞大的 "迈尔斯" 系列小说，不仅重现了太空歌剧的辉煌，也奠定了自己一流科幻作家的地位。

贝拉亚
雨果奖·轨迹奖 "别惹妈妈"

考迪利亚从故乡来到贝拉坦帝国，由平民一跃成为摄政王夫人。一心惦念着做个幸福的母亲不料，在充满我猜忌的政治斗争中，她险些失去腹中胎儿。被绝望而绝望的母亲，会做出怎样疯狂的举动呢？

战争学徒
轨迹奖·传奇开端·骑士小说

镜舞
雨果奖·轨迹奖 双奖杰作

[英]阿瑟·克拉克

英国科幻作家，与阿西莫夫、海因莱因并称为"世界科幻三巨头"。他一生创作了一百多部作品，多次获得星云奖、雨果奖等科幻至高奖项。1986年，他获得美国科幻与奇幻作家协会终身成就大师奖。

天堂的喷泉
硬科幻·宗教人文

两千年前，岛国君主罗普巴尼的暴君卡利达萨向天神挑战，建造了"天堂的喷泉"。两千年后，人类迈向太空时代，为方便快捷进入太空，工程师摩根根据选择在"天堂的喷泉"旧址建造登天电梯。

城市与群星
城市与文明 生命进化 探索冒险

月海沉船
太空灾难 技术交流

*所有精装版都对应有简装版，封面、价格不同，请按照个人需求选择购买。

玩家1号·图文注释版
[美]恩斯特·克莱恩

《头号玩家》原著 史上彩蛋最多的小说

虚拟宇宙"绿洲"的创造者死了。他给世人留下了一连串学习难题的谜题，第一个解开这些谜题的人将成为他巨额财产的继承人。韦德解开了第一个谜题，特别受人注目。他成了各方势力追逐的对象。要活下去，唯一的途径就是成功——成为胜利者。

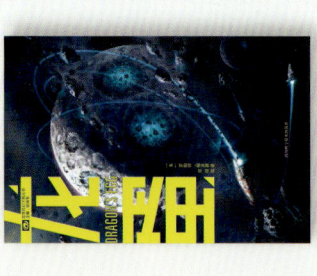

龙蛋
[美]罗伯特·L.福沃德

每一位科幻作家都梦想写出这样的作品

智慧生命诞生在龙蛋上，那是一颗中子星，表面重力是地球的670亿倍，体积远小于地球。海龙人的时间进度量也大差地别。地球上的一小时相当于龙蛋上的几百年。如此游小的生命，却文如此伟大。等这些人类二十年的时间，走过了人类文明用不足万年的时间的整个文明史。

中国科幻银河奖、华语科幻星云奖桂冠作家

王晋康

与吾同在 逃出母宇宙 天父地母

自1993年以来，王晋康发表和出版科幻小说近百篇（部），共计四百余万字，包括《叛生》《十字》）系列（含《逃出母宇宙》《天父地母》《宇宙晶卵》三本）讲述了一场全新的宇宙级别的灾难，但这场灾难并非清晰明朗地矗立在人类面前，人类智者透过重重迷雾，依据蛛丝马迹确认了它的存在，像带领人类开始了义无反顾的抗争和进化。在此过程中，人类逐渐了解到灾难的本质。

也有对宇宙及生命的哲思睿者见，深受读者喜爱。

《与吾同在》《王晋康科幻小说精选（新）》《王晋康科幻小说精选（四）卷》等，其作品呈现沉郁苍凉，既翻汇了丰富的科学知识，

"凌晨一点至五点，整个宇宙将为你闪烁。"

刘慈欣

三体 展 · 纪念版

刘慈欣，中国科幻小说作家代表人物，亚洲首位世界科幻大奖"雨果奖"得主。《三体》三部曲被普遍认为是中国科幻文学的里程碑之作，将中国科幻推上了世界的高度。《三体》英文版荣获2015年世界科幻大奖——雨果奖。

"这幅本为"三体"系列十周年特别纪念版。这套书精美绝伦，珍藏、馈赠皆宜，适合收藏。相美，并有相应图书周边可供配套制购买。这套书特聘国内顶尖插画师绘制封面彩图，开本升级，极为精美。

谢云宁

超频交易商

本书收录了谢云宁从事科幻写作以来的十一篇佳作，包含了从太空探索到科学空间等，从基因改造到虚拟现实，从太空战争到未来科技，风格迥异、手法多变、涵盖诸多元素。它们同道，充满科学研究和价值思勘，对生命有着深刻思考，爱畅游在科学与幻想之中。本书以作者十几年的思索与成就，见证一位作者独特的视角和严谨的科学知识。含着深刻的思考和严谨的科学知识。

罗隆翔

寄生之魔——罗隆翔科幻小说选

这小说集收录了罗隆翔自处女作《寄生之魔》以来创作的十余篇优秀中短篇科幻小说，包括全部六篇银河奖获奖作品，罗隆翔的作品情节曲折有趣、风格通俗易懂，颇受年轻读者喜爱。

轻松科幻 更放异彩

E·伯蒋

异乡人

娱乐冒险 科幻喂 流行科幻

程序员吴晓维、杨格林天荒地——穿越——到了同样的美国西部，而未来的中国人都有"穿越"而来的美国人。然而，全、他们的愿望是回到未来。然而，世纪的两端联系起来。回去，他们的方法并不容易。他们找到回去开不会面进埃，机起腥风血雨。

江波

机器之门

中国"更新代"科幻代表作家最新力作

不远的未来，机器人技术的迅猛发展，在整个社会中掀起巨大波澜。著名独立战记者南方在现场目睹神秘基地，被一位暴走的珊——萨拉丁"的威胁，然而说明时，机器配合机器展开报复行动，"阿尔法"人工智能挣脱了机器联盟，对人类展开全面进攻……

[芬兰]哈努·拉亚涅米

"侠盗若品"三部曲 芬兰最佳科幻小说

量子窃贼·分形王子·因果天使

哈努·拉亚涅米，芬兰科幻奇幻作家，爱丁堡大学数学物理学博士，曾被芬兰国防部招募为研究员。《量子窃贼》是他的首部长篇小说，此书不仅荣获"芬兰最佳科幻小说"奖，还获得"轨迹奖最佳长篇处女作奖"提名以及"戈贝尔纪念奖"第三名。

遥远的未来，太阳系中的人类已超越肉体局限，实现了意识上传，物理空间和赛博空间的界线也已模糊。一个未出特雷云的女战士奉命要去拯救囚禁在最坚固的"困境监狱"，救出被因禁在其中的一名大盗。

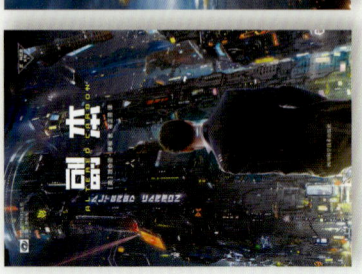

[英]理查德·摩根

Netflix热播剧集"武·科瓦奇"系列

副本·坠落天使·怒火重燃

理查德·摩根，美国新一代科幻作家的代表，菲利普·迪克奖得主，曾参与过漫威系列剧本的撰写。他的代表作《武·科瓦奇》系列是赛博朋克风格的科幻作品，具有鲜明的反乌托邦色彩。与此同时，又与美国20世纪30年代硬汉派侦探小说十分相似，时有冷峻、语言坚硬的锋芒。

该系列第一部《副本》已被美国Netflix公司拍摄为电视剧，显示出批判的口碑。

时砂之王·精装版

[日]小川一水

异星入侵的时空大战

26世纪，人类突然遭遇了一种以自我繁殖的机械生物为了彻底消灭人类，潮时间而上，进化初期的摇篮之中。为了拯救时代的摇篮，让人类生存下去，智能生命体也踏上为了挽救对手的明诚——贝冢。为了寻找时间的征途，生命之古军飞鸟井纱夜受命时空大战让此展开。

水晶沉默

[日]藤崎慎吾

异星探索 高维世界

早川书房1999年日本最佳科幻。2071年，这种生物有外骨骼一般色泽鲜亮的外壳，内里却是干净透的空洞。这种生物名为"萨提生群"……人类发现出高等生物"萨提生群"。这种机械体物为了秘密项目"火星超人"计划，决定将人类送上火星。为了能在火星上生存下去，这个自愿者志愿必须被改造成赛博格，即半机械人……

火星超人

[美]弗雷德里克·波尔

人被改造之后，还能否称其为人？

世界科幻大奖"星云奖"获奖作品。为了挽救"星云奖"获奖作品。项目"火星超人"计划，决定将人类送上火星。为了能在火星上生存下去，这个自愿者志愿必须被改造成赛博格，即半机械人……托洛维在改造的过程中，身体越来越不像人类，生理和心理的双重考验让他备受煎熬。

星丛

[加拿大]罗伯特·索耶

时空跃迁 太空科幻

人类对处空间中出现了一批被称为"捷径"的通道，通过这种类似虫洞的通道，人类实现了超空间联迁。但这些通道更明不可思议，天然形成的，它们的建造者是何为？捷径的建造者是谁？从遥远的宇宙中，即将浮现出多恒星。这艘由人类和其他三个慧种族共同建造，共同管理的太空探飞船，踏上了它的航程。